Escândalos na primavera

O Arqueiro

GERALDO JORDÃO PEREIRA (1938-2008) começou sua carreira aos 17 anos, quando foi trabalhar com seu pai, o célebre editor José Olympio, publicando obras marcantes como *O menino do dedo verde*, de Maurice Druon, e *Minha vida*, de Charles Chaplin.

Em 1976, fundou a Editora Salamandra com o propósito de formar uma nova geração de leitores e acabou criando um dos catálogos infantis mais premiados do Brasil. Em 1992, fugindo de sua linha editorial, lançou *Muitas vidas, muitos mestres*, de Brian Weiss, livro que deu origem à Editora Sextante.

Fã de histórias de suspense, Geraldo descobriu *O Código Da Vinci* antes mesmo de ele ser lançado nos Estados Unidos. A aposta em ficção, que não era o foco da Sextante, foi certeira: o título se transformou em um dos maiores fenômenos editoriais de todos os tempos.

Mas não foi só aos livros que se dedicou. Com seu desejo de ajudar o próximo, Geraldo desenvolveu diversos projetos sociais que se tornaram sua grande paixão.

Com a missão de publicar histórias empolgantes, tornar os livros cada vez mais acessíveis e despertar o amor pela leitura, a Editora Arqueiro é uma homenagem a esta figura extraordinária, capaz de enxergar mais além, mirar nas coisas verdadeiramente importantes e não perder o idealismo e a esperança diante dos desafios e contratempos da vida.

LISA KLEYPAS

AS QUATRO ESTAÇÕES DO AMOR 4

Escândalos na primavera

ARQUEIRO

Título original: *Scandal in Spring*

Copyright © 2006 por Lisa Kleypas
Copyright da tradução © 2017 por Editora Arqueiro Ltda.

Todos os direitos reservados. Nenhuma parte deste livro pode ser
utilizada ou reproduzida sob quaisquer meios existentes
sem autorização por escrito dos editores.

Todos os direitos reservados a William Morris
Endeavor Entertainment, LLC.

tradução: Maria Clara de Biase
preparo de originais: Victor Almeida
revisão: Ana Grillo, Christiane Ruiz e Suelen Lopes
projeto gráfico: Ana Paula Daudt Brandão
diagramação: Abreu's System
capa: Tita Nigrí
imagem de capa: Maria Chronis, VJ Dunraven Productions,
PeriodImages.com
impressão e acabamento: Lis Gráfica e Editora Ltda.

CIP-BRASIL. CATALOGAÇÃO NA PUBLICAÇÃO
SINDICATO NACIONAL DOS EDITORES DE LIVROS, RJ

K72e   Kleypas, Lisa, 1964-
        Escândalos na primavera / Lisa Kleypas ; [tradução Maria Clara de
        Biase]. – [2. ed.] – São Paulo : Arqueiro, 2021.
        304 p. ; 20 cm.   (As quatro estações do amor ; 4)

        Tradução de: Scandal in spring
        Sequência de: Pecados no inverno
        Continua com: Uma noite inesquecível
        ISBN 978-65-5565-124-9

        1. Ficção americana. I. Biase, Maria Clara de. II. Título. III. Série.

21-69250   CDD: 813
                                       CDU: 82-3(73)

Camila Donis Hartmann – Bibliotecária – CRB-7/6472

Todos os direitos reservados, no Brasil, por
Editora Arqueiro Ltda.
Rua Funchal, 538 – conjuntos 52 e 54
Vila Olímpia – 04551-060 – São Paulo – SP
Tel.: (11) 3868-4492 – Fax: (11) 3862-5818
E-mail: atendimento@editoraarqueiro.com.br
www.editoraarqueiro.com.br

PRÓLOGO

— Tomei uma decisão sobre o futuro de Daisy – anunciou Thomas Bowman para a esposa e a filha. – Embora nós, Bowmans, não gostemos de admitir uma derrota, não podemos ignorar a realidade.

– Que realidade, pai? – perguntou Daisy.

– De que você não foi feita para a aristocracia britânica. Obtive baixa taxa de retorno em meu investimento na sua busca por um marido. Sabe o que isso significa, Daisy?

– Que sou um mau investimento? – Daisy tentou adivinhar.

Ninguém diria que Daisy era uma moça de 22 anos. Pequena, esguia e com cabelos escuros, ainda tinha a agilidade e a exuberância de uma criança, enquanto outras mulheres já se tornavam ajuizadas matronas. Sentada com as pernas sobre o assento, ela parecia uma boneca de porcelana abandonada no canto do sofá. Irritava Bowman ver a filha segurando um livro no colo com um dedo marcando a página. Obviamente ela mal podia esperar que ele terminasse de falar para que pudesse retomar a leitura.

– Largue isso – ordenou ele.

– Sim, meu pai.

Disfarçadamente, Daisy abriu o livro para ver o número da página e o pôs de lado. O pequeno gesto irritou Bowman. Livros… A mera visão de um livro passara a representar o vergonhoso fracasso da filha no mercado matrimonial.

Tragando um grande charuto, Bowman se sentou em uma cadeira estofada na suíte do hotel que a família ocupava havia mais de dois anos. Sua esposa, Mercedes, estava empoleirada em uma cadeira de vime com espaldar alto. Bowman era um homem corpulento, tão intimidador em suas dimensões físicas quanto em seus gestos. Embora fosse careca, tinha um denso bigode, como se toda a energia necessária para que lhe crescessem cabelos tivesse sido canalizada para o lábio superior.

Na época do casamento, Mercedes era extraordinariamente magra. Com o passar dos anos, emagrecera ainda mais, como um sabão gasto que vai se reduzindo a uma fina fatia. Os cabelos pretos e lisos estavam sempre presos. As mangas de seus vestidos eram bem ajustadas aos punhos diminutos, que, de tão finos, poderiam ser partidos como ramos de vidoeiro. Mesmo quando se sentava imóvel, ela transmitia uma energia nervosa.

Bowman nunca se arrependera de ter escolhido Mercedes como esposa. Sua ambição férrea correspondia perfeitamente à dele. Ela era uma mulher rígida e astuta, sempre em busca de um lugar para os Bowmans na alta sociedade.

Fora Mercedes quem insistira em levar as filhas para a Inglaterra, já que eles não seriam aceitos na nata da sociedade nova-iorquina. "Vamos simplesmente passar por cima deles", dissera ela com determinação.

E, por Deus, tinham sido bem-sucedidos com Lillian, sua filha mais velha. De algum modo, Lillian conquistara o maior prêmio de todos: lorde Westcliff. O conde fora uma ótima aquisição para a família. Mas agora Bowman estava impaciente para voltar à América. Se fosse para Daisy arranjar um marido com um título, a essa altura já teria conseguido. Então estava na hora de minimizar os prejuízos.

Refletindo sobre os cinco filhos, Bowman se perguntou como podiam ter puxado tão pouco a ele. Mercedes e ele eram determinados, mas três de seus filhos eram muito plácidos e aceitavam as coisas do jeito que eram. Achavam que tudo cairia em suas mãos, como frutas maduras junto ao tronco de uma árvore. Lillian era a única que parecia ter herdado um pouco do espírito agressivo dos Bowmans, mas era mulher.

E havia Daisy. De todos os filhos, ela sempre tinha sido a que Thomas Bowman entendia menos. Mesmo na infância, Daisy nunca havia tirado as conclusões certas das histórias que ele lhe contava, fazendo apenas perguntas que não pareciam relevantes. Quando ele lhe explicara por que os investidores em busca de baixo risco e retornos moderados deveriam aplicar seu capital em títulos de dívida pública, Daisy o interrompera perguntando: "Pai, não seria maravilhoso se os beija-flores se reunissem para tomar chá e fôssemos pequenos o suficiente para sermos convidados?"

Ao longo dos anos, os esforços de Bowman para mudar Daisy encontraram uma valente resistência. A filha gostava de ser como era. Tentar mudá-la era como reunir um bando de borboletas. Simplesmente impossível.

Como Bowman andava meio louco com a natureza imprevisível da filha, não se admirava nem um pouco com a falta de homens dispostos a assumi-la por toda a vida. Que tipo de mãe ela seria, tagarelando sobre fadas descendo por arco-íris em vez de incutir regras sensatas na cabeça dos filhos?

Mercedes entrou na conversa com uma voz consternada:

– Sr. Bowman, a temporada está longe de terminar. E Daisy fez um excelente progresso até agora. Lorde Westcliff a apresentou a vários cavalheiros promissores e todos ficaram muito interessados na perspectiva de se tornarem cunhados do conde.

– É óbvio que o interesse de cada um desses "cavalheiros promissores" é se tornar cunhado de Westcliff, em vez de marido de Daisy – disse Bowman sombriamente. – Algum desses homens pretende pedi-la em casamento?

– Ela não tem como saber... – argumentou Mercedes.

– As mulheres sempre sabem dessas coisas. Responda, Daisy, há alguma possibilidade de você se casar com um desses cavalheiros?

A jovem hesitou, seus olhos escuros revelando preocupação.

– Não, pai – admitiu ela, com franqueza.

– Como pensei.

Cruzando os dedos grossos sobre a barriga, Bowman olhou de maneira autoritária para as duas mulheres, que estavam caladas.

– Seu fracasso se tornou inconveniente, filha. Preocupa-me o gasto desnecessário com vestidos e bugigangas... O tédio de levá-la de um baile improdutivo a outro. Mais do que isso, preocupa-me essa aventura ter me mantido na Inglaterra quando sou necessário em Nova York. Por isso, decidi eu mesmo escolher um marido para você.

Daisy o encarou, confusa.

– Quem tem em mente, pai?

– Matthew Swift.

Mercedes olhou para o marido como se ele tivesse enlouquecido.

– Isso não faz sentido algum! Esse casamento não seria vantajoso para nós. O Sr. Swift não é um aristocrata e não possui uma riqueza significativa...

– Ele é um dos Swifts de Boston – contrapôs Bowman. – Dificilmente uma família pode torcer o nariz para isso. Tem um bom nome e uma boa linhagem. E o mais importante: ele é dedicado a mim. É uma das pessoas com mais tino para negócios que já conheci. Quero ter Swift como genro. Desejo que ele herde minha empresa quando chegar a hora.

– Você tem três filhos legítimos que a herdarão – rebateu Mercedes, indignada.

– Nenhum deles dá a mínima para a empresa. Eles não se interessam por ela. – Pensando em Matthew Swift, que florescera sob sua tutela por quase dez anos, Bowman sentiu o orgulho crescer. O rapaz se parecia mais com ele do que os próprios filhos. – Nenhum deles tem a ambição e a frieza de Swift. Eu o tornarei o pai dos meus herdeiros.

– Ficou louco! – exclamou Mercedes, irritada.

Daisy falou em um tom calmo, totalmente oposto ao do pai:

– Devo salientar que minha cooperação é necessária, ainda mais agora que estamos falando em herdeiros. E eu garanto que nenhum poder na Terra me forçará a ter filhos de um homem de quem eu não goste.

– Pensei que você desejaria ser útil para alguém – rugiu Bowman. Sempre fora da natureza dele combater a rebeldia com uma força esmagadora. – Pensei que desejaria um marido e um lar em vez de continuar vivendo como uma parasita.

Daisy se encolheu como se ele a tivesse estapeado.

– Não sou uma parasita.

– Não? Então me explique como o mundo se beneficiou com sua presença. O que você já fez de útil para alguém?

Diante da tarefa de justificar sua existência, Daisy encarou o pai friamente e permaneceu em silêncio.

– Esse é meu ultimato. Encontre um marido adequado até o fim de maio ou eu a casarei com Swift – declarou Bowman.

CAPÍTULO 1

— Eu não deveria contar isso – resmungou Daisy, andando de um lado para outro na sala Marsden mais tarde naquela noite. – Na verdade, em seu estado você não deveria se preocupar. Mas vou explodir se guardar isso só para mim, o que provavelmente a preocuparia muito mais.

Sua irmã mais velha ergueu a cabeça, que estava apoiada no ombro de lorde Westcliff.

– Conte-me – disse Lillian, tentando conter outra onda de náusea. – Só me preocupo quando as pessoas escondem as coisas de mim.

Ela estava reclinada no longo sofá, enquanto Westcliff lhe dava uma colherada de sorvete de limão na boca. Lillian fechou os olhos ao engolir, seus cílios escuros contrastando com as bochechas pálidas.

– Melhor? – perguntou Westcliff, com gentileza, enquanto limpava o canto dos lábios da esposa.

A jovem assentiu, seu rosto estava assustadoramente pálido.

– Sim, acho que isso está ajudando. Argh. É melhor rezar para esse bebê ser um menino, Westcliff, porque esta é sua única chance de ter um herdeiro. Nunca mais passarei por isso…

– Abra a boca – pediu ele, e lhe deu mais sorvete.

Normalmente Daisy teria ficado comovida com o vislumbre da vida íntima dos Westcliffs. Era raro alguém ver Lillian tão vulnerável ou Marcus tão gentil e preocupado. Mas Daisy estava tão distraída com os próprios problemas que mal notou a interação do casal enquanto falava sem parar:

– Papai me deu um ultimato. Esta noite ele…

– Espere – disse Westcliff em voz baixa, ajustando a posição da esposa no sofá.

Ao acomodá-la de lado, Lillian se apoiou mais pesadamente nele e pousou uma de suas mãos brancas e esguias sobre a barriga. Ele murmurou algo indecifrável junto aos desgrenhados cabelos cor de ébano de Lillian e ela assentiu enquanto dava um suspiro.

Qualquer um que testemunhasse a ternura de Westcliff com sua jovem esposa não poderia deixar de notar as mudanças no conde, que sempre fora conhecido por ser um homem frio. Ele havia se tornado muito mais acessível, sorria mais, e seus padrões de comportamento estavam bem menos rígidos. O que era bom para um homem que tinha Lillian como esposa e Daisy como cunhada.

Westcliff franziu o cenho e se concentrou em Daisy. Embora o conde não dissesse nenhuma palavra, Daisy viu nos olhos dele o desejo de proteger Lillian de tudo o que pudesse lhe tirar a paz.

De repente, Daisy sentiu vergonha de ter procurado a irmã para contar as injustiças cometidas pelo pai. Em vez de guardar seus problemas para si, correra para a irmã mais velha como uma criança tagarela. Mas então os olhos castanhos de Lillian se abriram, afetuosos e sorridentes, e milhares de lembranças da infância pairaram no ar, como alegres vaga-lumes. A intimidade entre elas era algo que nem o mais protetor dos maridos poderia evitar.

– Conte-me – pediu Lillian, aconchegando-se ao ombro de Westcliff. – O que o ogro disse?

– Ele me casará se eu não encontrar um marido até o fim de maio. E adivinhe com quem?

– Não posso imaginar – respondeu Lillian. – Papai não aprova ninguém.

– Ah, sim, aprova! – retrucou Daisy. – Há *um* homem que ele aprova.

Até Westcliff estava começando a parecer interessado.

– É alguém que eu conheça?

– Logo conhecerá – respondeu Daisy. – Papai mandou chamá-lo. Ele chegará à propriedade de Hampshire na semana que vem para caçar cervos.

Westcliff tentou se lembrar dos nomes que Thomas Bowman lhe pedira para incluir na lista de convidados para a caçada da primavera.

– O americano? – perguntou. – Sr. Swift?

– *Sim.*

Confusa, Lillian olhou para a irmã. Então virou o rosto e sufocou um gritinho no ombro do marido. No início, Daisy temeu que ela estivesse chorando, mas logo ficou claro que estava rindo incontrolavelmente.

– Não, não é possível... Que absurdo! Você nunca poderia...

– Você não ia achar tão engraçado se estivesse no meu lugar – disse Daisy de cara feia.

Westcliff olhou de uma irmã para outra.

– O que o Sr. Swift tem de errado? Pelo que seu pai disse, parece um homem bastante respeitável.

– Ele tem tudo de errado – respondeu Lillian, dando mais uma risada.

– Mas seu pai gosta dele – rebateu Westcliff.

– Ah! – zombou Lillian. – O Sr. Swift adula meu pai tentando imitá-lo e fazendo tudo o que ele diz.

O conde refletiu sobre as palavras da esposa enquanto lhe dava mais sorvete de limão. Ela gemeu de prazer ao sentir o líquido gelado descer por sua garganta.

– Seu pai está errado ao dizer que o Sr. Swift é inteligente? – perguntou Westcliff a Daisy.

– Ele é inteligente – admitiu Daisy –, mas é um sujeito complicado. O Sr. Swift faz milhares de perguntas e assimila o que é dito, mas não diz nada.

– Talvez seja tímido – observou Westcliff.

Daisy não conseguiu conter o riso.

– Eu garanto, milorde, que o Sr. Swift não é tímido. Ele é...

Ela se deteve, achando difícil pôr os pensamentos em palavras.

A grande frieza de Matthew Swift era acompanhada de um insuportável ar de superioridade. Ninguém nunca podia lhe dizer nada, porque ele sabia absolutamente tudo. Como Daisy havia crescido em uma família repleta de personalidades intransigentes, não tinha nenhum interesse em ter mais uma pessoa rígida em sua vida.

Para ela, o fato de Swift combinar tanto com os Bowmans não o favorecia em nada.

Talvez Swift pudesse ser mais tolerável se tivesse algum charme ou atrativo. Mas ele não fora abençoado com nenhuma graça. Nenhum senso de humor. Nenhuma amabilidade perceptível. Era esquisito, alto, desproporcional e tão magro que os braços e as pernas pareciam ramos de videira. Daisy se lembrou de como o casaco de Matthew dava a impressão de pender de seus ombros largos como se não houvesse nada no interior.

– Em vez de mencionar tudo que não gosto nele – começou Daisy –, é mais fácil dizer que não há motivo pelo qual eu *deveria* gostar.

– Ele nem mesmo é bonito – acrescentou Lillian. – É um saco de ossos.

Ela deu um tapinha no peito musculoso de Westcliff em um silencioso elogio ao físico do marido, que se divertiu com o gesto.

– O Sr. Swift possui *alguma* qualidade?

As irmãs pensaram na pergunta.

– Ele tem dentes bonitos – disse Daisy relutantemente.

– Como você sabe? – perguntou Lillian. – Ele nunca sorri!

– Sua avaliação é severa – observou Westcliff. – Mas o Sr. Swift pode ter mudado desde que o viu pela última vez.

– Não a ponto de algum dia eu concordar em me casar com ele.

– Você não se casará com Swift se não quiser – disse Lillian, com veemência, remexendo-se nos braços de seu marido. – Não estou certa, Westcliff?

– Sim, querida – murmurou ele, tirando os cabelos dela do rosto.

– E você não deixará papai afastar Daisy de mim – insistiu Lillian.

– É claro que não. Sempre se pode chegar a um acordo.

Lillian relaxou junto ao marido, tendo fé absoluta nas capacidades dele.

– Pronto – murmurou ela para Daisy. – Não precisa se preocupar. Westcliff tem tudo… – Ela parou para dar um grande bocejo –… sob controle.

Vendo a irmã baixar as pálpebras, Daisy sorriu solidariamente. Notou o olhar de Westcliff por sobre a cabeça de Lillian e lhe fez um sinal avisando que ia embora. Ele respondeu inclinando a cabeça com cortesia e voltou sua atenção de imediato para o rosto sonolento de Lillian. Daisy se perguntou se algum homem a olharia daquela maneira, como se segurasse um tesouro nos braços.

Estava certa de que Westcliff tentaria ajudá-la do modo que pudesse, nem que fosse apenas por Lillian. Mas sua fé na influência do conde não podia ser infinita, já que ela conhecia bem o jeito inflexível do próprio pai. Embora ela fosse desafiá-lo de todas as formas possíveis, tinha o mau pressentimento de que a sorte não estava a seu favor.

Ela parou na porta da sala e olhou com preocupação para o casal no sofá. Lillian havia adormecido rápido, com a cabeça pousada pesadamente em Westcliff. Quando o conde viu o olhar infeliz de Daisy, ergueu uma das sobran-celhas em um questionamento mudo.

– Meu pai... – começou a explicar Daisy, e então mor-deu o lábio. Aquele homem era sócio de seu pai. Não de-via aborrecê-lo com queixas. Mas a expressão paciente de Westcliff a encorajou a prosseguir. – Ele me chamou de parasita – disse em voz baixa para não perturbar Lillian.

– E qual foi sua resposta a esse comentário? – perguntou Westcliff.

– Eu não consegui pensar em nada para dizer.

Os olhos cor de café de Westcliff eram insondáveis. Ele lhe fez um gesto para se aproximar do sofá. Para surpresa de Daisy, ele segurou sua mão e a apertou de forma afe-tuosa. O normalmente circunspecto conde nunca fizera algo assim.

– Daisy – disse Westcliff amavelmente. – A maioria das pessoas não se distingue por grandes feitos, mas por um número infinito de pequenas coisas. Sempre que você faz algo de bom ou faz alguém sorrir, isso dá sentido à sua vida. Nunca duvide de seu valor, minha cara. O mundo seria um lugar triste sem Daisy Bowman.

~

Poucas pessoas negariam que Stony Cross Park era um dos lugares mais bonitos da Inglaterra. A propriedade em Hampshire possuía uma infinidade de terras: de florestas quase impenetráveis a prados úmidos floridos, de pânta-nos à mansão de pedra cor de mel em uma colina com vista para o rio Itchen.

A vida florescia em toda parte. Brotos claros emergiam do tapete de folhas caídas aos pés de carvalhos sulcados e cedros, e campânulas se escondiam em uma parte mais escura da floresta.

Gafanhotos saltitavam por prados repletos de prímulas e cardaminas enquanto libélulas azuis pairavam sobre as intricadas pétalas brancas de meniantos. O ar, saturado do aroma de sebes e da relva verde macia, tinha o perfume da primavera.

Depois de doze horas infernais de carruagem, os West-cliffs, os Bowmans e outros convidados ficaram felizes em finalmente chegar lá.

O céu tinha uma cor diferente em Hampshire – um azul mais suave – e o ar, uma bem-vinda quietude. Não se ouviam sons de rodas e cascos em ruas pavimentadas, vendedores ou mendigos, apitos de fábricas ou a agitação constante que perturbava os ouvidos na cidade. Só havia os chilros de tordos nas sebes, o bater de pica-paus nas árvores e o ocasional mergulho no rio de martins-pesca-dores abrigados nos juncos.

Lillian, que antes achava o campo mortalmente tedio-so, ficou radiante por estar de volta. Ela florescia no cli-ma de Stony Cross Park e, depois de sua primeira noite na mansão, se sentia muito melhor do que semanas antes. Agora que não era mais possível esconder a gravidez com vestidos de cintura alta, ela não devia mais ser vista em público. Como estava em sua propriedade, teria uma rela-tiva liberdade, embora fosse restringir suas interações com convidados a grupos pequenos.

Daisy, que fora instalada em seu quarto favorito na mansão, também estava feliz. O lindo e singular quarto pertencera à irmã de lorde Westcliff, lady Aline, que agora residia na América com o marido e o filho. A característi-ca mais encantadora do cômodo era o pequeno gabinete contíguo que fora trazido da França e havia sido remonta-do. Pertencera originalmente a um castelo do século XVII e tinha uma espreguiçadeira perfeita para cochilar ou ler.

Encolhida com um de seus livros em um canto da espreguiçadeira, Daisy se sentia como se estivesse escondida do resto do mundo. Ah, se ao menos pudesse ficar ali em Stony Cross e morar com sua irmã para sempre! Mas ela sabia que nunca seria feliz assim. Queria ter a própria vida, o próprio marido, os próprios filhos.

Pela primeira vez desde que se lembrava, a mãe e ela tinham se tornado aliadas, unidas em seu desejo de evitar um casamento com o odioso Matthew Swift.

– Aquele desgraçado! – exclamara Mercedes. – Não tenho nenhuma dúvida de que enfiou essa maldita ideia na cabeça de seu pai! Sempre suspeitei de que ele...

– Suspeitou de quê? – perguntara Daisy, mas sua mãe só apertara os lábios até formarem uma linha áspera.

Depois de examinar a lista de convidados, Mercedes informara Daisy de que um grande número de cavalheiros adequados se hospedaria na mansão.

– Embora nem todos sejam herdeiros diretos de títulos, são de famílias nobres – dissera Mercedes. – E nunca se sabe... Desgraças acontecem: doenças fatais ou acidentes graves. Vários membros da família poderiam morrer ao mesmo tempo e então seu marido se tornaria um nobre!

Parecendo acalentar a esperança de que uma calamidade se abatesse sobre os futuros parentes de Daisy, Mercedes analisara mais atentamente a lista.

Daisy estava impaciente pela chegada de Evie e St. Vincent. Sentia muita falta de Evie, em especial porque Annabelle estava ocupada com seu bebê e Lillian se movia devagar demais para acompanhá-la nas caminhadas que apreciava.

No terceiro dia após sua chegada a Hampshire, Daisy foi passear sozinha à tarde. Tomou um caminho que trilhara em muitas visitas anteriores. Usava um vestido de musselina azul-claro com estampa floral, botas de caminhada resistentes e um chapéu de palha atado por fitas.

Andando a passos largos por uma estrada que passava por prados repletos de celidônias amarelas e dróseras vermelhas, Daisy pensou em seu problema.

Por que era tão difícil para ela encontrar um marido?

Não era que não quisesse se apaixonar por alguém. Na verdade, essa ideia a agradava tanto que parecia terrivelmente injusto ainda não ter encontrado a pessoa certa. Ela tinha tentado, mas sempre havia algo errado.

Se um cavalheiro tinha a idade certa, era passivo ou pomposo. Se era gentil e interessante, era velho o suficiente para ser seu avô ou logo demonstrava algum problema perturbador, como cheirar mal ou cuspir em seu rosto enquanto falava.

Daisy sabia que não era nenhuma beldade. Era muito baixa, frágil e, embora já tivesse sido elogiada por seus olhos e cabelos escuros, que contrastavam com a pele clara, também ouvira muitas vezes se referirem a ela usando as palavras "miúda" e "travessa". As jovens travessas aparentemente não atraíam tantos pretendentes quanto as mignons delicadas ou as beldades esculturais.

Também fora observado que Daisy passava tempo demais com seus livros, o que provavelmente era verdade. Se lhe permitissem, passaria a maior parte do dia lendo e sonhando. Qualquer nobre sensato sem dúvida concluiria que ela não seria uma esposa útil em questões de administração doméstica, inclusive naqueles deveres que exigiam total atenção a detalhes. E estaria certo.

Daisy não podia se importar menos com o conteúdo da despensa ou quanto de sabão encomendar para a lavagem diária de roupas. Interessava-se muito mais por romances, poesia e história. Tudo isso a levava a longos voos da imaginação durante os quais ela passava horas diante de uma janela sem ver o mundo real, vivendo aventuras exóticas, viajando em tapetes mágicos, navegando por oceanos distantes e procurando tesouros em ilhas tropicais.

E havia cavalheiros atraentes nos sonhos de Daisy, inspirados por histórias de grande heroísmo e objetivos nobres. Esses homens imaginários eram muito mais interessantes que os comuns. Falavam palavras bonitas, eram ótimos em lutas de espada e duelos e faziam mulheres desmaiarem com seus beijos.

É claro que Daisy não era ingênua a ponto de pensar que homens assim existissem, mas tinha de admitir que, com todas essas imagens românticas na cabeça, os homens reais pareciam terrivelmente... *insípidos*.

Daisy ergueu o rosto para o sol fraco que se infiltrava pela copa das árvores e cantou uma música popular:

Que venha o rico ou o humilde,
O de esperteza ou ingenuidade.
Que venha qualquer homem
Para se casar por piedade!

Logo Daisy chegou ao seu destino: um poço que ela e as amigas já tinham visitado algumas vezes. Um poço dos desejos. Diziam que ele era habitado por um espírito que realizaria seu pedido se você lhe atirasse um alfinete. O único perigo era chegar perto demais, porque o espírito do poço poderia puxá-la para dentro para viver para sempre como sua consorte.

Em ocasiões anteriores, Daisy fizera pedidos para suas amigas – e todos foram atendidos. Agora era ela quem precisava de um pouco de magia. Pousou o chapéu no chão, aproximou-se do poço e olhou para a água lamacenta. Enfiou a mão no bolso de seu vestido de caminhada e pegou um papel com alfinetes espetados.

– Espírito do Poço, como eu tive tão pouca sorte em

encontrar um marido, estou deixando isso a seu cargo. Sem exigências, sem condições. Meu desejo é... o homem certo para mim. Estou preparada para ser receptiva.

Ela atirou os alfinetes. O metal brilhou no ar antes de atingir a água e sumir na superfície turva.

– Eu gostaria que todos esses alfinetes fossem para o mesmo desejo – explicou Daisy para o poço.

Ela ficou em pé por um longo momento com os olhos fechados, concentrando-se. Acima do som da água ouviu o zumbido de uma libélula. Subitamente algo estalou atrás dela, como se um galho fino tivesse sido pisado. Daisy se virou e viu a silhueta de um homem indo na sua direção. Ele estava a apenas alguns metros de distância. O choque de descobrir alguém tão perto fez seu coração bater em um ritmo desconfortável.

Ele era alto e musculoso, como o marido de sua amiga Annabelle, embora parecesse um pouco mais jovem, talvez com menos de 30 anos.

– Desculpe – disse o homem em voz baixa ao ver a expressão de Daisy. – Não queria assustá-la.

– Ah, não me assustou – mentiu Daisy alegremente, seu pulso ainda acelerado. – Só fiquei um pouco... surpresa.

Ele se aproximou devagar, com as mãos no bolso.

– Cheguei algumas horas atrás. Disseram-me que a senhorita estava passeando por aqui.

Ele parecia familiar e a encarava como se esperasse que o reconhecesse. Daisy sentiu a aflição que sempre a acometia quando se esquecia de algum rosto.

– É hóspede de lorde Westcliff? – perguntou ela.

Ele lhe lançou um olhar curioso e esboçou um sorriso.

– Sim, Srta. Bowman.

Ele sabia o nome dela. Daisy estava cada vez mais confusa. Não entendia como podia ter se esquecido de um homem tão atraente. Ele tinha feições fortes e marcantes, era másculo demais para ser definido como bonito e impressionante demais para ser considerado comum. E seus olhos tinham o tom de azul de manhãs gloriosas, ainda mais intenso em contraste com a pele bronzeada. Havia algo de extraordinário nele, uma espécie de força vital tão grande que quase a fez dar um passo para trás.

Quando ele inclinou a cabeça para olhá-la, um brilho cor de mogno deslizou sobre seus cabelos castanho-escuros com um corte mais rente à cabeça do que o preferido pelos europeus. Era um estilo americano. Na verdade, ele tinha sotaque americano. E aquele cheiro de frescor e limpeza que ela detectou... Era o de um sabonete *Bowman's*?

De repente, se deu conta de quem ele era e seus joelhos quase fraquejaram.

– O *senhor*! – sussurrou, arregalando os olhos ao contemplar o rosto de Matthew Swift, o homem com quem seu pai queria que ela se casasse.

CAPÍTULO 2

Daisy devia ter cambaleado um pouco, porque ele a segurou pelos braços.

– Sr. Swift – murmurou, tentando instintivamente recuar.

– A senhorita vai cair no poço. Venha comigo.

Ele a puxou com gentileza, mas de forma firme, afastando-a da água. Irritada por ter sido conduzida como um ganso perdido, Daisy se retesou. Algumas coisas não haviam mudado. Matthew continuava dominador.

No entanto, não conseguia parar de olhar para ele. Meu Deus, nunca em sua vida vira tamanha mudança. O "saco de ossos" se transformara em um homem forte e bem-sucedido que irradiava saúde e vigor. Usava roupas elegantes que não escondiam a bela musculatura.

As mudanças não eram só físicas. A maturidade lhe dera um ar confiante, de alguém que conhecia as próprias habilidades. Daisy se lembrou de quando ele havia começado a trabalhar para seu pai... Era um oportunista, esquelético, tinha o olhar frio. Usava roupas caras que lhe caíam mal e sapatos gastos. "A velha Boston é assim", dissera o pai, de forma indulgente, quando os sapatos tinham causado comentários na família. "As pessoas aqui fazem um par de sapatos ou um casaco durar para sempre. A economia é uma religião, independentemente do tamanho da fortuna da família."

Daisy se soltou de Swift.

– O senhor mudou – disse, tentando se recompor.

– A senhorita, não – respondeu ele. Ela não sabia dizer se o comentário era um elogio ou uma crítica. – O que estava fazendo no poço?

– Eu estava... Eu pensei... – Daisy tentou em vão encontrar uma explicação sensata, mas não conseguiu pensar em nada. – É um poço dos desejos.

Ele estava com uma expressão solene, mas havia um brilho suspeito em seus olhos azuis, como se secretamente achasse graça.

– Leva isso a sério?

– Todos na vila vêm aqui – respondeu Daisy irritada. – É um poço dos desejos *lendário*.

Ele a olhava do modo que ela sempre havia detestado, assimilando tudo, sem deixar escapar nenhum detalhe. Daisy sentiu as bochechas arderem.

– O que pediu?

– Isso é particular.

– Conhecendo-a como conheço, poderia ser qualquer coisa.

– O senhor não me conhece – retrucou Daisy.

Era enlouquecedor o fato de ela ter sido oferecida em casamento para o homem errado. Seria apenas um negócio envolvendo dinheiro e obrigações. Desapontamento e desprezo mútuo. Matthew nunca se casaria com ela se não fosse por interesse na empresa de seu pai.

– Talvez não – admitiu Swift.

Mas as palavras soaram falsas. Ele achava que sabia muito bem quem ela era. Seus olhares se encontraram, medindo-se e desafiando-se.

– Sendo um poço *lendário* – continuou Swift –, eu detestaria deixar passar essa oportunidade única.

Ele procurou brevemente em seu bolso e pegou uma grande moeda de prata. Daisy não via dinheiro americano havia uma eternidade.

– É preciso atirar um alfinete – observou ela.

– Não tenho um.

– É uma moeda de 5 dólares – disse Daisy sem poder acreditar. – Não vai jogá-la fora assim, vai?

– Não vou jogá-la fora. Vou fazer um investimento. É melhor me dizer qual é o procedimento adequado. É muito dinheiro para ser desperdiçado.

– Está zombando de mim.

– Estou falando sério. Nunca fiz pedidos para um poço dos desejos. Uma ajuda seria bem-vinda.

Ele esperou a resposta de Daisy. Quando ficou evidente que não viria, um toque de humor surgiu no canto de seus lábios.

– Vou atirar a moeda mesmo assim.

Daisy amaldiçoou a si mesma. Swift estava zombando dela, mas não conseguiu resistir. Um desejo não era algo que deveria ser desperdiçado, principalmente quando feito com uma moeda de 5 dólares.

Ela se aproximou do poço e disse:

– Primeiro, segure a moeda na palma da mão até ela ficar quente.

Swift foi para o lado dela.

– E depois?

– Feche os olhos e se concentre no desejo. – Ela assumiu um tom zombeteiro. – E tem de ser um desejo pessoal. Não pode ter nada a ver com fusões ou trustes bancários.

– Eu penso em outras coisas além de negócios.

Daisy lhe lançou um olhar cético e ele a surpreendeu com um breve sorriso.

Já o vira sorrir? Talvez uma ou duas vezes. Tinha uma vaga lembrança disso, quando o rosto dele era tão magro que o sorriso mais parecia uma careta do que uma manifestação de alegria. Mas agora o sorriso era espontâneo, o que o tornava afável e sedutor, e uma onda de calor a fez se perguntar que tipo de homem se escondia por trás daquela aparência sóbria.

Daisy ficou aliviada quando o sorriso desapareceu e ele voltou ao seu eu pétreo.

– Feche os olhos – lembrou-lhe. – Afaste tudo de sua mente, exceto o pedido.

Os olhos de Swift se fecharam, dando a Daisy a chance de examiná-lo. Suas feições eram marcantes, o nariz comprido demais, a boca obstinada, os cílios pretos e extravagantes. A boa aparência de Swift finalmente se revelara. Os ângulos austeros do rosto tinham se suavizado e a boca sugeria sensualidade.

– E agora? – murmurou ele, ainda com os olhos fechados.

Contemplando-o, Daisy ficou horrorizada com seu impulso de se aproximar e passar os dedos por aquele rosto bronzeado.

– Quando o desejo estiver fixo em sua mente, abra os olhos e atire a moeda no poço.

Os cílios dele se ergueram, revelando olhos brilhantes como fogo contido em vidro azul. Sem olhar para o poço, Swift atirou a moeda bem no centro.

Daisy percebeu que seu coração tinha começado a bater rápido. Sentira algo parecido quando lera as passagens mais assustadoras de *Os apuros de Penélope*. No livro, Penélope era capturada por um vilão que prometera deixá-la trancada em uma torre até a donzela lhe entregar sua virtude.

O romance era bobo, mas isso não a impedira de apreciá-lo. Daisy ficara extremamente desapontada quando Penélope foi salva da ruína iminente por Reginald, o herói insípido que não era nem de longe tão interessante quanto o vilão. É claro que a perspectiva de ser trancada em um quarto de uma torre sem nenhum livro não lhe agradava, mas os monólogos ameaçadores do vilão sobre a beleza de Penélope, seu desejo por ela e a devassidão à qual a submeteria eram muito intrigantes.

Matthew Swift era tão bonito quanto o vilão imaginado por Daisy.

– O que pediu?

Ele fez uma leve careta.

– Isso é particular.

Daisy franziu a testa ao reconhecer o eco de seu comentário anterior. Olhou para seu chapéu no chão e foi buscá-lo. Precisava fugir da presença inquietante de Swift.

– Vou voltar para a mansão – disse por cima do ombro. – Tenha um bom dia, Sr. Swift. Aproveite bem o resto de seu passeio.

Para sua consternação, ele a alcançou com alguns passos largos.

– Vou acompanhá-la.

Daisy se recusou a olhá-lo.

– Melhor não.

– Por que não? Vamos na mesma direção.

– Porque prefiro caminhar em silêncio.

– Então ficarei em silêncio.

Deduzindo que era inútil se opor à persistência dele, Daisy apertou os lábios. O prado estava tão bonito quanto antes, mas o prazer dela desaparecera. Não ficou surpresa por Swift ignorar suas objeções. Sem dúvida ele via o casamento deles do mesmo modo. Não importaria o que ela quisesse ou pedisse, ele não levaria em conta sua vontade e insistiria em fazer o que bem entendesse.

Swift devia pensar que ela era maleável como uma criança. Com sua profunda arrogância, talvez pensasse que Daisy ficaria grata pelo matrimônio. Ao menos ele se daria ao trabalho de pedi-la em casamento? Muito provavelmente atiraria um anel em seu colo e lhe diria para usá-lo.

Continuando a desagradável caminhada, Daisy se esforçou para não disparar em uma corrida. Seria inútil de qualquer maneira. Swift dava um passo para cada dois dela. O ressentimento lhe provocou um nó na garganta.

Essa caminhada simbolizava seu futuro. Só lhe restaria prosseguir penosamente sabendo que, por mais rápido que andasse, nunca poderia deixá-lo para trás.

Por fim, ela não pôde mais suportar o tenso silêncio.

– Foi o senhor quem enfiou a ideia na cabeça do meu pai?

– Qual ideia?

– Ah, não se faça de desentendido – disse ela irritada. – Sabe do que estou falando.

– Não, não sei.

Pelo visto ele insistiria naquele jogo.

– O acordo que fez com meu pai. Quer se casar comigo para herdar a empresa.

Swift parou tão subitamente que, em outras circunstâncias, isso a teria feito rir. Parecia que ele tinha batido em um muro invisível. Não havia uma expressão clara no rosto dele.

– Eu... – Sua voz estava rouca e ele teve de pigarrear antes de conseguir responder. – Eu não sei do que diabo está falando.

– Não sabe? – perguntou Daisy em voz baixa.

Então sua suposição estava errada. Seu pai ainda não havia revelado o plano dele para Swift.

Se fosse possível morrer de vergonha, Daisy teria caído dura ali mesmo. Expusera-se ao maior constrangimento de sua vida. No silêncio que se seguiu, o farfalhar de folhas e os gorjeios de pássaros pareceram se amplificar. Ela não tinha a habilidade de ler os pensamentos de Swift, mas percebeu que ele examinava possibilidades e tirava conclusões.

– Meu pai falou como se tudo estivesse combinado. Achei que já haviam discutido o assunto durante a viagem mais recente dele a Nova York.

– Ele nunca comentou nada sobre isso. Aliás, a ideia de nos casarmos nunca passou pela minha cabeça. Não tenho nenhuma ambição de herdar a empresa.

– O senhor não tem nada *além* de ambição.

– É verdade – disse Swift, examinando-a atentamente. – Mas não preciso me casar com a senhorita para garantir meu futuro.

– Meu pai parece achar que o senhor aceitaria a oportunidade de se tornar genro dele.

– Eu aprendi muito com ele – respondeu Swift com previsível cautela.

– Estou certa disso. – Daisy se refugiou por trás de uma expressão de desdém. – Imagino que papai tenha lhe ensinado muitas lições que o beneficiaram no mundo dos negócios. Mas nenhuma que o beneficiará na vida.

– A senhorita desaprova a empresa de seu pai?

– Um pouco. Meu pai se dedicou de corpo e alma a ela e ignorou as pessoas que o amam.

– A empresa proporciona muitos luxos interessantes – salientou Swift.

– Eu nunca quis luxo! Nunca quis nada além de uma vida tranquila.

– Para se sentar sozinha na biblioteca e ler? – sugeriu Swift com uma afabilidade um tanto exagerada. – Para passear pelo jardim? Para desfrutar da companhia de suas amigas?

– Sim!

– Livros são caros, assim como as casas bonitas com jardins. Já lhe ocorreu que alguém precisa pagar por isso?

Essa pergunta lembrava tanto a acusação feita por seu pai de que ela era uma parasita que Daisy se encolheu. Ao notar a reação da jovem, a expressão de Swift mudou. Ele começou a dizer outra coisa, mas Daisy o interrompeu de forma brusca:

– Não é da sua conta como eu levo a minha vida ou quem paga por isso. Não me importo com suas opiniões e o senhor não tem nenhum direito de impô-las.

– Tenho, já que o meu futuro está sendo ligado ao seu.

– Não está!

– Hipoteticamente.

Ah, como ela detestava pessoas que complicavam tudo quando argumentavam.

– Nosso casamento nunca será nada além de hipotético – informou-lhe. – Meu pai me deu até o fim de maio para encontrar outra pessoa com quem me casar, e eu a encontrarei!

Swift a olhou com grande interesse.

– Posso adivinhar que tipo de homem está procurando. Louro, aristocrata, sensível, alegre e com muito tempo livre para atitudes cavalheirescas...

– Sim – interrompeu-o Daisy, perguntando-se como ele conseguira fazer essa descrição parecer tola.

– Foi o que imaginei. – A presunção na voz de Swift a deixou extremamente irritada. – Seus padrões são altos demais. Isso explica por que uma moça com sua aparência conseguiu passar três temporadas sem arranjar um noivo. Não deseja menos do que o homem perfeito, motivo pelo qual seu pai a está pressionando.

Daisy se distraiu por um momento com as palavras "uma moça com sua aparência", como se ela fosse uma beldade. Concluindo que o comentário fora feito com um profundo sarcasmo, sentiu sua raiva aumentar.

– Não desejo me casar com o homem perfeito – disse ela baixinho. Ao contrário de sua irmã mais velha, que praguejava com espetacular fluência, Daisy achava difícil falar quando estava zangada. – Estou bem consciente de que isso não existe.

– Então por que ainda não encontrou alguém? Até mesmo sua irmã arranjou um marido.

– O que quer dizer com "até mesmo minha irmã"?

– Case-se com Lillian e ganhará um milhão. – A frase insultante havia causado muita diversão na alta sociedade de Manhattanville. – Por que acha que ninguém em Nova York a pediu em casamento apesar do enorme dote dela? Sua irmã é o maior pesadelo de qualquer homem.

Aquilo era demais.

– Minha irmã é um *tesouro* e Westcliff reconheceu isso. Poderia ter se casado com qualquer mulher, mas escolheu Lillian. Eu o desafio a repetir sua opinião sobre ela para o conde. – Daisy se virou e se afastou, furiosa, andando o mais rápido que suas pequenas pernas lhe permitiam.

Swift a alcançou facilmente, com as mãos enfiadas nos bolsos.

– O fim de maio… – ponderou, nem um pouco ofegante apesar do ritmo deles. – Daqui a menos de dois meses. Como vai encontrar um pretendente em tão pouco tempo?

– Se for preciso, ficarei em uma esquina segurando uma placa.

– Meus sinceros votos de sucesso, Srta. Bowman. Não sei se estou disposto a me apresentar como vencedor por falta de opções.

– Isso não acontecerá! Fique tranquilo, Sr. Swift. Nada no mundo me fará aceitar ser sua esposa. Lamento pela pobre mulher que se casar com o senhor. Não posso imaginar ninguém que mereceria um marido tão frio e arrogante...

– Espere. – O tom dele havia se suavizado no que poderia ser o início de uma conciliação. – Daisy...

– Não me chame pelo meu primeiro nome!

– Tem razão. Isso foi inadequado. Imploro seu perdão. O que quero dizer, Srta. Bowman, é que não há razão para hostilidade. Estamos falando sobre um assunto que tem grandes consequências para nós dois. Espero que possamos ser civilizados por tempo suficiente para encontrar uma solução aceitável.

– Só há uma solução – disse Daisy sombriamente. – Diga para meu pai que se recusa a se casar comigo em qualquer circunstância. Prometa fazer isso e tentarei ser civilizada.

Swift parou no caminho, o que forçou Daisy a parar também. Virando-se para olhá-lo, ela ergueu as sobrancelhas, esperançosa. Deus sabia que essa não seria uma promessa difícil para ele, considerando suas afirmações anteriores. Mas Swift estava lhe dando um longo e insondável olhar, com as mãos ainda nos bolsos e o corpo tenso, como se esperasse por algo. Havia um brilho estranho naqueles olhos, como se fosse um tigre à espera.

Ela o encarou, tentando desesperadamente descobrir o que lhe passava pela cabeça e conseguindo perceber sinais de divertimento e desconcertante desejo. Mas desejo *pelo quê?* Certamente não por ela.

– Não – disse ele em voz baixa, para si mesmo.

Daisy balançou a cabeça, perplexa. Estava com os lábios secos e precisou umedecê-los com a ponta da língua para conseguir falar. Perturbou-a o fato do olhar dele seguir aquele pequeno movimento.

– Não, não vou me casar com você? – perguntou.

– Não, não vou prometer isso – respondeu Swift.

E, passando por ela, continuou a andar na direção da mansão.

~

– Ele está tentando torturá-la – afirmou Lillian com asco quando Daisy lhe contou toda a história, mais tarde naquele dia.

Elas estavam sentadas na sala particular no andar superior da mansão com suas duas amigas mais íntimas, Annabelle Hunt e Evie, lady St. Vincent. Haviam se conhecido dois anos antes, um quarteto de jovens que, na época, por vários motivos, ainda não tinha conseguido arranjar pretendentes.

Era uma crença comum na sociedade vitoriana que as mulheres, com sua natureza volúvel e inteligência inferior, não podiam ter a mesma qualidade de amizade que os homens. Só eles podiam ser leais, realmente honestos e magnânimos.

Daisy considerava aquilo besteira. Elas eram unidas por um laço de grande afeto e confiança. Ajudavam umas às outras e se incentivavam sem um pingo de competição ou ciúme. Daisy gostava de Annabelle e Evie quase tanto quanto de Lillian. Podia facilmente imaginá-las no futuro, falando sobre seus netos enquanto tomavam chá com biscoitos, senhoras de cabelos grisalhos e línguas afiadas.

– Não acredito nem um pouco que o Sr. Swift não sabia de nada – continuou Lillian. – Ele é um mentiroso e está mancomunado com nosso pai. É claro que quer herdar a empresa.

Lillian e Evie estavam instaladas em cadeiras estofadas em brocado perto das janelas, enquanto Daisy e Annabelle se acomodavam no chão envoltas nas camadas coloridas de suas saias. Uma garotinha roliça engatinhava de um lado para outro entre elas, de vez em quando parando para examinar algo no tapete com seus pequeninos dedos.

A bebê, Isabelle, era filha de Annabelle e Simon Hunt, nascida cerca de dez meses antes. Certamente nenhuma outra criança já fora tão adorada por todos na casa, até mesmo pelo pai.

Contra todas as expectativas, o másculo e viril Sr. Hunt não ficara nem um pouco desapontado por seu primogênito ser do sexo feminino. Ele amava a filha, não hesitando em segurá-la em público e em lhe murmurar palavras ternas de um modo que os pais raramente ousavam fazer. Instruíra Annabelle a lhe dar mais filhas no futuro, afirmando de maneira jocosa que sempre desejara ser amado por muitas mulheres.

Como era de esperar, a menina era linda. Seria uma impossibilidade física para Annabelle gerar uma criança menos que espetacular. Segurando o corpo robusto e esquivo da bebê, Daisy lhe beijou o pescoço macio antes de voltar a colocá-la no tapete.

– Vocês deviam tê-lo ouvido. Ele foi incrivelmente arrogante. Concluiu que é culpa minha ainda estar solteira. Disse que meus padrões são altos demais. Fez uma preleção sobre o custo dos meus livros e disse que alguém tem que pagar pelo meu oneroso estilo de vida.

– Que ousadia! – exclamou Lillian, ficando com o rosto vermelho de raiva.

Daisy imediatamente lamentou ter lhe contado. O médico da família dissera que Lillian não deveria se aborrecer perto do último mês de gestação. Ela havia ficado grávida e sofrido um aborto no ano anterior. A perda fora muito difícil para a irmã.

Apesar das garantias do médico de que ela não tivera culpa do aborto, Lillian ficara muito triste durante semanas. Mas com o consolo constante de Westcliff e o apoio amoroso de suas amigas, pouco a pouco voltara ao seu estado de espírito habitual.

Consciente da possibilidade de outro aborto, estava muito mais cuidadosa agora. Infelizmente não era uma daquelas mulheres que floresciam no confinamento. Estava com manchas na pele, nauseada e irritada com as restrições que seu estado impunha.

– Não vou tolerar isso! – exclamou. – Você não vai se casar com esse Matthew Swift e mandarei papai para o inferno se ele tentar enviá-la para longe da Inglaterra!

Ainda sentada no chão, Daisy acariciou o joelho de sua irmã mais velha em um gesto tranquilizador e se forçou a sorrir enquanto contemplava seu rosto perturbado.

– Tudo vai ficar bem. Pensaremos em alguma coisa.

Elas eram muito unidas havia anos. Na ausência do afeto dos pais, eram a única fonte de amor e apoio uma para a outra.

Evie, a mais calada das quatro amigas, falou com a leve gagueira que aparecia sempre que ficava nervosa ou era movida por uma forte emoção. Quando tinham se conhecido, dois anos antes, a gagueira era tão grave que tornava a conversa frustrante. Mas desde que havia deixado sua família agressiva e se casado com lorde St. Vincent, Evie ganhara muito mais autoconfiança.

– O Sr. Swift re-realmente concorda em ter uma noiva que não seja da sua escolha? – Evie afastou da testa um cacho ruivo brilhante. – Se o que ele disse for verdade, que já está com sua situação financeira ga-garantida, não tem nenhum motivo para se casar com Daisy.

– Isso não é só uma questão de dinheiro – respondeu Lillian, procurando uma posição mais confortável em sua cadeira. Ela estava com as mãos pousadas na ampla curva de sua barriga. – Papai trata Swift como um filho adotivo, já que nenhum de nossos irmãos correspondeu às expectativas dele.

– Às expectativas dele? – perguntou Annabelle, intrigada. Ela se inclinou para beijar os dedos dos pés agitados da filha, fazendo a criança rir.

– Dedicando-se à empresa – esclareceu Lillian. – Sendo eficiente, frio e inescrupuloso. Disposto a pôr os interesses comerciais acima de tudo em sua vida. Nesse quesito, papai e o Sr. Swift falam a mesma língua. Nosso irmão Ransom tentou conquistar seu espaço, mas papai sempre o compara com o Sr. Swift.

– E o Sr. Swift sempre sai ganhando – disse Daisy. – Pobre Ransom.

– Nossos outros dois irmãos nem mesmo se deram ao trabalho de tentar – falou Lillian.

– Mas e quanto ao pai verdadeiro do Sr. Swift? – perguntou Evie. – Não faz nenhuma objeção ao filho ser tratado como filho de outro?

– Bem, essa sempre foi a parte estranha – respondeu Daisy. – O Sr. Swift vem de uma família muito conhecida na Nova Inglaterra. Eles se estabeleceram em Plymouth e alguns foram parar em Boston no início do século XIII. Os Swifts são famosos por sua linhagem distinta, mas poucos conseguiram manter seu dinheiro. Como nosso pai sempre diz, a primeira geração o ganha, a segunda o gasta e a

34

terceira só herda o nome. É claro que, em se tratando da velha Boston, o processo demora dez gerações em vez de três, porque eles são muito mais lentos em tudo...

– Você está divagando, querida – interrompeu-a Lillian. – Volte ao assunto.

– Desculpe-me. – Daisy sorriu brevemente antes de continuar. – Bem, nós suspeitamos de que haja algum tipo de desavença entre o Sr. Swift e a família porque ele quase nunca fala deles e raramente vai visitá-los em Massachusetts. Por isso, mesmo se o pai do Sr. Swift se opusesse a ele entrar para outra família, nunca saberíamos.

As quatro mulheres se calaram por um momento, refletindo sobre a situação.

– Encontraremos um noivo para Daisy – disse Evie. – Agora que podemos procurar alguém que não seja aristocrata, será bem mais fácil. Há muitos cavalheiros de boa linhagem que nã-não possuem títulos.

– O Sr. Hunt tem muitos conhecidos solteiros.

– Eu agradeço – falou Daisy –, mas não gosto da ideia de me casar com um homem de negócios. São frios. Nunca seria feliz. – Desculpando-se, acrescentou: – Sem querer ofender o Sr. Hunt, é claro.

Annabelle riu.

– Eu não diria que todos os homens de negócios são frios. O Sr. Hunt às vezes é bastante sensível e até mesmo emotivo.

As outras a olharam ceticamente, incapazes de imaginar o grande e destemido marido de Annabelle como um homem sensível. O Sr. Hunt era inteligente e encantador, mas parecia tão insensível quanto um elefante seria ao zumbido de um mosquito.

– Nós acreditamos em você – disse Lillian. – Voltando ao assunto... Evie, pode perguntar a lorde St. Vincent se ele conhece algum cavalheiro adequado para Daisy? Ele deve ser capaz de encontrar um tipo decente. Deus sabe que ele possui informações sobre todos os homens ingleses com algum dinheiro no bolso.

– Vou perguntar – respondeu Evie. – Estou certa de que poderemos encontrar alguns candidatos apresentáveis.

À frente do Jenner's, o clube de jogos exclusivo que o pai de Evie fundara muito tempo atrás, lorde St. Vincent estava rapidamente levando o negócio a um nível de sucesso jamais alcançado. Dirigia o clube com rigor, mantendo arquivos detalhados sobre a vida pessoal e financeira de todos os membros.

– Obrigada – respondeu Daisy com sinceridade. Seus pensamentos se fixaram no clube. – Eu gostaria de saber... você acha que lorde St. Vincent conseguiria descobrir mais sobre o passado misterioso do Sr. Rohan? Talvez ele seja descendente de um lorde irlandês ou algo desse tipo.

Um breve silêncio invadiu a sala como uma corrente de ar frio. Daisy viu a irmã e as amigas trocando olhares e subitamente ficou irritada com elas e até mais consigo própria por ter mencionado o homem que ajudava a dirigir o clube de jogos.

Rohan era um jovem de origem em parte cigana, com cabelos escuros e olhos brilhantes cor de avelã. Eles só haviam se encontrado uma vez, quando Rohan lhe roubara um beijo. Três beijos, para ser exata, e essa tinha sido a experiência mais erótica de toda a sua vida. Na verdade, a *única* experiência erótica que tivera.

Rohan a beijara como se ela fosse uma adulta em vez de a irmã mais nova de alguém, com uma sensualidade que sugeria todas as coisas proibidas a que os beijos levavam. Daisy deveria ter lhe dado um tapa. Em vez disso, sonhara com esses beijos pelo menos mil vezes.

– Acho que não, querida – comentou Evie com muita

gentileza, e Daisy sorriu com uma alegria exagerada, como se estivesse brincando.

– Ah, é claro que ele não é! Mas você sabe como é minha imaginação...

– Devemos nos manter concentradas no que é importante, Daisy – disse Lillian firmemente. – Sem fantasias ou histórias... e sem mais pensamentos em Rohan. Isso só servirá para distraí-la.

O primeiro impulso de Daisy foi dar uma resposta mordaz como sempre fazia quando Lillian era mandona. Contudo, ao olhar nos olhos da irmã, da mesma cor dos seus, viu o brilho de pânico e sentiu um amor protetor.

– Tem razão – disse, forçando-se a sorrir. – Não precisa se preocupar. Farei o que for preciso para ficar aqui com você. Até mesmo me casar com um homem que não amo.

Mais silêncio, e então Evie falou:

– Nós encontraremos um homem que você possa amar, Daisy. E espero que a afeição mútua aumente com o tempo. – Um sorriso surgiu em seus lábios grossos. – Às vezes isso acontece.

CAPÍTULO 3

O *acordo que fez com meu pai.*
A voz de Daisy ecoava na mente de Matthew. Na primeira oportunidade, conversaria com Thomas Bowman e lhe perguntaria o que diabo estava acontecendo. Com o alvoroço da chegada dos hóspedes, provavelmente só poderia fazer isso à noite.

Matthew se perguntou se o velho Bowman realmente desejava esse casamento. Ao longo dos anos ele tinha pensado em Daisy Bowman, mas nunca cogitara a ideia de se casar. Essa possibilidade sempre fora tão remota que nem valia a pena considerá-la. Matthew nunca a havia beijado, nunca tinha dançado com ela e nem mesmo a acompanhado em um passeio, sabendo muito bem que os resultados seriam desastrosos.

Os segredos de seu passado o assombravam e punham em risco seu futuro. Matthew sempre havia tido consciência de que a identidade que criara para si mesmo poderia se despedaçar a qualquer momento. Só seria preciso alguém somar dois mais dois... e descobrir quem ele realmente era. Daisy merecia um marido íntegro e honesto, não um que construíra sua vida baseada em mentiras.

Mas isso não o impedia de amá-la. Sempre a amara com uma intensidade que parecia irradiar de seus poros. Ela era doce, gentil, engenhosa e absurdamente romântica. Seus olhos escuros brilhavam, cheios de sonhos. Às vezes era desajeitada, quando estava com a mente ocupada demais com seus próprios pensamentos para se concentrar no que fazia. Frequentemente se atrasava para o jantar porque ficara envolvida demais em sua leitura. Perdia dedais, chinelos e lápis. E adorava olhar para as estrelas. Uma vez vira Daisy debruçada sobre o peitoril de um balcão com o rosto pensativo erguido para o céu noturno e se enchera de desejo de ir até ela e beijá-la loucamente. Jamais esquecera essa imagem.

Matthew havia se imaginado na cama com ela mais vezes do que deveria. Se isso pudesse ter acontecido, ele teria sido muito gentil... adorado-a. Feito tudo para agradá-la. Ansiava pela intimidade dos cabelos de Daisy em suas mãos, sentir seus quadris nas palmas, a maciez dos ombros dela tocando seus lábios. O peso de Daisy adormecida em seus braços. Queria tudo isso e muito mais.

Surpreendia-o ninguém ter notado seus sentimentos.

Daisy devia ter sido capaz de percebê-los sempre que olhava para ele. Felizmente, nunca percebera. Sempre o havia visto como uma engrenagem na máquina empresarial de seu pai, e Matthew ficara grato por isso.

Contudo, algo tinha mudado. Ele pensou no modo como Daisy o olhara mais cedo naquele dia, o espanto na expressão dela. Ele havia mudado tanto?

Distraidamente, Matthew enfiou as mãos nos bolsos enquanto andava pela mansão de Stony Cross. Sua preocupação com a própria aparência nunca fora além de manter os cabelos cortados e o rosto limpo. A criação severa da Nova Inglaterra extinguira qualquer brilho de vaidade, porque os habitantes de Boston a abominavam e faziam de tudo para evitar o que era novo e moderno.

Porém, nos últimos anos, Thomas Bowman tinha insistido para que Matthew fosse ao seu alfaiate na Park Avenue, a um cabeleireiro em vez de um barbeiro e fizesse as unhas, como convinha a um cavalheiro na posição dele. Também por insistência de Bowman, contratara uma cozinheira e uma governanta, o que significava que estava se alimentando melhor. Isso, junto com o desaparecimento dos últimos vestígios da adolescência, lhe dera um novo ar de maturidade. Ele se perguntou se Daisy o apreciara e imediatamente se amaldiçoou por se importar com isso.

Mas o modo como ela o fitara, como se o notasse pela primeira vez... Daisy nunca havia olhado para ele daquela maneira em nenhuma das ocasiões em que fora à casa dos Bowmans, na Quinta Avenida. Matthew se lembrou do dia em que a conheceu, em um jantar apenas para a família.

A grande sala brilhava devido à luz projetada por um lustre de cristal. As paredes eram cobertas com grosso papel de parede dourado e molduras pintadas na mesma cor. Quatro grandes espelhos, os maiores que ele já vira, ocupavam uma parede inteira.

Dois dos filhos estavam presentes, jovens robustos com o dobro do peso de Matthew. Mercedes e Thomas sentavam-se em lados opostos da mesa. As duas filhas, Lillian e Daisy, estavam sentadas de um lado, aproximando furtivamente seus pratos e suas cadeiras.

Thomas Bowman tinha um relacionamento conflituoso com elas, em alguns momentos ignorando-as e em outros submetendo-as a duras críticas. A filha mais velha, Lillian, lhe respondia com rispidez e atrevimento.

Mas Daisy, que tinha 15 anos, olhava para o pai com um ar pensativo e até mesmo divertido. Isso parecia irritá-lo além do que ele podia suportar. Ela havia feito Matthew ter vontade de sorrir. Com seus olhos exóticos cor de canela e suas expressões imprevisíveis, Daisy Bowman parecia saída de uma floresta encantada habitada por criaturas míticas.

Logo ficara claro que qualquer conversa de que Daisy participasse tenderia a tomar rumos inesperados e fascinantes. Secretamente, ele havia achado graça quando Bowman a repreendera na frente de todos por sua última travessura. Ao que parecia, a casa de Bowman subitamente ficara cheia de ratos porque todas as ratoeiras tinham falhado.

Uma das criadas contou que Daisy se esgueirara pela casa à noite, desarmando-as para que os ratos não fossem mortos.

– Isso é verdade, filha? – perguntara Thomas Bowman com um olhar irado.

– Talvez – admitira ela. – Mas há outra explicação.

– E qual é? – perguntara ele com raiva.

O tom dela se tornara alegre.

– Estarmos hospedando os ratos mais inteligentes de Nova York!

Daquele momento em diante, Matthew nunca recusou

um convite para ir à mansão dos Bowmans, não só porque sua presença agradava ao velho como também para ter a chance de ver Daisy. Com discrição, olhava-a sempre que possível, sabendo que isso era tudo que poderia fazer. E os momentos que havia passado na companhia de Daisy, independentemente da fria cortesia dela, foram os únicos em sua vida em que chegara perto de ser feliz.

Escondendo seus pensamentos perturbadores, Matthew caminhou pela mansão. Nunca havia viajado para o exterior, mas era assim que imaginara que a Inglaterra seria, com jardins bem-cuidados, colinas verdes e a vila rústica aos pés da grande propriedade.

Era uma casa antiga com móveis envelhecidos, mas em cada canto parecia haver um vaso, uma estátua ou uma pintura de valor inestimável que constava de livros de história da arte. Talvez a casa fosse um pouco fria no inverno, mas com as muitas lareiras, os tapetes grossos e as cortinas de veludo, dificilmente se poderia dizer que morar ali seria um sofrimento.

Quando Thomas Bowman – ou seu secretário – lhe escrevera dizendo que ele teria de supervisionar o estabelecimento de uma divisão da saboaria na Inglaterra, o primeiro impulso de Matthew fora recusar. Gostava de desafios e responsabilidades, mas estar perto de Daisy Bowman era mais do que ele podia suportar. A presença dela o espicaçava como flechas, prometendo um futuro de desejo infinito insatisfeito.

Foram as últimas linhas do secretário, sobre o bem-estar da família Bowman, que lhe chamaram atenção:

Há incertezas sobre a Srta. Bowman mais jovem conseguir encontrar um cavalheiro com quem se casar. Por isso o Sr. Bowman decidiu levá-la para Nova York se ainda não estiver noiva até o fim da primavera...

Isso havia feito Matthew enfrentar um dilema. Se Daisy

voltasse para Nova York, tudo bem ele ir para a Inglaterra. Ele se garantiria aceitando o cargo em Bristol e esperando para ver se Daisy conseguiria arranjar um marido. Se ela conseguisse, encontraria um substituto para si mesmo e voltaria para Nova York.

Desde que houvesse um oceano entre eles, tudo ficaria bem.

Quando Matthew passou pelo hall de entrada principal, avistou lorde Westcliff. O conde estava na companhia de um homem com cabelos escuros que lembrava um pirata, apesar de suas roupas elegantes. Matthew supôs que fosse o Sr. Hunt, sócio e melhor amigo de Westcliff. Apesar de todo o sucesso financeiro de Hunt, ele era filho de um açougueiro, que não tinha nenhum laço com a aristocracia.

– Sr. Swift – disse Westcliff tranquilamente quando eles se encontraram. – Parece que voltou cedo de seu passeio. Espero que tenha apreciado a vista.

– A vista é magnífica, milorde – respondeu Matthew. – Estou ansioso para dar muitos passeios assim pela propriedade. Voltei cedo porque encontrei a Srta. Bowman no caminho.

– Ah. – O rosto de Westcliff estava impassível. – Sem dúvida foi uma surpresa para a Srta. Bowman.

Mas não uma boa. Matthew sustentou o olhar do conde sem pestanejar. Uma de suas habilidades mais úteis era ser capaz de perceber as mínimas alterações na expressão facial que revelavam os pensamentos das pessoas. Mas Westcliff era um homem excepcionalmente controlado. Matthew admirava isso.

– Acho certo dizer que foi uma das muitas surpresas que a Srta. Bowman teve nos últimos tempos – respondeu Matthew.

Isso foi uma tentativa deliberada de descobrir se

Westcliff sabia algo sobre o possível casamento arranjado com Daisy. O conde respondeu apenas com um ínfimo erguer de sobrancelhas, como se achasse o comentário interessante, mas não digno de resposta.

Maldição, pensou Matthew com crescente admiração.

Westcliff se virou para o homem de cabelos pretos ao seu lado.

– Hunt, eu gostaria que conhecesse Matthew Swift, o americano que mencionei antes. Swift, este é o Sr. Simon Hunt.

Eles apertaram firmemente as mãos. Hunt era cinco a dez anos mais velho que Matthew e parecia ser bom de briga. Um homem corajoso e confiante que supostamente adorava zombar da arrogância e da afetação da alta classe.

– Soube de seu sucesso com a Consolidated Locomotive – comentou Matthew a Hunt. – Há muito interesse em Nova York pela combinação da arte inglesa com os métodos de fabricação americanos.

Hunt sorriu sarcasticamente.

– Embora eu fosse gostar de levar todo o crédito, a modéstia me obriga a dizer que Westcliff teve algo a ver com isso. Ele e seu cunhado são meus sócios.

– Uma combinação muito bem-sucedida – respondeu Matthew.

Hunt se virou para Westcliff.

– Ele tem talento para a lisonja – observou. – Posso contratá-lo?

Westcliff esboçou um sorriso de divertimento.

– Acho que meu sogro não vai permitir. Ele precisa dos talentos do Sr. Swift para construir uma fábrica e abrir um escritório da empresa em Bristol.

Matthew decidiu mudar o rumo da conversa.

– Tenho lido sobre os últimos movimentos no Parlamento para a nacionalização da indústria ferroviária inglesa – disse para Westcliff. – Estou interessado em ouvir sua opinião sobre esse assunto, milorde.

– Meu Deus, não o faça começar a falar sobre isso! – disse Hunt.

O tema fez Westcliff franzir o cenho.

– O governo assumindo o controle da indústria é a última coisa de que precisamos. Deus nos livre de ainda mais interferências de políticos. O governo controlaria as ferrovias de maneira tão ineficaz quanto controla todo o resto. E o monopólio acabaria com a concorrência da indústria, resultando em aumento de impostos, para não mencionar...

– Para não mencionar – interrompeu-o Hunt astutamente – que Westcliff e eu não queremos que o governo corte nossos lucros futuros.

Matthew olhou para ele com seriedade.

– Tenho em mente o melhor interesse público.

– Nesse caso, é uma sorte que seu interesse seja o melhor para todos – comentou Hunt.

Matthew conteve um sorriso.

– Como pode ver, o Sr. Hunt não perde nenhuma oportunidade de zombar de mim – disse Westcliff para Matthew, revirando os olhos.

– Eu zombo de todo mundo – disse Hunt. – Acontece que você é o alvo mais fácil.

Westcliff se virou para Matthew e disse:

– Hunt e eu vamos fumar no terraço dos fundos. Quer se juntar a nós?

Matthew balançou a cabeça.

– Eu não fumo.

– Eu também não – disse Westcliff pesarosamente. – Sempre tive o hábito de fumar um charuto de vez em quando, mas infelizmente o cheiro de tabaco não agrada à condessa em sua condição.

Demorou um momento para Matthew se lembrar de que "a condessa" era Lillian Bowman. Que estranho a divertida, irritável e tempestuosa Lillian ser agora lady Westcliff!

– Nós dois conversaremos enquanto Hunt fuma um charuto – informou-lhe Westcliff. – Venha conosco.

O "convite" não parecia admitir a possibilidade de recusa, mas Matthew tentou assim mesmo.

– Obrigado, milorde, mas há um assunto que desejo discutir com uma pessoa e…

– Suponho que essa pessoa seja o Sr. Bowman.

Inferno, pensou Matthew. *Ele sabe.* Mesmo que não tivesse dito, dava para perceber pelo modo como Westcliff olhava para ele. Ele sabia da intenção dos Bowmans de casá-lo com Daisy… e, como era de esperar, tinha uma opinião sobre isso.

– Discutirá o assunto comigo primeiro – continuou o conde.

Matthew olhou cautelosamente para Simon Hunt, que por sua vez lhe lançou um olhar vago.

– Estou certo de que o Sr. Hunt não deseja se entediar com assuntos pessoais alheios – comentou Matthew.

– De modo algum – retrucou Hunt alegremente. – Adoro saber de assuntos alheios. Principalmente os pessoais.

Os três foram para o terraço dos fundos, que dava vista para acres de jardins bem-cuidados, separados por caminhos de cascalho e sebes minuciosamente esculpidas. Um pomar de peras era visível ao longe no verde exuberante. A brisa que soprava nos jardins tinha um forte perfume floral e o som da água correndo no rio próximo era ouvido em meio ao farfalhar das árvores.

Sentado a uma mesa, Matthew se forçou a relaxar em sua cadeira. Westcliff e ele observaram Simon Hunt cortar a ponta de um charuto com um canivete. Matthew permaneceu em silêncio, esperando pacientemente Westcliff se pronunciar.

– Há quanto tempo – perguntou Westcliff abruptamente – sabe do plano de Bowman de casá-lo com Daisy?

Matthew respondeu sem hesitação:

– Há cerca de uma hora e quinze minutos.

– Não foi ideia sua?

– De forma alguma – garantiu-lhe Matthew.

O conde se recostou, cruzou as mãos sobre sua barriga lisa e o examinou estreitando os olhos.

– Mas o senhor tem muito a ganhar com esse arranjo.

– Milorde – disse Matthew prosaicamente –, se eu tenho algum talento na vida, é para ganhar dinheiro. Não preciso me casar por interesse.

– Fico feliz em ouvir isso – respondeu o conde. – Tenho mais uma pergunta a fazer, mas primeiro quero deixar a minha posição bem clara. Tenho grande apreço por minha cunhada e a considero sob minha proteção. Conhecendo bem os Bowmans, sem dúvida sabe do relacionamento estreito entre a condessa e a irmã. Minha esposa sofreria muito com a infelicidade de Daisy. Portanto, não permitirei que isso aconteça. Simples, não?

– Entendo – disse Matthew sucintamente.

Era uma grande ironia ser avisado para se afastar de Daisy quando já decidira fazer tudo ao seu alcance para não se casar com ela. Sentiu-se tentando a mandar Westcliff para o inferno. Em vez disso, ficou de boca fechada e manteve uma aparência calma.

– Daisy tem um espírito único – disse Westcliff. – Uma natureza afetuosa e romântica. Se for forçada a se casar sem amor, ficará arrasada. Ela merece um marido que a valorize por tudo o que é e a proteja das duras realidades do mundo. Um marido que lhe permita sonhar.

Era surpreendente perceber tanto sentimento em Westcliff, que era universalmente conhecido por ser um homem pragmático e equilibrado.

– O que deseja saber, milorde?

– Pode me dar sua palavra de que não se casará com minha cunhada?

Matthew sustentou o olhar frio do conde. Não era bom contrariar um homem como Westcliff, que estava acostumado a que não lhe negassem nada. Mas Matthew havia suportado durante anos as explosões e a arrogância de Thomas Bowman quando outros homens teriam fugido de medo da ira dele.

Embora Bowman pudesse ser um tirano implacável e sarcástico, não havia nada que ele respeitasse mais do que um homem disposto a enfrentá-lo. E por isso logo se tornara a função de Matthew ser o porta-voz das más notícias e das duras verdades.

Matthew fora treinado para isso, motivo pelo qual a tentativa de Westcliff de dominá-lo não teve nenhum efeito sobre ele.

– Temo que não, milorde – disse Matthew polidamente.

Simon Hunt deixou cair seu charuto.

– Não me dará sua palavra? – perguntou Westcliff.

– Não.

Matthew se curvou para pegar o charuto caído e o entregou para Hunt, que o olhava com um brilho de alerta nos olhos, como se silenciosamente tentasse impedi-lo de saltar de um penhasco.

– Por que não? – perguntou Westcliff. – Porque não quer perder sua posição com Bowman?

– Não, ele não pode se dar ao luxo de me perder agora. – Matthew esboçou um sorriso na tentativa de não fazer suas palavras parecerem arrogantes. – Sei mais sobre produção, administração e comercialização do que qualquer um na empresa. Conquistei a confiança do velho. Por isso, não serei despedido nem mesmo se me recusar a me casar com a filha dele.

– Então não terá nenhuma dificuldade em esquecer esse assunto. Quero sua palavra, Swift. *Agora*.

Um homem menos firme teria ficado intimidado com o tom autoritário de Westcliff.

– Eu poderia considerar isso – retrucou Matthew friamente –, se me fornecesse o incentivo certo. Por exemplo, prometer me endossar a chefia de toda a divisão e garantir a posição por pelo menos, digamos... três anos.

Westcliff lhe lançou um olhar incrédulo.

O tenso silêncio foi quebrado quando Simon Hunt explodiu numa gargalhada.

– Meu Deus, ele tem nervos de aço! – exclamou. – Tome nota das minhas palavras, Westcliff: vou contratá-lo para trabalhar na Consolidated.

– Não sou barato – disse Matthew, o que fez Hunt rir tanto que quase deixou cair seu charuto de novo.

Até mesmo Westcliff sorriu, embora relutantemente.

– Maldição – murmurou. – Não vou lhe dar o cargo tão prontamente. Não com tanto em jogo. Não antes de estar convencido de que é o homem certo para a posição.

– Então parece que chegamos a um impasse. – Matthew assumiu uma expressão amigável.

Os dois homens mais velhos trocaram um olhar, concordando tacitamente em discutir a situação mais tarde, longe dos ouvidos de Matthew. Isso causou uma pontada de curiosidade no americano, mas ele a ignorou, sabendo que havia coisas que não podia controlar. Pelo menos havia tornado claro que não seria intimidado.

Além disso... não podia dar sua palavra sobre esse assunto, já que Bowman ainda não o mencionara para ele.

CAPÍTULO 4

— Obviamente Daisy é a mais fraca da ninhada – disse Thomas Bowman mais tarde naquela noite, andando de um lado para outro na pequena sala de visitas particular contígua ao seu quarto.

Matthew e ele tinham combinado de se encontrar depois do jantar enquanto os outros hóspedes se reuniam no andar de baixo.

– Ela é pequena e frívola. Quando nasceu, eu disse para minha esposa: "Dê-lhe um nome forte e prático." Jane, Constance, algo assim. Em vez disso, ela escolheu Marguerite... *francês*, veja bem! Em homenagem a uma prima de seu lado materno. E então piorou ainda mais quando Lillian, que só tinha 4 anos na época, soube que Marguerite era a palavra francesa para uma flor insignificante. Daí em diante Lillian passou a chamá-la de Daisy, e o nome pegou...

Enquanto Bowman continuava a andar, Matthew pensou em como era perfeito o nome da pequena flor de pétalas brancas que parecia tão delicada e ainda assim era incrivelmente forte. Contava muito o fato de Daisy sempre ter sido teimosamente fiel à sua própria natureza em meio a uma família de personalidades dominadoras.

– Obviamente eu teria de recompensá-lo – disse Thomas Bowman. – Eu o conheço muito para saber que escolheria um tipo de mulher muito diferente, uma mais prática do que uma avoada como Daisy. Portanto...

– Isso não será necessário – interrompeu-o Matthew calmamente. – Daisy... isto é, a Srta. Bowman, é totalmente... – *Bela. Desejável. Encantadora.* – Aceitável. Casar-me com uma mulher como a Srta. Bowman seria em si uma recompensa.

– Bom – grunhiu Bowman, claramente descrente. – É muito cavalheiresco da sua parte dizer isso. Ainda assim, eu lhe oferecerei uma recompensa justa na forma de um generoso dote, mais ações na empresa e assim por diante. Garanto que ficará muito satisfeito. Agora, quanto aos preparativos para o casamento…

– Eu ainda não aceitei – interrompeu-o Matthew.

Bowman parou de andar e lhe lançou um olhar indagador.

– Em primeiro lugar – continuou Matthew cuidadosamente –, é possível que a Srta. Bowman encontre um pretendente nos próximos dois meses.

– Não encontrará nenhum a sua altura – disse Bowman.

Matthew respondeu com seriedade, apesar de seu divertimento.

– Obrigado, mas não acredito que a Srta. Bowman compartilhe de sua ótima opinião a meu respeito.

O homem mais velho fez um gesto de desdém.

– Bobagem. A mente das mulheres é tão mutável quanto o clima inglês. Pode convencê-la a gostar de você. Dê-lhe um ramalhete de flores, faça-lhe alguns elogios. Melhor ainda, cite algo de um daqueles malditos livros de poesia que ela lê. É fácil seduzir uma mulher, Swift. Tudo o que você tem de fazer é…

– Sr. Bowman – interrompeu-o Matthew com um súbito alarme. Pelo amor de Deus, tudo de que ele não precisava era de explicação de técnicas de sedução por parte de seu patrão. – Creio que posso cuidar disso sozinho. Esse não é o problema.

– Então qual…? – Bowman deu-lhe um sorriso de compreensão. – Ah, entendo.

– Entende? – perguntou Matthew.

– Obviamente teme a minha reação se mais tarde decidir que minha filha não satisfaz suas necessidades.

Bem, desde que aja com discrição, não direi nenhuma palavra.

Matthew suspirou e esfregou os olhos, subitamente cansado. Aquilo era um pouco demais para quem tinha acabado de desembarcar de um navio em Bristol.

– Está dizendo que fará vista grossa se eu for infiel à minha esposa.

Foi uma afirmação, não uma pergunta.

– Nós, homens, estamos sujeitos a tentações. Às vezes nos desviamos do caminho certo. É assim que o mundo funciona.

– Não para mim – retrucou Matthew. – Eu mantenho a minha palavra, tanto nos negócios quanto em minha vida pessoal. Serei fiel à minha esposa, aconteça o que acontecer.

Bowman franziu seu grosso bigode, achando graça.

– Você ainda é jovem o suficiente para se dar ao luxo de ter escrúpulos.

– Homens mais velhos não podem tê-los? – perguntou Matthew com um misto de zombaria e afeição.

– Às vezes os escrúpulos têm um preço alto demais. Um dia você descobrirá isso.

– Deus, espero que não.

Matthew afundou em uma cadeira, passando os dedos por seus fartos cabelos. Depois de um longo momento, Bowman se aventurou a dizer:

– Seria realmente tão terrível ter Daisy como esposa? Você terá de se casar algum dia. E ela lhe trará benefícios. A empresa, por exemplo. Você assumirá o controle depois da minha morte.

– O senhor sobreviverá a todos nós – murmurou Matthew.

Bowman deixou escapar um riso satisfeito.

– Quero que você fique com a empresa – insistiu. Era a primeira vez que ele falava tão francamente sobre esse assunto. – Você é mais parecido comigo do que qualquer um dos meus filhos. A empresa será muito mais bem-sucedida em suas mãos do que nas de qualquer outra pessoa. Você tem o dom de entrar em uma sala e dominar o ambiente... Não tem medo de ninguém. Todos sabem disso e o prezam por isso. Case-se com minha filha, Swift, e construa minha fábrica. Quando você voltar para casa, eu lhe darei Nova York.

– Poderia incluir Rhode Island? Não é muito grande.

Bowman ignorou a pergunta sarcástica.

– Minhas ambições para você vão além da empresa. Tenho contato com homens poderosos que já o notaram. Eu o ajudarei a conseguir tudo o que sua mente puder imaginar... e o preço é baixo. Casar com Daisy e ser pai dos meus netos. É só isso que eu peço.

– Só isso – repetiu Matthew.

Quando havia começado a trabalhar para Bowman, dez anos atrás, Matthew não imaginara que o homem se tornaria um pai para ele. Bowman era como um barril de pólvora: baixo, redondo e tão irascível que dava para prever suas explosões ao ver sua careca ficar vermelha. Mas era hábil com os números e, quando se tratava de manipular as pessoas, incrivelmente esperto e calculista. Também era generoso com aqueles que lhe agradavam, um homem que mantinha suas promessas e cumpria suas obrigações.

Matthew aprendera muito com Thomas Bowman. Como usar o ponto fraco de um oponente em benefício próprio, quando insistir e quando recuar... e também que não havia nada de mais em canalizar sua agressividade para os negócios, desde que nunca cruzasse a linha da grosseria. Os verdadeiros homens de negócios de Nova York, não os amadores da classe alta, não respeitavam quem não tinha certa dose de combatividade.

Ao mesmo tempo, Matthew aprendera a temperar seu

vigor com diplomacia, depois de entender que vencer uma discussão não necessariamente significava impor sua vontade. O carisma não era algo que viera fácil para ele, em virtude de sua natureza reservada. Mas se esforçara por adquiri-lo como um instrumento necessário para fazer bem o seu trabalho.

Thomas Bowman havia apoiado Matthew em todos os passos do caminho e o orientado em alguns negócios difíceis. Matthew ficara grato por isso. E não podia evitar gostar de seu irritável patrão, apesar dos defeitos dele, porque havia alguma verdade na afirmação de Bowman de que eles eram parecidos.

Um homem como Bowman ter tido uma filha como Daisy era um dos grandes mistérios da vida.

– Preciso de um pouco de tempo para pensar – disse Matthew.

– O que há para pensar? – protestou Bowman. – Ele parou ao ver a expressão de Matthew. – Está bem. Está bem. Acho que não há nenhuma necessidade de uma resposta imediata. Discutiremos isso depois.

~

– Você falou com o Sr. Swift? – perguntou Lillian quando Marcus entrou no quarto deles. Ela havia cochilado enquanto o esperava.

– Ah, sim – respondeu Marcus pesarosamente, enquanto tirava seu casaco de corte perfeito e o colocava sobre os braços de uma cadeira Luís XIV.

– Eu estava certa, não é? Ele é abominável. Detestável. Conte-me o que ele disse.

Marcus olhou para a esposa grávida, tão linda com os cabelos soltos e os olhos ainda pesados de sono que fez seu coração pular.

– Ainda não – murmurou, sentando-se na beira da cama. – Primeiro quero olhar um pouco para você.

Lillian sorriu e passou as mãos por seus cabelos pretos desgrenhados.

– Estou medonha.

– Não. – Ele se aproximou mais, baixando a voz. – Cada parte de você é linda. – Ele deslizou as mãos pelas curvas do corpo de Lillian. – O que posso fazer por você? – sussurrou.

Ela continuou a sorrir.

– Basta olhar para mim para ver que já fez o suficiente, milorde. – Rodeando-o com seus braços esguios, ela o deixou pousar a cabeça em seus seios. – Westcliff, eu nunca poderia ter um filho de outro homem.

– Isso é tranquilizador.

– Eu me sinto tão despreparada... e muito desconfortável. É errado dizer que não gosto de estar grávida?

– É claro que não – respondeu Marcus, sua voz abafada pelos seios dela. – Eu também não gostaria de estar.

Isso a fez sorrir. Soltando-o, ela se recostou nos travesseiros.

– Quero saber sobre o Sr. Swift. Conte-me o que você e aquele odioso espantalho ambulante conversaram.

– Eu não o descreveria mais como um espantalho. Ele mudou desde que o viu pela última vez.

– Hummm. – Lillian ficou obviamente desgostosa com a revelação. – Mas continua feio?

– Como eu raramente reparo na beleza masculina – disse Marcus secamente –, não sou um juiz competente. Mas acho que dificilmente alguém descreveria o Sr. Swift como feio.

– Está dizendo que ele é atraente?

– Acho que muitos diriam que sim.

Lillian pôs uma das mãos na frente do rosto do marido.

– Quantos dedos eu estou erguendo?

– Três – disse Marcus, rindo. – Meu amor, o que está fazendo?

– Verificando sua visão. Acho que não está muito boa. Aqui, acompanhe o movimento do meu dedo...

– Por que você não acompanha o movimento do meu? – sugeriu ele, estendendo-o para o corpete dela.

Lillian agarrou a mão do marido e encarou os olhos brilhantes dele.

– Marcus, o futuro de Daisy está em jogo.

Marcus recuou, obedientemente.

– Está bem.

– Conte-me o que ele disse – insistiu ela.

– Eu falei muito seriamente para o Sr. Swift que não permitirei que ninguém torne Daisy infeliz. E exigi que ele me desse sua palavra de que não se casaria com ela.

– Ah, graças a Deus – disse Lillian com um suspiro de alívio.

– Ele negou.

– Ele o quê? – Ela ficou boquiaberta de assombro. – Mas ninguém lhe nega nada.

– Pelo visto ninguém disse isso para o Sr. Swift.

– Marcus, você vai fazer alguma coisa, não é? Não vai deixar Daisy ser intimidada e forçada a se casar com Swift...

– Calma, amor. Eu prometo que Daisy não será forçada a se casar com ninguém. Mas... – Marcus hesitou, perguntando-se exatamente quanto da verdade deveria dizer. – Minha opinião sobre Matthew Swift é um pouco diferente da sua.

Ela franziu o cenho.

– Minha opinião é a mais correta. Eu o conheço há mais tempo.

– Você o conheceu anos atrás – corrigiu Marcus calmamente. – As pessoas mudam, Lillian. E acho que muito do que seu pai disse sobre Swift é verdade.

– Até tu, Marcus?

Ele riu da careta teatral de Lillian e pôs a mão sob as cobertas. Pegou um dos pés dela, o pôs em seu colo e começou a massageá-lo com movimentos firmes dos polegares. Ela suspirou e relaxou apoiada nos travesseiros.

Marcus pensou no que descobrira sobre Swift até ali. Ele era um jovem inteligente, hábil e educado. Do tipo que pensava antes de falar. Marcus sempre havia se sentido à vontade perto de homens assim.

Aparentemente Matthew Swift e Daisy Bowman eram incompatíveis. Mas Marcus não concordava com a opinião de Lillian de que Daisy deveria se casar com um homem que tivesse uma natureza igualmente romântica e sensível. Não haveria nenhum equilíbrio em uma união dessas. Afinal de contas, todo navio precisava de uma âncora.

– Devemos mandar Daisy para Londres o mais rápido possível – disse Lillian tristemente. – É a alta temporada e ela está enfiada em Hampshire, longe de todos os bailes e *soirées*...

– Foi escolha dela vir para cá – lembrou-lhe Marcus, pegando o outro pé. – Daisy nunca se perdoaria se perdesse o parto.

– Ah, isso não importa. Prefiro que perca o parto e conheça homens adequados a que fique aqui comigo até o tempo dela se esgotar, que tenha de se casar com Matthew Swift, se mudar com ele para Nova York e eu nunca mais voltar a vê-la...

– Já pensei nisso – disse Marcus. – Convidei alguns homens adequados para participar da temporada de caça em Stony Cross Park.

– Convidou? – Ela ergueu a cabeça do travesseiro.

– St. Vincent e eu fizemos uma lista e discutimos em

detalhes os méritos de cada candidato. Escolhemos uma dúzia. Qualquer um deles seria adequado para sua irmã.

– Ah, Marcus, você é o homem mais inteligente, mais maravilhoso...

Ele dispensou o elogio com um gesto de mão e balançou a cabeça, sorrindo ao se lembrar daquelas discussões animadas.

– Vou confessar uma coisa: St. Vincent é muito exigente. Se fosse mulher, nenhum homem seria bom o suficiente para ele.

– É por isso que as mulheres dizem: almeje muito e espere sentada.

Ele riu.

– Foi o que você fez?

– Não, milorde. Eu almejei muito e obtive muito mais do que esperava.

Ela deu uma risadinha quando Marcus se arrastou sobre seu corpo e a beijou profundamente.

~

O sol ainda não havia nascido quando um grupo de hóspedes interessados em pescar trutas tomou um rápido café da manhã no terraço dos fundos e saiu usando roupas de *tweed*, sarja e linho. Criados sonolentos os seguiram até o rio carregando varas, cestos e estojos de madeira contendo iscas e ferramentas. Os homens ficariam fora durante boa parte da manhã enquanto as mulheres dormiam.

Todas elas, exceto Daisy, que adorava pescar, mas sabia que não seria bem-vinda no grupo masculino. Embora Lillian e ela com frequência saíssem sozinhas para pescar, sua irmã certamente não estava em condições de fazer isso agora.

Daisy havia feito o possível para que Evie ou Annabelle

a acompanhassem até o lago artificial que Westcliff mantinha cheio de trutas, mas nenhuma delas parecera entusiasmada com a ideia.

– Vocês vão se divertir muito – dissera Daisy. – Vou lhes ensinar a arremessar o anzol. Não digam que preferem ficar dentro de casa em uma bela manhã de primavera!

Mas Annabelle preferia. E como St. Vincent, o marido de Evie, decidira não ir pescar, Evie escolhera ficar na cama com ele.

– Você se divertiria muito mais pescando comigo – dissera Daisy.

– Não – respondera Evie, decidida –, não me divertiria.

Aborrecida e sentindo-se um pouco só, Daisy tomara o café da manhã sozinha e partira para o lago, levando sua vara de madeira favorita com ponteira de osso de baleia e carretilha.

Era uma manhã gloriosa e revigorante. As sálvias que haviam sobrevivido ao inverno floresciam em espigas azuis e roxas ao longo das sebes de abrunheiro. Daisy atravessou um gramado verde na direção da área coberta de ranúnculos, milefólios e pétalas rosadas de flores-de-cuco.

Ao rodear uma amoreira, viu uma agitação na beira da água... dois meninos, com algo entre eles, algum tipo de animal ou ave... um ganso? A criatura protestava com grasnidos furiosos, batendo violentamente as asas enquanto os meninos riam.

– Ei! – gritou Daisy. – O que estão fazendo?

Os meninos olharam para a intrusa, gritaram e desataram a correr para longe do lago.

Daisy apressou o passo e se aproximou do animal indignado. Era um enorme ganso-bravo, uma raça conhecida por sua plumagem cinza, o pescoço musculoso e o bico afiado cor de laranja.

– Pobrezinho – disse ao notar que a ave estava com a

perna amarrada. Ao se aproximar, o ganso hostil se precipitou para a frente, a fim de atacá-la, mas foi abruptamente contido por algo que prendia sua perna. Daisy parou e pousou sua vara de pesca. – Vou tentar ajudá-lo, mas esse tipo de atitude é um pouco perturbadora. Se conseguir controlar seu mau humor... – Aproximando-se lentamente do ganso, Daisy descobriu a fonte do problema. – Ah, querido. Aqueles pequenos malandros... estavam fazendo-o pescar para eles, não é?

O ganso grasnou em aquiescência. Uma linha de pesca havia sido amarrada ao redor da perna da ave, levando a uma pequena colher com um furo, onde fora preso um anzol. Se não estivesse com tanto dó do ganso maltratado, Daisy teria rido. Aquilo era engenhoso. Quando o ganso era atirado na água e tinha de nadar de volta, a colher brilhava como um peixe. Se uma truta fosse atraída pela isca, ficaria presa no anzol e o ganso a puxaria. Mas o anzol havia se enganchado na sarça, aprisionando a ave.

Daisy se aproximou da sarça mantendo a voz baixa e os movimentos lentos.

– Bom garoto – disse Daisy em tom tranquilizador, pegando a linha com cuidado. – Meu Deus, como você é grande! Se tiver um pouco mais de paciência vou... Ai!

De repente o ganso se precipitou para a frente e bicou seu braço. Daisy recuou e olhou para o pequeno ferimento em sua pele, que começava a ficar arroxeada.

– Criatura ingrata! Só por isso eu deveria deixá-lo aqui.

Esfregando o ponto dolorido em seu braço, Daisy se perguntou se conseguiria usar sua vara de pesca para desenganchar a linha da sarça... mas isso ainda não resolveria o problema de tirar a colher da perna do ganso. Ela teria de voltar à mansão e buscar ajuda.

Ao se baixar para pegar seu equipamento de pesca, ouviu um som inesperado. Alguém assoviando uma melodia estranhamente familiar. Daisy ouviu com atenção, lembrando-se dela. Era uma canção muito popular em Nova York antes de ela partir, chamada "The End of a Perfect Day".

Alguém estava andando em sua direção vindo do rio. Um homem com roupas molhadas carregando um cesto para peixes. Usava um chapéu velho de aba curta, um casaco esportivo de *tweed* e calças rústicas. Era impossível não notar como as camadas de roupas molhadas lhe revelavam os contornos esguios do corpo. Os sentidos de Daisy foram despertados ao reconhecê-lo, fazendo seu pulso se acelerar.

Ao vê-la, o homem parou no meio do assovio. Tinha olhos mais azuis do que a água ou o céu, destacando-se no rosto bronzeado. Ele tirou respeitosamente o chapéu e o sol produziu reflexos cor de mogno em seus cabelos muito escuros.

– Maldição – disse Daisy para si mesma, não só porque ele era a última pessoa que queria ver naquele momento como também porque tinha de admitir que Matthew Swift era extraordinariamente bonito.

Não queria achá-lo tão atraente. Tampouco queria sentir tanta curiosidade sobre ele, o desejo de invadir sua privacidade e descobrir seus segredos, prazeres e medos. Por que nunca havia se interessado por ele? Talvez fosse imatura demais. Talvez não fosse ele que tivesse mudado, mas ela.

Swift se aproximou.

– Srta. Bowman.

– Bom dia, Sr. Swift. Por que não está pescando com os outros?

– Meu cesto está cheio. Se eu continuasse a pescar, constrangeria os outros.

– Como o senhor é modesto – disse Daisy com ironia. – Onde está sua vara de pescar?

– Deixei com Westcliff.

– Por quê?

Swift pousou seu cesto e pôs novamente seu chapéu.

– Eu a trouxe da América. É uma vara de nogueira com ponta flexível e uma carretilha Kentucky multiplicadora.

– Carretilhas multiplicadoras não funcionam – disse Daisy.

– As inglesas, não – corrigiu-a Swift. – Mas lá fizemos algumas melhorias. Assim que Westcliff percebeu do que a vara era capaz, praticamente a arrancou das minhas mãos. Está pescando com ela agora.

Sabendo que o cunhado adorava esse tipo de coisa, Daisy sorriu tristemente. Sentiu o olhar de Swift nela. Não quis retribuir aquele olhar, mas não resistiu. Era difícil conciliar suas lembranças do jovem odioso que conhecera com esse robusto espécime do sexo masculino. Ele era como uma moeda de cobre recém-cunhada, por conta de seu brilho e de sua perfeição. A luz da manhã deslizou pela pele de Swift e se refletiu nos densos cílios, revelando as pequenas rugas nos cantos externos dos olhos. Daisy desejou tocar no rosto dele, fazê-lo sorrir e sentir os lábios dele sob seus dedos.

O silêncio se prolongou, tornando-se tenso e estranho até ser quebrado pelo grasnido imperioso do ganso.

Swift olhou para a grande ave.

– Vejo que tem companhia.

Quando Daisy explicou o que os dois meninos haviam feito com o ganso, Swift sorriu.

– Garotos espertos.

Daisy não considerou o comentário compassivo.

– Quero ajudá-lo, mas ele me bicou quando tentei me aproximar.

– Os gansos-bravos não são conhecidos por serem mansos – informou-lhe Swift. – Ainda mais os machos. Provavelmente estava tentando mostrar quem manda.

– Ele deixou isso claro – observou Daisy, esfregando o braço.

Swift franziu as sobrancelhas ao ver a crescente mancha roxa no braço dela.

– Foi aí que ele a bicou? Deixe-me ver.

– Não, está tudo bem... – começou Daisy, mas ele já tinha vindo.

Segurou o pulso dela com seus dedos longos e passou suavemente o polegar da outra mão perto da mancha roxa.

– A senhorita se machuca com facilidade – murmurou com sua cabeça morena inclinada sobre o braço dela.

O coração de Daisy bateu com força antes de entrar em um ritmo muito acelerado. Ele cheirava a sol, água e relva molhada. E ao fundo havia o aroma sedutor de pele masculina quente e suada. Ela conteve o instinto de ir para os braços dele, sentir-lhe o corpo... pôr a mão de Swift em seu seio. O desejo mudo a estarreceu.

Daisy ergueu a cabeça para o rosto inclinado de Swift e o viu fitando-a com seus olhos azuis.

– Eu... O que devemos fazer?

– Sobre o ganso? – Swift encolheu seus ombros largos. – Poderíamos torcer o pescoço dele e levá-lo para casa para o jantar.

A sugestão fez Daisy e o ganso-bravo o olharem com indignação.

– Foi uma brincadeira muito sem graça, Sr. Swift.

– Eu não estava brincando.

Daisy se posicionou entre Swift e o ganso.

– Cuidarei disso do meu jeito. Pode ir agora.

– Eu não a aconselharia a torná-lo um animal de estimação. Se a senhorita ficar em Stony Cross Park por tempo suficiente, acabará encontrando-o em seu prato.

– Não importa se isso me torna uma hipócrita, mas prefiro não comer um ganso que conheço.

Embora Swift não estivesse sorrindo, Daisy percebeu que ele havia achado graça do comentário.

– Deixando as questões filosóficas de lado – disse ele –, há a questão prática de como pretende soltar a perna do ganso. Vai levar muitas bicadas.

– Se o senhor conseguisse imobilizá-lo, eu pegaria a colher e...

– Não – disse Swift firmemente. – Nem por todo o chá da China.

– Essa expressão nunca fez sentido para mim – disse Daisy. – Em termos de produção mundial, a Índia cultiva muito mais chá do que a China.

Swift torceu os lábios enquanto pensava naquilo.

– Como a China é o principal produtor mundial de cânhamo – observou –, acho que poderíamos dizer "nem por todo o cânhamo da China", mas isso não soa tão bem. Independentemente da expressão que use, não vou ajudar o ganso.

Ele se abaixou para pegar seu cesto.

– Por favor – disse Daisy.

Swift lhe lançou um olhar demorado e sofrido.

– *Por favor* – repetiu ela.

Nenhum cavalheiro poderia dizer não a uma dama. Murmurando algo indecifrável, Swift pousou o cesto. Um sorriso satisfeito se abriu no rosto de Daisy.

– Obrigada.

Contudo, o sorriso desapareceu quando ele a avisou:

– Vai ficar me devendo.

– Naturalmente – respondeu Daisy. – Eu nunca esperaria que fizesse nada de graça.

– E quando eu lhe pedir para retribuir o favor, nem pense em recusar, não importa qual seja.

– Não concordarei em me casar com o senhor só porque salvou um pobre ganso aprisionado.

– Acredite em mim – disse Swift sombriamente –, nunca pediria isso em troca da liberdade de um ganso.

Ele começou a tirar seu casaco cor de oliva, tendo dificuldade em afastar o *tweed* molhado de seus ombros largos.

– O que está fa-fazendo? – Daisy arregalou os olhos.

Swift retorceu os lábios em exasperação.

– Não vou deixar essa maldita ave estragar meu casaco.

– Não precisa fazer tanto estardalhaço por causa de algumas penas em seu casaco.

– Não é com as penas que estou preocupado – disse ele sucintamente.

– Ah. – Daisy tentou conter um súbito sorriso.

Ela o observou tirar o casaco e o colete. A camisa branca amassada e molhada grudava em seu peito largo, quase transparente sobre o abdome musculoso e desaparecendo sob as calças ensopadas. Um par de suspensórios brancos se estendia pelos ombros. Ele pôs suas roupas cuidadosamente sobre o cesto para evitar que ficassem enlameadas. Uma brisa brincou em seus cabelos, erguendo brevemente uma mecha na testa.

A estranheza da situação fez Daisy sentir uma vontade incontrolável de rir. Um ganso irritado, Matthew Swift ensopado… Apressou-se a cobrir a boca com a mão, mas não conseguiu se conter.

Swift balançou a cabeça, reagindo com um sorriso. Daisy notou que os sorrisos dele nunca duravam muito, desapareciam tão rápido quanto surgiam. Aquilo era como avistar um raro fenômeno natural breve e extraordinário, como uma estrela cadente.

– Se contar a alguém sobre isso, sua diabin... vai se arrepender. – As palavras eram ameaçadoras, mas algo no tom dele... uma suavidade erótica... produziu um arrepio em Daisy.

– Não vou contar a ninguém – disse Daisy ofegante.

– A situação refletiria tão mal para mim quanto para o senhor.

Swift estendeu a mão para o casaco, pegou um pequeno canivete e o entregou para Daisy. Foi sua imaginação ou os dedos dele permaneceram um segundo a mais na palma de sua mão?

– Para que é isso? – perguntou Daisy desconfortavelmente.

– Para cortar a linha na perna da ave. Tome cuidado... é muito afiado. Detestaria que acidentalmente cortasse uma artéria.

– Não se preocupe, não vou ferir o ganso.

– Eu estava me referindo a mim. Se você tornar isso difícil – disse para o ganso –, virará patê antes da hora do jantar.

A ave ergueu as asas ameaçadoramente para parecer o maior possível.

Swift pôs um dos pés sobre a linha, diminuindo o alcance do ganso. A criatura bateu as asas e grasnou, parando por um instante antes de decidir se arremessar para a frente. Swift agarrou o ganso, praguejando enquanto tentava evitar o bico. Penas flutuaram ao redor.

– Não o sufoque! – gritou Daisy, vendo que Swift o tinha agarrado pelo pescoço.

O grito de Daisy foi abafado pela explosão de movimentos, grasnidos e agressividade do ganso. De algum modo ele conseguiu imobilizá-lo. Desgrenhado e coberto de penas, Matthew se virou para Daisy e disse:

– Venha até aqui e corte a linha.

Ela se apressou a obedecer, ajoelhando-se ao lado da dupla em combate. Com cuidado, pegou a pata enlameada do ganso enquanto ele grasnava e a puxava.

– Pelo amor de Deus, não seja medrosa. Apenas agarre a pata e faça o que tem de fazer.

Se não houvesse uns 15 quilos de ganso furioso entre eles, Daisy teria fuzilado Matthew com os olhos. Em vez disso, agarrou com força a pata do ganso e deslizou cuidadosamente a ponta do canivete sobre a linha. Swift tinha razão – era muito afiado e cortou rápido a linha.

– Pronto – disse ela, fechando o canivete. – Pode soltar seu amigo emplumado, Sr. Swift.

– Obrigado – respondeu ele, em tom sarcástico.

Mas quando Swift abriu os braços e soltou o ganso, o animal inesperadamente reagiu. Decidido a se vingar por todos seus infortúnios, ele avançou e o bicou no rosto.

– Ai! – Swift caiu para trás sentado e levou a mão ao olho enquanto o ganso disparava para longe com um grasnido triunfante.

– Sr. Swift! – Daisy engatinhou e se escarranchou no colo dele, preocupada. Ela lhe puxou a mão.

– Deixe-me ver.

– Eu estou bem – disse Swift, esfregando o olho.

– Deixe-me ver – repetiu ela, segurando a cabeça de Swift.

– Vou *exigir* ensopado de ganso no jantar – murmurou ele, deixando-a virar o rosto dele para o lado.

– Não vai fazer uma coisa dessas. – Daisy inspecionou cuidadosamente o pequeno ferimento na extremidade da sobrancelha escura e enxugou uma gota de sangue com a manga do vestido. – Não é de bom-tom comer uma criatura que salvou. Felizmente o ganso tinha má pontaria. Acho que seu olho não ficará roxo.

Sem poder se controlar, ela deu uma risada.

– Fico feliz em ver que acha isso engraçado – murmurou Swift. – Está coberta de penas, sabia?

– O senhor também.

Os cabelos castanhos brilhantes dele estavam cheios de penugens brancas e cinza. Ela deixou escapar mais risadas, como bolhas surgindo na superfície de um lago. Começou a tirar penas dos cabelos de Swift, as grossas mechas lhe fazendo cócegas nos dedos.

Ele estendeu a mão para os cabelos de Daisy, que tinham se soltado dos grampos, e afastou com delicadeza as penas dos fios pretos reluzentes.

Durante um ou dois minutos de silêncio, eles tiraram penas um do outro. Daisy estava tão atenta ao que fazia que a princípio não se deu conta da impropriedade de sua posição. Pela primeira vez estava perto o suficiente para notar o azul matizado dos olhos de Swift, as bordas cobalto da íris. A textura da pele, sedosa e bronzeada, a sombra da barba na mandíbula.

Daisy percebeu que Swift evitava seu olhar, concentrando-se em cada diminuta penugem em seus cabelos. Subitamente se deu conta do calor transmitido por seus corpos, da solidez de Swift sob ela, da respiração incendiária dele em seu rosto. Matthew estava com as roupas úmidas, a pele ardente sob o tecido que pressionava o corpo dela.

Ambos ficaram imóveis ao mesmo tempo, flagrando-se em um meio abraço em que todas as células da pele de Daisy pareceram se encher de fogo líquido. Fascinada e desorientada, ela se permitiu relaxar, sentindo seu coração bater com força. Não havia mais penas, mas Daisy se viu entrelaçando suavemente os dedos nas ondas escuras dos cabelos de Swift.

Teria sido muito fácil para Swift rolá-la para debaixo dele, comprimindo-a com seu peso junto à terra úmida.

O toque de seus joelhos despertou em Daisy um instinto primitivo de se abrir para ele.

Ouviu Swift prender a respiração. Ele lhe segurou os antebraços e, sem cerimônia, tirou-a de seu colo. Caindo na relva ao lado de Swift com um som abafado, Daisy tentou se recompor. Em silêncio, encontrou o canivete no chão e o devolveu para ele.

Depois de enfiá-lo de volta em seu bolso, Swift passou as mãos nas panturrilhas para remover as penas e a terra. Perguntando-se por que ele estava sentado ligeiramente encurvado, Daisy se levantou.

– Bem, acho que vou ter de entrar na mansão pela porta de serviço. Se minha mãe me vir assim, terá um ataque de raiva.

– Vou voltar para o rio – disse Swift com uma voz rouca. – Para ver como Westcliff está se saindo com a carretilha. E talvez pesque um pouco mais.

Daisy franziu as sobrancelhas ao perceber que ele a evitava.

– Pensei que havia mergulhado na água fria o suficiente por hoje.

– Pelo visto, não – murmurou Swift, ficando de costas para ela enquanto pegava seu colete e casaco.

CAPÍTULO 5

Perplexa e irritada, Daisy se afastou a passos largos do lago artificial.

Não contaria para ninguém o que acabara de acontecer, embora Lillian fosse se divertir bastante com a história do encontro com o ganso. Por outro lado, ela não queria revelar que vira um lado diferente de Matthew Swift e que, por um breve momento, sentira uma atração perigosa por ele. Aquilo realmente não havia significado nada.

Embora Daisy ainda fosse inocente, tinha conhecimento suficiente dos assuntos sexuais para saber que o corpo feminino podia reagir a um homem sem nenhum envolvimento do coração. Como, certa vez, ela reagira a Cam Rohan. Desconcertava-a perceber que se sentia igualmente atraída por Matthew Swift. Dois homens muito diferentes, um romântico e outro reservado. Um jovem e belo cigano que despertara sua imaginação para possibilidades eróticas... e um homem de negócios frio, ambicioso e pragmático.

Daisy vira um desfile interminável de homens em busca de poder durante seus anos na Quinta Avenida. Eles procuravam perfeição, uma esposa que seria a melhor anfitriã, ofereceria os melhores jantares e *soirées*, usaria as melhores roupas e teria os melhores filhos, que brincariam em silêncio em seus quartos no andar de cima enquanto seus pais discutiam negócios no escritório no andar de baixo.

E Matthew Swift, com sua enorme ambição, o homem que o pai dela escolhera por seu talento e sua mente brilhante, seria o marido mais exigente possível. Ia querer uma esposa cuja vida girasse em torno de seus objetivos e a julgaria severamente quando ela não conseguisse agradá-lo. Não poderia haver nenhum futuro com um homem assim.

Entretanto, havia uma coisa a favor de Matthew Swift: ele *ajudara* o ganso.

~

Enquanto Daisy entrava furtivamente na mansão, se lavava e colocava um vestido limpo, suas amigas e sua irmã se reuniam para tomar chá com torradas. Estavam sentadas a uma das mesas redondas perto da janela e ergueram os olhos quando Daisy entrou.

Annabelle segurava Isabelle junto ao ombro, massageando-lhe as diminutas costas em movimentos circulares tranquilizadores. Algumas das outras mesas estavam ocupadas, em sua maior parte por mulheres, embora houvesse meia dúzia de homens presentes, inclusive lorde St. Vincent.

– Bom dia – disse Daisy alegremente, indo até sua irmã. – Dormiu bem, querida?

– Muito bem. – Lillian estava linda, com os olhos brilhantes e os cabelos pretos presos em uma rede cor-de-rosa na nuca. – Dormi com as janelas abertas e a brisa vinda do lago estava muito refrescante. Você foi pescar esta manhã?

– Não. – Daisy tentou parecer despreocupada. – Só caminhei.

Evie se inclinou para Annabelle a fim de pegar a bebê.

– Deixe-me segurá-la – disse.

A bebê estava mordendo seu punho sem parar e babando copiosamente. Segurando a criança irrequieta, Evie explicou para Daisy:

– Os dentes da pobrezinha estão nascendo.

– Ela ficou irritada durante toda a manhã – disse Annabelle.

Daisy viu que os olhos azuis da amiga pareciam um pouco cansados, como os de uma jovem mãe. Mas o cansaço só realçava a beleza de Annabelle, suavizando a perfeição de seus traços.

– Não é um pouco cedo para os dentes nascerem? – perguntou Daisy.

– Ela é uma Hunt – respondeu Annabelle laconicamente. – E os Hunts são incomumente precoces. Segundo meu marido, todos na família nasceram com dentes. – Preocupada, ela olhou para a bebê. – Acho melhor levá-la para o quarto.

Alguns olhares de reprovação foram lançados em sua direção. Não era a norma crianças, especialmente bebês, ficarem na companhia de adultos. A menos que fosse apenas para uma breve exibição, com a criança usando roupas brancas com babados e fitas para a aprovação geral.

– Besteira – disse Lillian, sem se dar ao trabalho de baixar a voz. – Isabelle dificilmente vai gritar ou se comportar mal. Só está um pouco agitada. Acho que todos podem ter um pouco de tolerância.

– Vamos tentar a colher de novo – murmurou Annabelle, sua voz educada com um toque de ansiedade. Ela tirou uma colher de prata de uma pequena tigela cheia de gelo triturado e disse para Daisy: – Minha mãe sugeriu lhe dar isto. Disse que sempre funcionava com meu irmão Jeremy.

Daisy se sentou ao lado de Evie, vendo a bebê morder a colher. O pequeno rosto redondo de Isabelle estava corado e algumas lágrimas tinham escorrido de seus olhos. Quando ela choramingou, as partes inflamadas de suas gengivas se tornaram visíveis.

– Ela precisa de um cochilo – disse Annabelle. – Mas a dor não a deixa dormir.

– Pobrezinha! – exclamou Daisy, compadecida.

Enquanto Evie tentava acalmar a bebê, houve uma pequena agitação do outro lado da sala. A entrada de alguém causara um murmúrio de interesse. Ao se virar, Daisy viu a figura alta e impressionante de Matthew Swift.

Então ele não tinha voltado para o rio. Devia ter esperado até ela se afastar o suficiente e poder voltar para a mansão sozinho. Como seu pai, Swift via pouco nela que fosse digno de interesse. Daisy disse a si mesma que não se importava, mas aquilo doeu.

Ele estava usando um traje cinza-escuro de corte perfeito, um colete cor de chumbo e uma gravata preta com um nó convencional. Embora estivesse na moda na Europa os homens ostentarem suíças mais longas e cabelos em ondas soltas, pelo visto essa moda ainda não havia chegado à América. Matthew Swift estava totalmente barbeado e com seus cabelos castanhos brilhantes penteados e curtos, o que lhe dava um atraente ar juvenil.

Com discrição, Daisy viu o prazer nos rostos dos cavalheiros mais velhos quando falavam com Swift e a inveja dos cavalheiros mais jovens. E o interesse das mulheres.

– Meu Deus! – murmurou Annabelle – Quem é ele?

Lillian respondeu irritadamente:

– O Sr. Swift.

Annabelle e Evie arregalaram os olhos.

– O mesmo Sr. Swift que você descreveu como um saco de o-ossos? – perguntou Evie. – Aquele que você disse que era tão excitante quanto um prato de espi-pinafre murcho?

Lillian franziu as sobrancelhas. Desviando sua atenção de Swift, pôs um torrão de açúcar em seu chá.

– Talvez ele não seja tão horrível quanto descrevi – admitiu. – Mas não se deixem enganar pela aparência. Quando descobrirem como ele é por dentro, isso mudará a impressão de como é por fora.

– A-acho que há algumas mulheres que gostariam de conhecer qualquer parte dele – observou Evie, fazendo Annabelle abafar o riso em sua xícara de chá.

Daisy olhou rapidamente por cima de seu ombro. Era verdade. As mulheres estavam alvoroçadas, rindo e estendendo suas mãos para que ele as beijasse.

– Todo esse alvoroço só porque ele é americano e, portanto, uma novidade – murmurou Lillian. – Se qualquer um dos meus irmãos estivesse aqui, essas mulheres se esqueceriam totalmente do Sr. Swift.

Embora Daisy quisesse concordar, estava certa de que os

irmãos delas não teriam o mesmo efeito que o Sr. Swift. Apesar de serem herdeiros de uma grande fortuna, não possuíam o refinamento social de Matthew.

– Ele está olhando para cá – disse Annabelle. A ansiedade a fez se retesar um pouco. – Está de cara fechada, como todos os outros. Isabelle está muito irrequieta. Vou levá-la para fora e...

– Não vai levá-la a lugar nenhum – disse Lillian. – Esta é *minha* casa, você é *minha* amiga e quem se importar com o barulho da bebê pode ir embora imediatamente.

– Ele está vindo para cá – sussurrou Evie. – *Shhh.*

Daisy olhou fixamente para seu chá, seus músculos contraídos pela tensão. Swift foi até a mesa e fez uma mesura.

– Milady – disse para Lillian –, é um prazer voltar a vê-la. Gostaria de parabenizá-la por seu casamento com lorde Westcliff e... – Ele hesitou, porque embora Lillian obviamente estivesse grávida, seria indelicado se referir à sua condição –... por sua ótima aparência.

– Estou do tamanho de um celeiro – disse Lillian sem rodeios, rebatendo a tentativa de diplomacia dele.

Swift apertou a boca como se estivesse contendo um sorriso.

– De modo algum – disse brandamente, e olhou de relance para Annabelle e Evie. Todos esperavam que Lillian fizesse as apresentações.

A contragosto, ela as fez.

– Este é o Sr. Swift – murmurou, apontando na direção dele. – Sra. Simon Hunt e lady St. Vincent.

Swift se inclinou habilmente na direção da mão de Annabelle. Teria feito o mesmo com Evie se ela não estivesse segurando a bebê. Os gemidos e choramingos de Isabelle estavam aumentando e logo se tornariam uma choradeira se não fosse feito algo a respeito.

– Esta é minha filha, Isabelle. Os dentes dela estão nascendo – informou Annabelle, se desculpando.

Isso deve fazê-lo ir embora rapidamente, pensou Daisy. Os homens ficam apavorados com o choro de bebês.

– Ah. – Swift pôs a mão no bolso de seu paletó e procurou entre vários objetos tilintantes. O que diabo havia ali? Ela o viu pegar seu canivete, um pedaço de linha de pesca e um lenço branco limpo.

– Sr. Swift, o que está fazendo? – perguntou Evie com um sorriso curioso.

– Improvisando algo.

Com a colher, ele pôs um pouco de gelo esmagado no centro do lenço, o dobrou bem e o amarrou com a linha de pesca. Depois de guardar o canivete no bolso, estendeu a mão para a bebê sem nenhum traço de constrangimento.

Com os olhos arregalados, Evie lhe entregou a criança. As quatro mulheres viram, pasmadas, Swift segurar tranquilamente Isabelle junto a seu ombro. Ele lhe deu o lenço cheio de gelo e Isabelle começou a mastigar desesperadamente, embora continuasse chorando.

Parecendo ignorar os olhares fascinados de todos na sala, Swift foi até a janela, murmurando palavras para a bebê. Parecia estar lhe contando algum tipo de história. Um ou dois minutos depois, a criança sossegou.

Quando Swift voltou para a mesa, Isabelle suspirava, quase dormindo, com a boca firmemente fechada sobre a bolsa de gelo improvisada.

– Ah, Sr. Swift – disse Annabelle agradecida, pegando a bebê nos braços. – Isso foi muito inteligente da sua parte! Obrigada.

– O que estava dizendo para Isabelle? – perguntou Lillian.

– Eu pensei em distraí-la por tempo suficiente para o gelo lhe acalmar as gengivas. Então lhe dei uma explicação detalhada do acordo de Buttonwood de 1792.

Daisy falou com ele pela primeira vez:

– O que está fazendo?

Swift olhou de relance para ela, seu rosto suave e cortês, e por um segundo Daisy meio que acreditou que os acontecimentos daquela manhã haviam sido um sonho. Mas ainda sentia na pele a forte impressão do corpo de Swift.

– O acordo de Buttonwood levou à formação da Bolsa de Valores de Nova York – respondeu Swift. – Achei que isso seria bastante instrutivo, mas parece que a Srta. Isabelle perdeu o interesse quando comecei a falar sobre o compromisso de estruturação de remuneração.

– Entendo – disse Daisy. – O senhor entediou a pobrezinha até que dormisse.

– Devia ter ouvido meu relato das forças de desequilíbrio do mercado que levaram à crise de 1837 – disse Swift. – É melhor do que láudano.

Olhando nos olhos azuis de Swift, Daisy não conseguiu conter o riso. Em resposta, ele deu outro daqueles breves e deslumbrantes sorrisos. Inexplicavelmente, a expressão de Daisy se tornou amigável.

Swift manteve sua atenção em Daisy por um momento longo demais, como se estivesse fascinado com algo que viu nos olhos dela. Então repentinamente desviou seu olhar e fez outra mesura.

– Eu as deixarei desfrutarem de seu chá. Foi um prazer, senhoras. – Olhando para Annabelle, acrescentou seriamente: – Sua filha é encantadora. Por isso, perdoarei o desinteresse dela por minha preleção sobre negócios.

– Isso é muito gentil da sua parte, senhor – respondeu Annabelle com um olhar receptivo.

Swift voltou para o outro lado da sala enquanto as jovens mulheres se ocupavam mexendo colheres de açúcar em seus chás e alisando guardanapos em seus colos.

Evie foi a primeira a falar:

– Você tinha razão – disse para Lillian. – Ele é horrível.

– Sim – concordou Annabelle enfaticamente. – Quando olhamos para ele, as primeiras palavras que nos vêm à mente são "espinafre murcho".

– Calem a boca, vocês duas – disse Lillian em resposta ao sarcasmo delas, e cravou os dentes em um pedaço de torrada.

~

Naquela tarde, Lillian insistiu em arrastar Daisy para o gramado do lado leste do jardim, onde a maioria dos jovens jogava *bowls*. Em qualquer dia, Daisy não teria se importado, mas havia chegado a uma parte instigante de um novo romance sobre uma governanta chamada Honoria que acabara de encontrar um fantasma no sótão. *Quem é você?*, perguntara Honoria olhando para o fantasma, que era muito parecido com seu antigo amor, lorde Clayworth. O fantasma estava prestes a responder quando Lillian arrancou o livro das mãos de Daisy e a puxou para fora da biblioteca.

– Maldição! – reclamou Daisy. – Lillian, eu havia chegado na melhor parte!

– Enquanto lê, há pelo menos meia dúzia de homens adequados jogando *bowls* no gramado lá fora – disse sua irmã veementemente. – E jogar com eles é muito mais produtivo do que ler sozinha.

– Eu não sei nada sobre *bowls*.

– Bom. Peça que lhe ensinem. Se há uma coisa que os homens adoram é dizer às mulheres o que fazer.

Elas se aproximaram do gramado, onde haviam sido postas cadeiras e mesas para os espectadores. Um grupo de jogadores estava ocupado rolando as bolas pelo gramado.

– Hummm – disse Lillian, observando o grupo. – Temos concorrência. – Daisy reconheceu as três mulheres a que sua irmã se referia: Srta. Cassandra Leighton, lady Miranda Dowden e Elspeth Higginson. – Eu teria preferido não convidar nenhuma mulher solteira para Hampshire, mas Westcliff disse que isso seria óbvio demais. Felizmente você é mais bonita do que todas elas. Mesmo sendo baixa.

– Eu não sou baixa! – protestou Daisy.

– Pequena, então.

– Também não gosto dessa palavra. Faz com que eu pareça trivial.

– É melhor do que mirrada – disse Lillian –, que é a única outra palavra que eu conheço para descrever sua pouca altura. – Ela sorriu ao ver a cara de Daisy. – Não faça cara feia, querida. Vou levá-la a um bufê de solteiros para que possa escolher... Ah, *inferno!*

– O que foi? O que foi?

– *Ele* está jogando.

Não houve nenhuma necessidade de perguntar quem era *ele*. A irritação na voz de Lillian deixou isso bem claro. Examinando o grupo, Daisy viu Matthew Swift em pé no fim da pista de grama com outros jovens, observando distâncias sendo medidas. Como os outros, usava calças claras, camisa branca e um colete sem mangas. Ele era magro, o corpo bem proporcional, e sua posição relaxada refletia confiança.

Nada escapava ao olhar de Matthew Swift. Parecia levar o jogo a sério. Era um homem que não podia fazer nada abaixo de seu melhor, mesmo em um jogo informal.

Daisy estava bastante certa de que ele competia por algo todos os dias. E isso não se encaixava em sua experiência com os jovens privilegiados da velha Boston ou Nova York, filhos mimados que sempre souberam que não precisavam trabalhar se não quisessem. Ela se perguntou se Swift algum dia já fizera algo apenas por prazer.

– Eles estão tentando decidir quem fará o lançamento – disse Lillian. – Ou seja, quem conseguiu rolar a bola para mais perto da bola branca no fim da pista.

– Como você sabe tanto sobre esse jogo? – perguntou Daisy.

Lillian sorriu ironicamente.

– Westcliff me ensinou a jogar. Ele é tão bom em *bowls* que geralmente fica de fora para dar chance aos outros competidores.

Elas se aproximaram do grupo de cadeiras, onde Westcliff estava sentado com Evie, lorde St. Vincent e os Craddocks, um general de divisão aposentado e sua esposa. Daisy foi na direção de uma cadeira extra, mas Lillian a empurrou para a pista de grama.

– Vá – ordenou-lhe no mesmo tom que alguém usaria para mandar um cão buscar um graveto.

Suspirando, Daisy avançou penosamente para a pista de grama, pensando apenas em seu romance inacabado. Ela havia encontrado pelo menos três dos cavalheiros em ocasiões anteriores. Na verdade, nenhum deles era um mau candidato. Havia o Sr. Hollingberry, um homem na casa dos 30, gorducho e com bochechas redondas. E o Sr. Mardling, com um corpo atlético, fartos cabelos louros cacheados e olhos verdes.

Havia dois homens que ela nunca vira em Stony Cross, o Sr. Alan Rickett, que parecia do tipo estudioso com seus óculos e seu casaco ligeiramente amassado… e lorde Llandrindon, um homem bonito de cabelos escuros e altura mediana.

Llandrindon se aproximou de Daisy, oferecendo-se para lhe explicar as regras do jogo. Daisy tentou não olhar para o Sr. Swift, que estava cercado de outras mulheres. Elas estavam rindo e flertando, pedindo-lhe conselhos sobre como segurar a bola e quantos passos dar antes de lançá-la na pista. Swift pareceu não notar Daisy. No entanto, quando ela se virou para pegar uma bola de madeira de uma pilha no chão, sentiu um formigamento na nuca e soube que Swift estava olhando para ela.

Daisy se arrependeu de ter lhe pedido para ajudá-la com o ganso aprisionado. O episódio desencadeara algo que estava além de seu controle, uma sensação perturbadora da qual não conseguia se livrar. *Pare de ser ridícula*, disse para si mesma. *Comece a jogar.* E se forçou a ouvir atentamente os conselhos de lorde Llandrindon sobre a estratégia do jogo.

Observando a ação no gramado, Westcliff comentou em voz baixa:

– Pelo visto ela está se dando bem com Llandrindon. E ele é uma das possibilidades mais promissoras. Tem a idade certa e é bem-educado.

Lillian olhou com curiosidade para o distante Llandrindon. Ele tinha até mesmo a altura certa, não sendo alto demais para Daisy, que detestava quando as pessoas eram muito mais altas que ela.

– Ele tem um nome estranho – pensou Lillian em voz alta. – De onde é?

– Thurso – respondeu lorde St. Vincent, que estava sentado do outro lado de Evie.

Havia uma desconfortável trégua entre Lillian e St. Vincent depois de muitos conflitos passados. Embora ela nunca fosse realmente gostar dele, decidira com praticidade que St. Vincent teria de ser tolerado, já que era amigo de Westcliff havia anos.

Lillian sabia que o marido terminaria a amizade com ele se ela exigisse, mas o amava demais para lhe pedir isso. E St. Vincent era bom para Marcus. Com sua inteligência ajudava a equilibrar um pouco a vida sobrecarregada dele. Marcus, um dos homens mais poderosos da Inglaterra,

precisava muito de pessoas que não o levassem excessivamente a sério.

Outro ponto a favor de St. Vincent era que ele parecia
ser um bom marido para Evie. Na verdade, parecia adorá-
-la. Nunca alguém pensaria em vê-los unidos – a tímida
Evie e o libertino St. Vincent. Contudo, eles haviam desenvolvido uma ligação singular.

St. Vincent era seguro de si e sofisticado, possuía uma
beleza masculina tão deslumbrante que às vezes as pessoas prendiam a respiração ao olhá-lo. Mas bastava uma
palavra de Evie para o marido vir correndo. Embora seu
relacionamento fosse mais discreto e menos expansivo
do que o dos Hunts ou Westcliffs, havia uma intensidade
apaixonada e misteriosa entre eles.

E desde que Evie fosse feliz, Lillian seria cordial com St.
Vincent.

– Thurso – repetiu Lillian desconfiada, olhando de St.
Vincent para seu marido.

– Isso não me parece inglês.

Os dois homens se entreolharam e Marcus respondeu
calmamente:

– Na verdade, Thurso fica na Escócia.

Lillian apertou os olhos.

– Llandrindon é escocês? Mas ele não tem sotaque.

– Ele passou a maior parte de seus anos de formação em
internatos e depois em Oxford – explicou St. Vincent.

– Hummm. – Lillian tinha pouco conhecimento da
geografia escocesa e nunca ouvira falar em Thurso. – Onde
fica exatamente? Logo depois da fronteira?

Westcliff não conseguiu encará-la.

– Um pouco mais ao norte. Perto das ilhas Orkney.

– *No lado norte do continente?* – Lillian não podia acreditar em seus ouvidos. Teve de se esforçar muito para reduzir
sua voz a um sussurro furioso. – Por que não poupamos

tempo e banimos logo Daisy para a Sibéria? Provavelmente seria mais quente! Meu Deus, como vocês dois puderam achar Llandrindon um pretendente adequado?

– Eu tive de incluí-lo como candidato – protestou St. Vincent. – Ele possui três propriedades e excelente linhagem. Sempre que vai ao clube, meus lucros noturnos aumentam em pelo menos 5 mil libras.

– Então ele é perdulário – disse Lillian sombriamente.

– Isso o torna ainda mais adequado para Daisy – disse St. Vincent. – Algum dia ele precisará do dinheiro de sua família.

– Não importa quanto seja adequado, o objetivo é manter minha irmã *neste* país. Com que frequência poderei ver Daisy se ela estiver na maldita Escócia?

– A Escócia ainda é mais perto do que a América do Norte – salientou Westcliff em um tom prático.

Lillian se virou para Evie na esperança de torná-la sua aliada.

– Evie, diga alguma coisa!

– Não importa de onde lorde Llandrindon seja. – Evie estendeu a mão para soltar gentilmente uma mecha de cabelos enroscada no brinco de Lillian. – Daisy não se casará com ele.

– Por que acha isso? – perguntou Lillian.

Evie sorriu.

– Ah… é só um pressentimento.

∼

Em seu desejo de terminar o jogo e voltar ao seu livro, Daisy se esforçara ao máximo para aprendê-lo rápido. O primeiro jogador rolou a bola branca, a menor, até o fim da pista sem que caísse na valeta. O objetivo era rolar três bolas de madeira até que parassem o mais perto possível da menor.

A única parte difícil era que as bolas de madeira eram propositalmente um pouco achatadas de um lado, de modo que nunca rolavam em linha reta. Daisy logo aprendeu a compensar essa assimetria lançando-as um pouco mais para a direita ou esquerda, conforme o necessário. Era uma pista rápida de grama curta sobre solo compactado, o que era bom porque Daisy tinha pressa em terminar e voltar a Honoria e ao fantasma.

Como havia um número igual de mulheres e homens, os jogadores foram divididos em duplas. Daisy fez par com Llandrindon, um exímio jogador.

– Saiu-se bastante bem, Srta. Bowman! – exclamou ele. – Tem certeza de que nunca jogou?

– Nunca – respondeu Daisy alegremente. Pegando uma bola de madeira, ela virou o lado achatado para a direita. – Devem ser suas hábeis instruções, milorde. – Deu dois passos na direção da linha de partida, retrocedeu e soltou a bola em um hábil movimento giratório. A bola bateu em uma das bolas dos jogadores oponentes, tirando-a do caminho, e acabou a exatamente 5 centímetros da bola menor. Eles venceram a partida.

– Muito bem – disse o Sr. Rickett, parando para polir seus óculos. Ele os pôs de volta, sorriu para Daisy e acrescentou: – Move-se com muita graça, Srta. Bowman. É um prazer testemunhar sua destreza.

– Isso não tem nada a ver com destreza – respondeu Daisy, modesta. – Temo que seja sorte de principiante.

Preocupada, lady Miranda, uma loura esguia com pele de porcelana, observava suas mãos delicadas.

– Acho que quebrei uma unha – anunciou.

– Deixe-me conduzi-la a uma cadeira – disse prontamente Rickett, como se ela tivesse quebrado um braço.

Com tristeza, Daisy concluiu que deveria ter perdido o jogo, porque assim não teria de jogar outra partida. Mas era injusto com um companheiro de equipe perder de propósito. E lorde Llandrindon parecia encantado com o sucesso deles.

– Agora – disse Llandrindon – Vamos ver quem enfrentaremos na última partida.

Eles observaram a partida entre as duas equipes restantes: Sr. Swift e Srta. Leighton contra Sr. Mardling e Srta. Higginson. O Sr. Mardling era um jogador instável, fazendo alguns lançamentos brilhantes e outros péssimos, enquanto a Srta. Higginson era muito mais constante. Cassandra Leighton era irremediavelmente ruim e se divertia muito com isso, rindo sem parar durante o jogo inteiro. Aquele riso contínuo era muito irritante, mas não parecia incomodar Matthew Swift.

Swift era um jogador agressivo e tático, pensando cuidadosamente em cada jogada e exibindo movimentos ágeis. Daisy notou que ele não tinha nenhum escrúpulo em afastar outras bolas do caminho ou mover a bola menor em prejuízo dos oponentes.

– Um jogador bastante formidável – comentou lorde Llandrindon para Daisy em voz baixa. – Acha que podemos vencê-lo?

De repente Daisy se esqueceu totalmente do romance que a esperava dentro da mansão. A perspectiva de jogar contra Matthew Swift a encheu de ansiedade.

– Não sei. Mas podemos tentar, não é?

Llandrindon riu, satisfeito.

– Sem dúvida.

Swift e a Srta. Leighton venceram a partida e os outros saíram do gramado com exclamações amigáveis. Os quatro jogadores restantes juntaram as bolas e voltaram à linha de partida. Cada equipe teria direito a quatro bolas no total, dois lançamentos por jogador.

Quando Daisy se virou para Matthew Swift, ele a olhou

pela primeira vez desde que ela chegara ao gramado. Aquele olhar, direto e desafiador, fez o coração dela bater forte. Os cabelos desgrenhados de Swift lhe caíam sobre a testa e a pele bronzeada brilhava com um leve suor.

– Vamos tirar a sorte com uma moeda para ver quem começa – sugeriu lorde Llandrindon.

Swift assentiu, desviando seu olhar de Daisy.

Cassandra Leighton deu um gritinho de prazer quando Swift e ela ganharam na moeda. Ele lançou habilmente a bola branca, rolando-a para uma posição perfeita no gramado. A Srta. Leighton pegou uma bola e a segurou junto ao peito, algo que Daisy suspeitou ser uma tentativa de atrair a atenção para seus generosos seios.

– Preciso de seus conselhos, Sr. Swift – disse ela com um olhar desamparado. – Devo lançar a bola com o lado achatado virado para a direita ou para a esquerda?

Swift se aproximou dela, reposicionando a bola em suas mãos. A Srta. Leighton irradiava prazer com a atenção recebida. Ele murmurou alguns conselhos, indicando o melhor caminho para a bola enquanto a Srta. Leighton se inclinava mais para perto. Daisy sentiu a irritação tomar conta de seu peito.

Finalmente Swift recuou. A Srta. Leighton se moveu para a frente com alguns passos graciosos, fazendo a bola voar. Entretanto, usou de pouca força e a bola rolou até parar bem no meio da pista de grama. O resto do jogo seria bem mais difícil com aquela bola no caminho a menos que alguém se dispusesse a desperdiçar um de seus lançamentos para afastá-la.

– Inferno – murmurou Daisy para si mesma.

A Srta. Leighton quase morreu de rir.

– Ai, meu Deus! Estraguei terrivelmente as coisas, não é?

– De modo algum – disse Swift calmamente. – Não tem graça se não for um desafio.

Daisy se perguntou por que ele estava sendo tão gentil com a Srta. Leighton. Nunca teria pensado que era o tipo de homem que se sentia atraído por mulheres tolas.

– Sua vez – disse lorde Llandrindon entregando uma bola para Daisy.

Ela curvou os dedos ao redor da superfície arranhada da bola de madeira e a virou até senti-la na posição correta em suas mãos. Olhando para a bola branca distante, visualizou o caminho que queria que sua bola seguisse. Três passos, um rápido balanço de braço e um impulso para a frente. A bola cruzou o gramado evitando a bola da Srta. Leighton e no último segundo girou, parando exatamente na frente da bola branca.

– Brilhante! – exclamou Llandrindon, enquanto os espectadores davam vivas e aplaudiam.

Daisy olhou de relance para Matthew Swift. Ele a observava com um leve sorriso. O tempo pareceu parar naquele instante. Nunca um homem a olhara daquela maneira.

– Fez isso de propósito? – perguntou-lhe Swift com suavidade. – Ou foi um golpe de sorte?

– De propósito – respondeu Daisy.

– Duvido.

Daisy se enfureceu.

– Por quê?

– Porque nenhum principiante poderia planejar e fazer um lançamento como esse.

– Está pondo em dúvida minha honestidade, Sr. Swift? – Sem esperar pela resposta dele, Daisy chamou a irmã, que os observava de sua cadeira. – Lillian, eu já joguei *bowls*?

– Não – foi a resposta enfática de Lillian.

Daisy se virou para Swift com um olhar desafiador.

– Para fazer aquela jogada – disse Swift –, teria que calcular a velocidade, o ângulo necessário para compensar a assimetria da bola e o ponto de desaceleração em que giraria. E também levar em consideração a possibilidade de um vento contrário. Além de precisar de experiência para conseguir fazer isso.

– É assim que o senhor joga? – perguntou Daisy alegremente. – Eu só visualizo para onde quero que a bola vá e depois a lanço.

– Sorte e intuição? – Ele lhe lançou um olhar de superioridade. – Não se pode ganhar um jogo assim.

Como resposta, Daisy recuou e cruzou os braços.

– Sua vez – disse.

Swift se abaixou e pegou uma bola. Ajustou os dedos ao seu redor, andou até a linha de partida e contemplou a pista de grama. Apesar de irritada, Daisy sentiu uma pontada de prazer ao observá-lo. Quando ele adquirira aquela influência física mortificante sobre ela? A visão de Swift, o modo como ele se movia, a enchia de uma emoção constrangedora. Swift soltou a bola em um forte impulso. A bola correu obedientemente pela pista, reproduzindo com perfeição o lançamento de Daisy, embora de forma mais calculada, atingindo a bola de Daisy e a enviando para fora da pista, então ocupou seu lugar bem na frente da bola menor.

– Ele mandou a minha bola para a valeta! – protestou Daisy. – Isso é legal?

– Ah, sim – disse lorde Llandrindon. – Um pouco cruel, mas perfeitamente legal. Chamam isso de "bola morta".

– Minha bola está morta? – perguntou Daisy indignada.

Swift retribuiu a cara feia dela com um olhar implacável.

– "Só podemos injuriar alguém se não temermos sua vingança."

– Só mesmo o senhor para citar Maquiavel em um jogo de *bowls* – disse Daisy cerrando os dentes.

– Perdão – disse lorde Llandrindon polidamente –, mas acho que é a minha vez.

Vendo que nenhum deles prestava atenção, Llandrindon deu de ombros e foi para a linha de partida. Sua bola correu pelo gramado e parou logo depois da bola menor.

– Eu sempre jogo para ganhar – disse Swift para Daisy.

– Meu Deus! – disse Daisy exasperada. – O senhor soa exatamente como meu pai. Já pensou na possibilidade de algumas pessoas jogarem apenas por diversão? Como um passatempo agradável? Ou tudo tem de ser um confronto de vida ou morte?

– Não faz sentido jogar se não for para ganhar.

Percebendo que perdera totalmente a atenção de Swift, Cassandra Leighton tentou intervir.

– Acho que é a minha vez, Sr. Swift. Poderia fazer a gentileza de buscar uma bola para mim?

Swift obedeceu, mal olhando para ela. Sua atenção estava voltada para o rosto pequeno e tenso de Daisy.

– Aqui – disse ele bruscamente, pondo a bola nas mãos da Srta. Leighton.

– Talvez possa me aconselhar… – começou a Srta. Leighton, mas sua voz foi sumindo enquanto Swift e Daisy continuavam a brigar.

– Certo, Sr. Swift – disse Daisy friamente. – Se não consegue apreciar um simples jogo de *bowls* sem transformá-lo em uma guerra, terá uma guerra. Jogaremos por pontos. É bom que comece a temer pela vingança.

Ela não saberia dizer quem se moveu para a frente primeiro, mas subitamente eles estavam muito próximos, com a cabeça de Swift inclinada sobre a dela.

– Não pode me vencer – disse Swift em uma voz baixa. – É uma principiante e, além disso, uma mulher. Não seria justo a menos que eu ficasse em desvantagem.

– Sua companheira de equipe é a Srta. Leighton – sussurrou Daisy. – Na minha opinião, isso é desvantagem suficiente. E está insinuando que as mulheres não jogam *bowls* tão bem quanto os homens?

– Não. Estou afirmando.

Daisy ficou indignada, com um furioso desejo de derrubá-lo no chão.

– *Guerra* – repetiu, voltando a passos largos para seu lado do gramado.

~

Anos depois, aquela ainda seria lembrada como a partida de *bowls* mais feroz vista em Stony Cross. Estendeu-se para trinta pontos, depois cinquenta, e então Daisy perdeu as contas. Eles discutiram por cada centímetro de gramado e cada regra do jogo. Ponderaram sobre cada lançamento como se o destino das nações dependesse disso. E, acima de tudo, dedicaram-se a enviar as bolas um do outro para a valeta.

– Bola morta! – vociferou Daisy após fazer um lançamento perfeito que golpeou a bola de Swift para fora do gramado.

– Talvez devesse ser lembrada, Srta. Bowman – disse Swift –, de que o objetivo do jogo não é me manter fora da pista, mas posicionar sua bola o mais perto que puder da bola menor.

– Isso será impossível enquanto continuar a tirar as malditas bolas do caminho!

Daisy viu a Srta. Leighton ficar boquiaberta à sua linguagem. Essa não era realmente ela. Daisy nunca praguejava, mas as atuais circunstâncias não lhe permitiam manter a cabeça fria.

– Vou parar de tirar suas bolas do caminho – propôs Swift –, se parar de tirar as *minhas*.

Daisy refletiu sobre a proposta por meio segundo. Mas

infelizmente era muito, muito mais divertido enviar as bolas para a valeta.

– Nem por todo o chá da China, Sr. Swift.

– Muito bem.

Pegando uma bola surrada, Swift a lançou com tanta força que atingiu violentamente a bola de Daisy, produzindo um estalo ensurdecedor. Daisy ficou boquiaberta ao ver as metades de sua bola caindo na valeta.

– O senhor a quebrou! – exclamou, aproximando-se de Swift com os punhos fechados. – E não estava na sua vez de jogar! Estava na vez da Srta. Leighton, seu desgraçado insensível!

– Ah, não – disse a Srta. Leighton constrangida. – Por mim tudo bem deixar o Sr. Swift jogar em meu lugar... Ele é muito melhor no jogo do que...

Ela se calou ao perceber que ninguém a estava ouvindo.

– Sua vez – disse Swift para lorde Llandrindon, que parecia perplexo com o novo nível de ferocidade do jogo.

– Ah, não, não é! – Daisy arrancou a bola das mãos de Llandrindon. – Ele é cavalheiro demais para golpear sua bola. Mas eu não sou.

– Não – concordou Swift. – A senhorita definitivamente não é mesmo um cavalheiro.

Daisy andou a passos largos até a linha de partida, recuou e fez o arremesso com toda a sua força. A bola golpeou a de Swift para a beira do gramado, de onde rolou vacilantemente até cair na valeta. Daisy lançou um olhar vingativo para Swift e ele reagiu com um zombeteiro cumprimento com a cabeça.

– Posso dizer que seu desempenho é excepcional, Srta. Bowman – observou Llandrindon. – Nunca vi uma principiante se sair tão bem. Como consegue arremessar sempre com tanta perfeição?

– "Onde há uma vontade forte, não pode haver grandes

dificuldades" – respondeu ela, e viu a linha do queixo de Swift se enrijecer com um súbito sorriso quando ele reconheceu a citação de Maquiavel.

O jogo continuou. E continuou. A tarde deu lugar ao início da noite. Pouco a pouco, Daisy se deu conta de que lorde Llandrindon, a Srta. Leighton e a maioria dos espectadores haviam se retirado. Estava claro que lorde Westcliff gostaria de fazer o mesmo, mas Daisy e Swift ficavam lhe pedindo para arbitrar ou fazer medições porque só confiavam no julgamento dele.

Uma hora se passou, e mais outra. Eles estavam entretidos demais no jogo para pensar em fome, sede ou cansaço. Daisy não soube em que momento a competitividade se transformou em admiração pelas habilidades um do outro. Quando Swift a cumprimentou por um lançamento perfeito ou quando ela se viu apreciando a visão dele fazendo silenciosamente cálculos, o modo como apertava os olhos e inclinava a cabeça um pouco para o lado... ficou fascinada. Em raras ocasiões a vida real de Daisy era mais divertida do que a vida de fantasia. Mas essa era uma delas.

– Crianças. – A voz sarcástica de Westcliff fez ambos o fitarem. Ele estava se levantando de sua cadeira e esticando seus músculos dormentes. – Acho que já basta para mim. Podem continuar a jogar, mas peço permissão para me retirar.

– Mas quem será o juiz? – protestou Daisy.

– Já que ninguém marca a pontuação há pelo menos meia hora – disse o conde secamente –, não há mais necessidade de meu julgamento.

– Sim, há – argumentou Daisy, e se virou para Swift. – Qual é o placar?

– Eu não sei.

Quando os olhares deles se encontraram, Daisy mal

conseguiu conter um súbito riso de embaraço. Houve um brilho de diversão nos olhos de Swift.

– Acho que a senhorita ganhou.

– Ah, não seja condescendente! O senhor ganhou. Posso aceitar uma derrota. Faz parte do jogo.

– Não estou sendo condescendente. Estivemos empatados por no mínimo... – Swift tirou um relógio do bolso de seu colete – Duas horas.

– O que significa que provavelmente manteve sua liderança anterior.

– Mas a senhorita acabou com ela na terceira rodada...

– Ah, caramba! – A voz de Lillian foi ouvida a distância. Ela parecia bastante irritada. Havia entrado na mansão para tirar um cochilo e saído para encontrá-los ainda na pista de grama. – Vocês brigaram a tarde toda como um par de furões e agora estão brigando por educação? Se ninguém puser um fim a isso vão brigar aqui fora até meia-noite. Daisy, você está coberta de pó e seus cabelos parecem um ninho de pássaro. Entre e vá se arrumar. *Agora!*

– Não precisa gritar – respondeu Daisy brandamente, seguindo sua irmã para dentro da mansão. Ela lançou um olhar por cima de seu ombro para Matthew Swift... um olhar amigável que nunca lhe lançara antes, e depois apertou seu passo.

Swift começou a recolher as bolas de madeira.

– Pode deixar – disse Westcliff. – Os criados vão pôr as coisas em ordem. É melhor ir se preparar para o jantar, que começará daqui a cerca de uma hora.

Obedientemente, Matthew deixou cair as bolas e foi na direção da casa com Westcliff. Ele observou o pequeno corpo silfídico de Daisy até ela desaparecer de vista.

Westcliff não pôde deixar de notar o olhar fascinado de Matthew.

– Tem um modo único de cortejar – comentou. – Eu não teria pensado que vencer Daisy em jogos de gramado despertaria o interesse dela, mas parece que isso funcionou.

Matthew olhou para o chão diante de seus pés, tentando manter seu tom calmo e despreocupado.

– Eu não estou cortejando a Srta. Bowman.

– Então parece que interpretei errado sua aparente paixão por *bowls*.

Matthew lhe lançou um olhar defensivo.

– Devo admitir que a acho divertida. Mas isso não significa que quero me casar com ela.

– Nesse sentido as irmãs Bowman são um pouco perigosas. Quando uma delas atrai seu interesse, não há volta. Por mais que sejam exasperantes, em algum momento o senhor desejará vê-la de novo. Como a progressão de uma doença incurável, isso se espalha de um órgão para outro. A ânsia começa. Todas as outras mulheres parecem insípidas e banais comparadas com ela. Você a deseja até achar que vai enlouquecer. Não consegue parar de pensar...

– Não sei do que está falando – interrompeu-o Matthew, empalidecendo.

Ele *não* estava prestes a sucumbir a uma doença incurável. Um homem tinha escolhas na vida. E não importava no que Westcliff acreditava, isso não era nada além de um desejo físico. Um desejo profano, visceral e enlouquecedor... mas que podia ser combatido com pura força de vontade.

– Se é o que diz... – comentou Westcliff, sem parecer convencido.

Capítulo 6

Olhando para o espelho sobre a cômoda de cerejeira, Matthew deu um nó em sua gravata branca engomada. Estava com fome, mas a ideia de descer para o longo jantar formal o enchia de inquietação. Sentia-se como se estivesse andando sobre uma prancha estreita suspensa a uma grande altura. Um passo em falso e seria seu fim.

Nunca deveria ter se permitido aceitar o desafio de Daisy, nunca deveria ter jogado aquele maldito jogo durante horas.

Mas Daisy estava tão adorável que ele não conseguiu resistir àquela tentação. Ela era a mulher mais atraente e provocadora que já conhecera. Tempestade e arco-íris unidos em um pequeno pacote. Maldição, como queria dormir com Daisy! Surpreendia-o como Llandrindon ou qualquer outro homem podia agir racionalmente na presença dela.

Estava na hora de assumir o controle da situação. Faria o que fosse preciso para empurrá-la para Llandrindon. Comparado com os outros homens solteiros presentes, o lorde escocês era a melhor escolha. Llandrindon e Daisy teriam uma vida calma e organizada, e embora fosse possível que Llandrindon ocasionalmente desse uma escapada, como a maioria dos nobres fazia, Daisy estaria ocupada demais com sua família e seus livros para perceber. Caso percebesse, aprenderia a fazer vista grossa às escapadas do marido e a se refugiar em seus devaneios.

E Llandrindon nunca apreciaria o presente inimaginável de tê-la em sua vida.

Melancólico, Matthew desceu a escada e se juntou à multidão elegante que esperava para seguir em procissão até a sala de jantar. As mulheres usavam vestidos coloridos entremeados de bordados, contas e renda. Os homens usavam trajes pretos sóbrios, sua simplicidade servindo como pano de fundo para destacar as mulheres.

– Swift – disse Thomas Bowman. – Venha cá. Quero que conte a esses cavalheiros as últimas estimativas de produção.

Na opinião de Bowman, não havia momentos errados para discutir negócios. Obedientemente, Matthew se juntou à meia dúzia de homens e discursou sobre os números que seu patrão queria.

Uma das habilidades mais convenientes de Matthew era memorizar longas listas de números. Na matemática, ao contrário do que aconteceria na vida, sempre havia uma solução, uma resposta definitiva. No entanto, enquanto falava, Matthew avistou Daisy e as amigas em pé com Lillian, e sua linha de raciocínio foi interrompida.

Daisy estava usando um vestido cor de jasmim ajustado na fina cintura. O corpete de cetim brilhante elevava as pequenas e bonitas formas de seus seios. Fitas de cetim amarelo artisticamente trançadas mantinham o corpete no lugar. Os cabelos pretos estavam presos no alto da cabeça com alguns cachos caindo até o pescoço e os ombros. Ela era delicada e perfeita, como um enfeite de açúcar em uma bandeja de sobremesas que ninguém nunca deveria tocar.

Matthew teve vontade de puxar o corpete para baixo até os braços de Daisy ficarem presos por aquelas fitas de cetim. Roçar os lábios na pele clara e macia dela, encontrar os mamilos e fazê-la se contorcer…

– Mas realmente acha que há espaço para expansão do mercado? – ouviu o Sr. Mardling perguntar. – Afinal de contas, estamos falando de pessoas de classes inferiores. Não importa qual seja a nacionalidade delas, é fato que não gostam de se banhar com frequência.

Matthew voltou sua atenção para o cavalheiro alto e bem-vestido, cujo cabelo louro brilhava à luz dos candelabros. Antes de responder, lembrou-se de que provavelmente não havia nenhuma malícia intencional na pergunta. Os membros das classes privilegiadas frequentemente tinham ideias erradas sobre os pobres, isso quando se davam ao trabalho de pensar neles.

– Na verdade – respondeu Matthew –, os números indicam que o mercado crescerá cerca de 10% ao ano caso seja feita uma produção em massa de sabão a um preço acessível. Pessoas de todas as classes querem estar limpas, Sr. Mardling. O problema é que sabão de boa qualidade sempre foi um artigo de luxo e, portanto, difícil de se obter.

– Produção em massa – pensou Mardling em voz alta franzindo as sobrancelhas. – Há algo desagradável nessa expressão... Parece um modo de permitir às classes inferiores imitar as superiores.

Matthew olhou de relance para o círculo de homens, notando que o alto da cabeça de Bowman estava ficando vermelho – nunca um bom sinal – e Westcliff se mantinha em silêncio, seus olhos pretos indecifráveis.

– É exatamente isso, Sr. Mardling – disse Matthew seriamente. – A produção em massa de coisas como roupas e sabão dará aos pobres uma chance de viver com os mesmos padrões de saúde e dignidade que nós.

– Mas como saberemos quem é quem? – protestou Mardling.

Matthew lhe lançou um olhar indagador.

– Acho que não estou entendendo.

Llandrindon se juntou à discussão.

– Creio que Mardling está perguntando como se poderá distinguir uma vendedora de uma mulher rica se ambas estão limpas e vestidas de modo parecido. E se um cavalheiro não puder distingui-las pela aparência, como saberá como tratá-las?

Pasmado com o esnobismo da pergunta, Matthew pensou cuidadosamente em sua resposta.

– Sempre achei que todas as mulheres deveriam ser tratadas com respeito independentemente de sua posição social.

– Bem observado – disse Westcliff bruscamente quando Llandrindon abriu a boca para argumentar.

Ninguém queria contradizer o conde, mas Mardling insistiu:

– Westcliff, não vê nenhum mal em encorajar os pobres a ir além de sua posição social? Em lhes permitir fingir que não há nenhuma diferença entre eles e nós?

– O único mal que eu vejo – disse Westcliff calmamente – é desencorajar as pessoas que querem se superar por medo de perdermos nossa suposta superioridade.

Essa afirmação fez Matthew gostar ainda mais do conde.

Preocupado com a questão da hipotética vendedora, Llandrindon disse para Mardling:

– Não tenha medo, Mardling. Independentemente de como uma mulher se vista, um cavalheiro sempre encontrará as pistas que indicam sua verdadeira posição social. Uma dama sempre tem uma voz suave e bem modulada, enquanto uma vendedora fala em um tom estridente e com um sotaque vulgar.

– É claro – disse Mardling aliviado. Ele fingiu um leve estremecimento ao acrescentar: – Uma vendedora bem-vestida falando como os londrinos da classe baixa é como unhas bem feitas sendo passadas em ardósia.

– Sim – disse Llandrindon com uma risada. – Ou como ver uma margarida comum no meio de um buquê de rosas.

O comentário foi impensado, é claro. Houve um súbito silêncio enquanto Llandrindon se dava conta de que inadvertidamente insultara a filha de Bowman, ou melhor, o nome dela, já que Daisy significa margarida em inglês.

– Uma flor versátil, a margarida – comentou Matthew, rompendo o silêncio. – Adorável em sua simplicidade. Sempre achei que ficava bem em qualquer tipo de arranjo floral.

Todo o grupo expressou concordância imediata.

– De fato.

– Exatamente.

Lorde Westcliff lançou um olhar aprovador para Matthew.

Pouco tempo depois, por planejamento prévio ou mudança de último minuto, Matthew descobriu que se sentaria à esquerda de Westcliff à mesa de jantar principal. Era óbvia a surpresa nos rostos de muitos convidados ao constatarem que um lugar de honra fora destinado a um jovem de posição insignificante.

Escondendo sua própria surpresa, Matthew viu que Thomas Bowman lhe sorria com um orgulho paternal... e Lillian lançava disfarçadamente um olhar furioso para o marido.

Depois de um jantar tranquilo, os convidados se dispersaram em vários grupos. Alguns homens foram tomar um pouco de vinho do Porto e fumar charutos no terraço dos fundos, algumas mulheres quiseram chá e outros convidados se dirigiram à sala de jogos para jogar e conversar.

Ao caminhar para o terraço, Matthew sentiu um tapinha em seu ombro. Olhou e viu os olhos travessos de Cassandra Leighton. Ela era uma criatura alegre cuja principal habilidade parecia ser a capacidade de atrair atenção para si mesma.

– Sr. Swift – disse ela –, insisto que se junte a nós. Não permitirei que recuse. Lady Miranda e eu planejamos alguns jogos que penso que achará *muito* divertidos. – Ela deu uma furtiva piscadela. – Nós planejamos tudo.

– Planejaram? – perguntou Matthew.

– Ah, sim. – Ela deu uma risadinha. – Decidimos ser um pouco malvadas esta noite.

Matthew nunca havia gostado de jogos de salão, que exigiam uma frivolidade que nunca conseguira ter. Além disso, era de conhecimento geral que na atmosfera permissiva da sociedade inglesa as prendas nesses jogos frequentemente envolviam truques e comportamentos escandalosos. Matthew tinha uma aversão inata a escândalo. Se algum dia se envolvesse em um, seria por um ótimo motivo. *Não* como resultado de algum jogo idiota.

Contudo, antes de responder, a visão periférica de Matthew detectou algo... um brilho amarelo. Era Daisy, com a mão pousada de leve no braço de lorde Llandrindon enquanto andavam pelo corredor que levava à sala de jogos.

A parte lógica da mente de Matthew disse que se Daisy iria se envolver em comportamento escandaloso com Llandrindon isso era problema dela. Mas uma parte mais profunda e primitiva de seu cérebro reagiu com uma possessividade que fez seus pés começarem a se mover.

– Ah, que bom! – trinou Cassandra Leighton, dando-lhe o braço. – Vamos nos divertir muito.

Foi uma nova e desagradável descoberta para Matthew constatar que um impulso primitivo podia subitamente assumir o controle de sua vida. Com o cenho franzido, ele prosseguiu com a Srta. Leighton desfiando uma meada de tolices.

Um grupo de homens e mulheres jovens estava reunido na sala, rindo e conversando. O ar estava carregado de expectativa. E havia um sentimento de malícia, como se alguns dos participantes tivessem sido avisados de que estavam prestes a participar de algo impróprio.

Matthew ficou perto da porta, seu olhar voltado para Daisy. Ela estava sentada perto da lareira com Llandrindon meio inclinado sobre o braço de sua cadeira.

– O primeiro jogo – disse Miranda com um sorriso – será uma rodada de "Animais". Ela esperou uma onda de risadinhas passar antes de prosseguir. – Para os que não conhecem as regras, são bastante simples. Cada dama escolherá um parceiro e cada cavalheiro terá de imitar um animal: um cachorro, um porco, um burro e assim por diante. As damas serão retiradas da sala e terão os olhos vendados, e quando voltarem tentarão localizar seus parceiros. Os cavalheiros as ajudarão fazendo o som correto do animal. A última dama a encontrar seu parceiro terá de cumprir uma penalidade.

Matthew gemeu por dentro. Ele *odiava* jogos que só serviam para fazer os participantes de bobos. Como um homem que não gostava de ser constrangido, voluntariamente ou não, esse era o tipo de situação que ele teria feito tudo para evitar.

Olhando para Daisy, viu que ela não estava rindo como as outras mulheres. Em vez disso, parecia resoluta. Essa era sua tentativa de ser uma na multidão, comportar-se como as cabeças-ocas ao seu redor. Maldição. Era isso que se esperava das jovens em busca de maridos.

– Será meu parceiro, Sr. Swift! – gritou a Srta. Leighton.

– Será uma honra – respondeu Matthew cortesmente e ela desatou a rir, como se ele tivesse dito algo muito engraçado. Matthew nunca havia conhecido uma mulher que risse de maneira tão boba. Temeu que ela tivesse convulsões se não parasse.

Um chapéu cheio de tiras de papel foi passado ao redor. Matthew pegou um e leu.

– Vaca – informou à Srta. Leighton friamente, e ela deu um risinho nervoso.

Sentindo-se como um idiota, Matthew ficou de lado enquanto a Srta. Leighton e todas as outras damas saíam da sala.

Os homens se posicionaram estrategicamente, rindo ao antecipar a diversão de terem mulheres com os olhos vendados esbarrando e tocando neles.

Alguns sons foram ouvidos na sala.

– Quá-quá!

– Miau!

– Croac!

Ondas de risos se seguiram. Quando as mulheres com os olhos vendados entraram na sala, os homens irromperam em gritos animais. O lugar pareceu um jardim zoológico com animais enfurecidos. Elas tentaram encontrar seus parceiros, esbarrando em homens que zurravam, piavam e bufavam.

Matthew rezava para que Westcliff, Hunt ou – Deus o livrasse – Bowman não entrassem na sala e o vissem assim. Ele nunca se recuperaria disso. Sua dignidade sofreu um golpe mortal quando ele ouviu a voz de Cassandra Leighton.

– Onde está o Sr. Vaca?

Matthew deu um suspiro.

– Muu – disse ele carrancudamente.

A risada da Srta. Leighton rasgou o ar. Alguns grunhidos e grasnidos não planejados foram emitidos enquanto ela abria caminho na multidão.

– Ah, Sr. Vaca! – gritou ela. – Preciso de ajuda!

Matthew franziu o cenho.

– Muu.

– Mais uma vez – trinou ela.

Foi uma sorte para Cassandra Leighton estar com os olhos vendados e não ver o olhar assassino de Matthew.

– *Muu.*

Risinhos, risinhos e mais risinhos. A Srta. Leighton se aproximou com os braços estendidos e os dedos se abrindo e fechando no ar. Ela o alcançou, suas mãos tateando a cintura dele e deslizando para baixo. Matthew lhe segurou os punhos e os puxou firmemente para cima.

– Encontrei o Sr. Vaca? – perguntou ela, inclinando-se para ele.

Matthew a empurrou de volta com uma firme cotovelada.

– Sim.

– Hurra! – gritou ela, tirando sua venda.

Outros casais também haviam se reunido, os animais aquietando-se um a um quando eram encontrados. Finalmente só restou um som... uma tentativa desajeitada de imitar a vibração de um inseto. Um gafanhoto? Um grilo?

Matthew esticou o pescoço para ver quem estava emitindo o som e quem era sua desafortunada parceira. Houve uma exclamação e risos amigáveis. A multidão se dividiu para revelar Daisy Bowman tirando sua venda enquanto lorde Llandrindon encolhia os ombros.

– Isso *não* é o barulho que um grilo faz – protestou Daisy, rindo e enrubescendo. – Parece que está pigarreando!

– Foi o melhor que pude fazer – disse Llandrindon.

Ah, meu Deus! Matthew fechou os olhos brevemente. *Era Daisy.*

Cassandra Leighton pareceu satisfeita.

– Que pena! – disse.

– Sem brigas – disse lady Miranda alegremente, pondo-se entre Daisy e Llandrindon. – Tem de pagar a prenda, minha querida!

O sorriso de Daisy se tornou hesitante.

– Qual é?

– É simples – explicou lady Miranda. – Deve ficar encostada na parede e tirar o nome de um dos cavalheiros de um chapéu. Se ele se recusar a beijá-la, continuará junto à parede tirando nomes até que alguém aceite sua oferta.

Daisy manteve o sorriso, embora seu rosto tivesse ficado branco e com duas marcas vermelhas nas bochechas.

Maldição, pensou Matthew ferozmente.

Esse era um sério dilema. O incidente daria início a boatos que poderiam produzir um escândalo. Não podia permitir isso. Pela família e pelo bem de Daisy. E o seu próprio... mas isso era algo em que não queria pensar.

Começou a andar automaticamente para a frente, mas a Srta. Leighton agarrou seus braços. As longas unhas afundaram na manga do paletó.

– Não interfira – advertiu-lhe. – Quem aceita o jogo deve estar disposto a pagar a prenda!

Ela estava sorrindo, mas havia uma dureza em seus olhos da qual Matthew não gostou. Ela pretendia desfrutar de cada segundo da desgraça de Daisy.

As mulheres são criaturas perigosas.

Matthew olhou ao redor e viu a ansiedade nos rostos dos homens. Nenhum deles perderia uma oportunidade de beijar Daisy Bowman. Matthew teve vontade de bater com as cabeças deles umas contra as outras e arrastar Daisy para fora da sala. Em vez disso, só pôde observar lhe levarem o chapéu e ela procurar dentro com dedos hesitantes.

Daisy tirou uma tira de papel e a leu em silêncio franzindo suas sobrancelhas escuras. Houve um burburinho na sala, pessoas prendendo a respiração na expectativa... e então Daisy disse o nome sem erguer os olhos.

– Sr. Swift.

Ela devolveu o papel ao chapéu antes de o nome ser confirmado. Matthew sentiu seu coração bater violentamente, sem saber ao certo se a situação havia melhorado ou ficava cada vez pior.

– Isso é impossível – disse a Srta. Leighton, sibilando. – Não pode ter sido o senhor.

Ele a olhou distraidamente.

– Por que não?

– Porque não pus seu nome no chapéu.

A expressão de Matthew foi indecifrável.

– Obviamente alguém pôs – disse ele, livrando seu braço das garras dela.

Quando Matthew se aproximou de Daisy, houve um silêncio nervoso na sala e depois risos sufocados. Daisy controlou sua expressão, embora estivesse muito ruborizada. Ela se forçou a dar um sorriso despreocupado. Matthew viu a pulsação violenta em seu pescoço e desejou pôr a boca naquele ponto e acariciá-lo com a língua.

Parando na frente de Daisy, sustentou o olhar dela, tentando ler seus pensamentos. Qual deles estava no controle daquela situação? Obviamente ele... mas fora Daisy quem dissera seu nome.

Ela o escolhera. *Por quê?*

– Eu o ouvi durante o jogo – disse Daisy, tão baixo que ninguém mais pôde distinguir as palavras. – Parecia uma vaca com problemas digestivos.

– A julgar pelos resultados, minha vaca foi melhor do que o grilo de Llandrindon – salientou Matthew.

– Ele não soou nem um pouco como um grilo. Parecia que estava limpando catarro da garganta.

Matthew sufocou uma súbita risada. Ela estava tão irritada e adorável que isso foi tudo o que pôde fazer para não puxá-la para si.

– Vamos acabar com isso, está bem? – perguntou ela.

Ele desejou que Daisy não tivesse ficado tão vermelha. Sua pele clara deixava isso ainda mais aparente, destacando as bochechas que pareciam papoulas escarlates.

O grupo prendeu a respiração quando Matthew se aproximou dela. Daisy inclinou a cabeça para trás e fechou os olhos, com os lábios entreabertos. Matthew pegou sua mão, a levou aos próprios lábios e deu um beijo casto nos dedos dela.

Daisy abriu os olhos, parecendo atordoada.

Mais risos do grupo e algumas manifestações de desaprovação.

Depois de trocar algumas palavras bem-humoradas com alguns dos cavalheiros, Matthew se virou para Daisy e disse em um tom agradável, mas decidido.

– Tinha dito que queria ver sua irmã, Srta. Bowman. Permite-me acompanhá-la?

– Mas não podem ir embora! – exclamou Cassandra Leighton do fundo da sala. – Acabamos de começar!

– Não, obrigada – disse Daisy para Matthew. – Estou certa de que minha irmã pode esperar um pouco mais enquanto me divirto aqui.

Matthew lhe lançou um olhar duro e penetrante. Pela súbita mudança na expressão de Daisy, ela havia entendido. Estava lhe cobrando um favor. *Venha comigo agora*, dizia o olhar dele. *Não discuta.*

Também viu que Daisy desejava muito rejeitá-lo, mas seu senso de honra não lhe permitia isso. Uma dívida era uma dívida. Daisy engoliu em seco.

– Por outro lado... – Ela quase engastou com as palavras. – Realmente prometi tomar chá com minha irmã.

Matthew lhe ofereceu o braço.

– Ao seu dispor, Srta. Bowman.

Houve alguns protestos, mas o grupo já estava ocupado organizando outro jogo quando eles passaram pela porta. Só Deus sabia que pequenos escândalos estavam sendo tramados na sala. Desde que não estivessem envolvidos, Matthew não dava a mínima para isso.

Daisy tirou sua mão do braço dele assim que entraram no corredor. Andaram vários metros e chegaram à porta aberta da biblioteca. Vendo que estava vazia, Daisy entrou sem dizer uma só palavra.

Matthew a acompanhou e fechou a porta para manter

a privacidade. Isso não era adequado, mas tampouco era discutirem no corredor.

– Por que fez isso? – perguntou Daisy virando-se para ele.

– Tirá-la da sala? – Desconcertado, Matthew adotou um tom crítico. – Não devia estar ali, e sabe disso.

Daisy estava tão furiosa que seus olhos escuros pareciam faiscar.

– E onde devia estar, Sr. Swift? Lendo sozinha na biblioteca?

– Seria preferível a causar um escândalo.

– Não, não seria. Eu estava exatamente onde devia estar, fazendo exatamente o que todos os outros estavam fazendo, e tudo estava bem até o senhor estragar minha noite!

– Eu? – Matthew não podia acreditar em seus ouvidos. – Eu estraguei sua noite?

– Sim.

– *Como?*

Ela o olhou acusadoramente.

– Não me beijou.

– Eu... – Apanhado desprevenido, Matthew a olhou, perplexo. – Eu a beijei, sim.

– Na mão – disse Daisy desdenhosamente. – O que não significa absolutamente nada.

Matthew não soube ao certo como passou de uma virtuosa superioridade para um ofendido protesto.

– Deveria estar agradecida.

– Pelo quê?

– Não é óbvio? Salvei sua reputação.

– Se tivesse me beijado – retorquiu Daisy –, isso teria melhorado minha reputação. Mas me rejeitou publicamente, o que significa que agora Llandrindon, Mardling e todos os outros acham que há algo de errado comigo.

– Eu não a rejeitei!

– Pois foi o que pareceu, seu canalha!

– Eu não sou um canalha. Eu seria se a tivesse beijado em público. – Matthew fez uma pausa antes de acrescentar, confusa e irritadamente: – E não há nada de errado com a senhorita. Por que diabo diz isso?

– Ninguém quer me beijar.

Era demais. Daisy Bowman estava furiosa porque ele não havia feito aquilo que desejara e sonhara fazer durante sua vida inteira. Maldição, comportara-se *honradamente*. Em vez de apreciá-lo por isso, ela estava zangada.

– Sou assim tão indesejável? – queixava-se Daisy. – Isso teria sido tão desagradável?

Ele a queria havia tanto tempo! Mil vezes lembrara a si mesmo de todos os motivos pelos quais nunca a teria. E tinha sido muito mais fácil saber que ela o detestava e que não havia nenhum motivo para ter esperança. Mas a possibilidade de os sentimentos de Daisy terem mudado, de ela também querê-lo, o encheu de uma emoção vertiginosa.

Mais um minuto e ele perderia o controle.

– Não sei como as mulheres fazem para atrair os homens – dizia Daisy iradamente. – E quando finalmente tive uma chance de adquirir um pouco de experiência, o senhor... – Ela se interrompeu e franziu as sobrancelhas ao ver o rosto dele. – Por que está me olhando assim?

– Como?

– Como se estivesse sentindo dor.

Dor. Sim. O tipo de dor que um homem sentia quando desejava uma mulher havia anos, estava sozinho com ela e tinha de suportar suas queixas de que não a beijara quando tudo o que ele queria era arrancar suas roupas e possuí-la bem ali no chão. Ela queria experiência? Matthew estava pronto para lhe dar a experiência de uma vida inteira.

Tentando se controlar, concentrou-se em respirar. Respirar. Mas isso só resultou em mais excitação. Sem se dar conta do que fazia, subitamente estava com as mãos em Daisy, logo abaixo dos braços. Daisy era leve e flexível, como uma gata... Poderia erguê-la facilmente, prendê-la contra a parede e...

Daisy arregalou seus olhos escuros.

– O que está fazendo?

– Quero que me responda a uma pergunta – conseguiu dizer Matthew. – Por que meu nome estava lá?

Emoções cruzaram o rosto dela em rápida sucessão: surpresa, culpa, vergonha. Cada centímetro de pele exposta ficou cor-de-rosa.

– Não sei do que está falando. Seu nome estava no papel. Não tive escolha além de...

– Está mentindo – disse Matthew laconicamente. Seu coração parou quando ela não respondeu. Não iria negar. O rubor de Daisy se tornou quase carmesim. – Meu nome não estava naquele papel. No entanto, a senhorita o disse. *Por quê?*

Ambos sabiam que só poderia haver um motivo. Ele fechou os olhos brevemente. Sua pulsação estava tão acelerada que fazia o sangue arder em suas veias.

Ouviu a voz hesitante de Daisy.

– Eu só queria saber como o senhor... o senhor...

Isso foi uma tentação ainda mais brutal. Matthew tentou soltá-la, mas não conseguia tirar as mãos das curvas delicadas sob o cetim amarelo. Era muito bom segurá-la. Ele olhou para a boca delicada, a sutil mas deliciosa reentrância no centro do lábio superior de Daisy. *Um beijo*, pensou desesperadamente. Certamente poderia ter ao menos isso. Mas quando começasse... não sabia se conseguiria parar.

– Daisy... – Ele tentou encontrar palavras para acalmar a situação, mas foi difícil falar com coerência. – Na primeira oportunidade, vou dizer para seu pai que não posso me casar com você em nenhuma circunstância.

Daisy continuava sem olhar para ele.

– Por que não disse imediatamente?

Porque queria que ela o notasse. Porque queria fingir, mesmo que por pouco tempo, que aquilo com que sempre sonhara estava ao seu alcance.

– Queria irritá-la.

– Bem, conseguiu!

– Mas nunca considerei isso seriamente. Nunca poderia me casar com você.

– Porque sou feia – disse Daisy com tristeza.

– Não. Não é isso…

– Não sou desejável.

– Daisy, pare…

– Não valho nem um só beijo.

– *Está bem* – disparou Matthew, finalmente perdendo o controle de sua sanidade. – Maldição, você venceu. Vou beijá-la.

– Por quê?

– Porque, se não a beijá-la, você nunca vai parar de reclamar disso.

– Agora é tarde demais! Deveria ter me beijado na sala, mas não beijou! Não vou me conformar com um prêmio de consolação medíocre.

– *Medíocre?* – Isso foi um erro. Matthew pôde ver que Daisy percebeu isso no instante em que o disse.

Ela acabara de selar seu destino.

– Eu quis dizer *indiferente* – corrigiu-se Daisy, tentando se desvencilhar dele. – É óbvio que não quer me beijar e portanto…

– Você disse *medíocre*. – Ele a empurrou com força contra a parede. – O que significa que agora eu tenho algo a provar.

– Não, não tem – apressou-se a dizer Daisy. – Realmente. Não tem…

Ela deu um gritinho quando Matthew pôs uma das mãos em sua nuca, e o som foi abafado quando puxou sua cabeça para a dele.

CAPÍTULO 7

Matthew soube que aquilo era um erro no instante em que os lábios deles se encontraram. Porque nada poderia se igualar à perfeição de Daisy em seus braços. Ele estava arruinado pelo resto de sua vida. Que Deus o ajudasse!

A boca de Daisy era suave e quente como a luz do sol, como o fogo de uma lareira. Ela ofegou quando Matthew tocou seu lábio superior com a ponta da língua. Lentamente, pôs as mãos nos ombros dele e Matthew sentiu os dedos em sua nuca, deslizando para seus cabelos para impedi-lo de se afastar. Não havia a menor chance de isso acontecer. Nada poderia fazê-lo parar. Seus dedos tremeram quando ele segurou a linha delicada do queixo de Daisy na palma da mão e ergueu gentilmente o rosto dela. O gosto da boca de Daisy despertou nele um desejo que ameaçava se tornar incontrolável… Matthew introduziu a língua mais fundo e com mais força, até Daisy começar a respirar em longos suspiros, encaixando seu corpo no dele.

Ele a deixou sentir quanto era forte, com um braço musculoso nas costas de Daisy e os pés afastados para segurá-la entre suas poderosas coxas. Ela estava com o tronco contido em um corpete acolchoado e rendado. Ele foi quase dominado por um desejo selvagem de soltar as fitas e encontrar a carne macia por baixo.

Em vez disso, afundou os dedos nos cabelos presos de Daisy e os puxou para trás até sustentar-lhe o peso da cabeça e expor a pele branca do pescoço. Procurou a pulsação que vira antes, roçando os lábios ao longo do caminho secreto de nervos sob a pele. Quando chegou a um ponto sensível, sentiu na boca a vibração do gemido sufocado de Daisy.

Era assim que seria fazer amor com ela, pensou, deslumbrado... O leve tremor de Daisy quando a penetrasse, o delicado caos da respiração e os gemidos sufocados na garganta. A pele feminina quente cheirava a chá e talco, com um traço de sal. Ele encontrou novamente a boca e a abriu, explorando a umidade sedosa, o calor e um gosto de intimidade que o deixou louco.

Ela deveria ter lutado, mas só houve rendição e mais suavidade, fazendo-o ultrapassar todos os limites. Matthew começou a lhe possuir a boca com beijos profundos, puxando o corpo dela contra o seu. Sentiu-a abrir as pernas sob o vestido e encaixou sua coxa perfeitamente entre elas. Daisy se contorceu com um desejo inocente, o rosto adquirindo a cor das papoulas do fim de verão. Se tivesse entendido exatamente o que ele queria, teria feito mais do que corar. Teria desmaiado ali mesmo.

Matthew afastou sua boca e pressionou o maxilar na lateral da cabeça de Daisy.

– Creio – disse roucamente – que isso põe um fim à questão de se a acho desejável ou não.

Daisy reuniu forças para se desvencilhar e se afastar dele. Ficou olhando cegamente para as lombadas de couro dos livros à sua frente, suas pequenas mãos segurando a prateleira de mogno como se ela tentasse controlar o ritmo turbulento de sua respiração.

Matthew ficou atrás dela, tentando cobrir-lhe as mãos com as suas. Os ombros estreitos de Daisy se enrijeceram contra o peito masculino enquanto ele procurava a borda macia da orelha da jovem.

– Não – disse Daisy com uma voz grave, tentando recuar.

Matthew não conseguia parar. Seguindo o movimento da cabeça de Daisy, esfregou o nariz na leve penugem da curva do pescoço dela. Soltou uma das mãos de Daisy para tocar a pele exposta pelo corpete, logo acima da elevação dos seios. A mão livre de Daisy pressionou-lhe os dedos contra o peito, como se fossem necessários os esforços combinados de ambos para conter os batimentos daquele imprudente coração.

Matthew contraiu todos os seus músculos para conter o impulso de agarrá-la e levá-la para o canapé. Queria fazer amor com Daisy, enterrar-se nela até todas as lembranças amargas se dissolverem em sua doçura. Mas aquela chance lhe fora roubada muito antes de se conhecerem.

Não tinha nada a lhe oferecer. Sua vida, seu nome, sua identidade... Tudo isso era uma ilusão. Não era o homem que Daisy pensava que ele fosse. Era só uma questão de tempo até ela descobrir.

Para seu desgosto, percebeu que lhe agarrara inconscientemente as saias como se para erguê-las. O cetim deslizava em ondas brilhantes entre seus dedos. Pensou no corpo de Daisy envolto em todas aquelas camadas e rendas e no prazer profano que seria desnudá-la. Mapear-lhe o corpo com a boca e os dedos, descobrindo cada curva e cavidade, cada lugar oculto.

Observando sua mão como se pertencesse a outra pessoa, Matthew soltou o cetim amarelo. Virou-a de frente para si e olhou bem no fundo dos olhos castanhos de Daisy.

– Matthew – disse ela sufocadamente.

Era a primeira vez que o chamava por seu primeiro nome. Ele tentou esconder a intensidade de sua reação.

– Sim?

– O modo como se expressou antes... Não disse que não se casará comigo em nenhuma circunstância... disse que *não pode* se casar. Por quê?

– Como isso não vai acontecer, os motivos são irrelevantes.

Daisy fechou a cara, franzindo os lábios de um modo que o fez desejar beijá-los. Ele se moveu para o lado para deixá-la passar. Obedecendo, Daisy começou a andar.

Mas quando seu braço esbarrou no dele, Matthew a segurou pelo pulso e subitamente a tomou novamente nos braços. Não resistiu a beijá-la de novo, como se ela lhe pertencesse.

É isto que sinto por você, disse-lhe com beijos profundos e ardentes. *É você quem eu quero*. Ele sentiu a tensão de Daisy, saboreou sua excitação e percebeu que poderia levá-la ao clímax ali, naquele instante, se pusesse a mão sob seu vestido e...

Não, disse ferozmente para si mesmo. Isso já tinha ido longe demais. Percebendo quanto estava perto de perder o controle, afastou sua boca com um gemido e empurrou Daisy para longe.

Imediatamente Daisy saiu correndo da biblioteca, a bainha de seu vestido amarelo roçando de leve o batente da porta antes de desaparecer como o último raio de sol no horizonte. E Matthew se perguntou como algum dia poderia voltar a interagir com ela de um modo normal.

~

Era uma tradição antiga a dona de uma propriedade no campo agir como uma "senhora generosa" com arrendatários e aldeões. Isso significava ajudar, aconselhar e doar itens necessários, como comida e roupas para os mais necessitados. Até então Lillian cumprira de bom grado esses deveres, mas agora seu estado tornava isso impossível.

E estava fora de questão pedir a Mercedes para substituí-la. Mercedes era rude e impaciente demais. Não gostava de ficar perto de gente doente. Deixava os idosos desconfortáveis e algo em seu tom sempre fazia os bebês chorarem.

Portanto, Daisy era a escolha lógica. Ela não tinha nada contra fazer essas visitas. Gostava de sair sozinha na carroça puxada por um pônei, entregar pacotes e potes, ler para os que não tinham boa visão e ouvir novidades dos aldeões. Melhor ainda, a natureza informal dessas saídas significa não ter de usar roupas da moda ou se preocupar com etiqueta.

Havia outro motivo pelo qual Daisy ficava feliz em ir à vila... isso a mantinha ocupada e longe da mansão, permitindo-lhe concentrar seus pensamentos em algo além de Matthew Swift.

Três dias haviam se passado desde aquele horrível jogo de salão – e de ser beijada de forma atordoante por Matthew. Agora ele estava se comportando como sempre, de modo frio e cortês.

Daisy poderia acreditar que aquilo fora um sonho, se não fosse por um detalhe: sempre que estava perto de Swift seu estômago dava cambalhotas.

Queria contar isso para alguém, mas confessar o que havia acontecido de algum modo pareceria traição. Isso também era mortificante. Nada parecia certo. Não estava dormindo bem, e por isso ficava distraída de dia.

Preocupada com a possibilidade de ficar doente, procurara a governanta. A mulher lhe dera uma colher de um repugnante óleo de rícino. Aquilo não havia ajudado nem um pouco. O pior era que não conseguia se concentrar em seus livros. Lia repetidamente as mesmas páginas, sem que conseguissem lhe despertar interesse.

Daisy não tinha a menor ideia de como voltar ao normal. Mas achou que seria bom parar de pensar em si própria e fazer algo por alguém. Assim, saiu no meio da manhã na grande carroça puxada por um pônei castanho robusto chamado Hubert. A carroça estava cheia de potes de porcelana repletos de alimentos, peças de flanela, queijos, carne de carneiro, bacon, chá e garrafas de vinho do Porto.

As visitas geralmente eram muito agradáveis e os aldeões pareciam apreciar a presença alegre de Daisy. Alguns a fizeram rir enquanto descreviam furtivamente como era nos velhos tempos em que a mãe de lorde Westcliff os visitava.

A condessa era viúva e distribuía seus donativos de má vontade, esperando grandes demonstrações de gratidão. Se as mulheres não se curvassem o suficiente em suas mesuras, perguntava se estavam com problemas de rigidez nos joelhos. Também esperava ser consultada sobre os nomes que elas deveriam dar a seus filhos e as instruía sobre quais deveriam ser suas visões sobre religião e higiene. Pior ainda, levava alimentos misturados de um modo não apetitoso – carnes, vegetais e doces juntos na mesma lata.

– Que bruxa malvada ela era!– exclamou Daisy, pondo potes e peças de tecido sobre a mesa. – Como nos contos de fadas...

E alegrou as crianças com uma recitação dramática de *João e Maria* que as fez rir e dar gritinhos debaixo da mesa, olhando-a encantadas. No fim do dia, Daisy havia enchido um pequeno caderno com anotações... Seria possível encontrar um especialista para examinar os olhos do velho Sr. Hearnsley e conseguir outra garrafa de tônico para os problemas digestivos do Sr. Blunt?

Prometendo que levaria todas as questões diretamente para lorde e lady Westcliff, Daisy entrou novamente na carroça e voltou para Stony Cross Park. O sol estava quase se pondo e as longas sombras de carvalhos e castanheiros cruzavam a estrada de terra que levava para fora da vila. Essa parte da Inglaterra ainda não havia sido desmatada para alimentar as fábricas das grandes cidades. A floresta ainda era primitiva e parecia sobrenatural, riscada por pequenas trilhas quase completamente escondidas por galhos de árvores frondosas. Na sombra crescente, as árvores estavam envoltas em vapor e mistério, como sentinelas em um mundo de druidas, bruxos e unicórnios. Uma coruja planou acima da trilha, como uma mariposa no céu que escurecia.

A trilha estava silenciosa exceto pelo chacoalhar das rodas da carroça e o som dos cascos de Hubert. Daisy manteve as mãos firmes nas rédeas enquanto o pônei acelerava. Hubert parecia nervoso, movendo sua cabeça de um lado para o outro.

– Calma, garoto – tranquilizou-o Daisy, forçando-o a desacelerar enquanto o eixo da carroça batia em um solo acidentado. – Você não gosta da floresta, não é? Não precisa se preocupar. Logo chegaremos a um campo aberto.

O pônei continuou agitado até a vegetação se tornar menos densa e as folhagens acima de suas cabeças desaparecerem. Eles entraram em um terreno seco margeado de um lado por um bosque e de outro por um prado.

– Pronto, nervosinho – disse Daisy alegremente. – Está vendo? Não há com o que se preocupar.

Mas a segurança de Daisy foi prematura. Ela ouviu alguns fortes estalos vindo da floresta, galhos e ramos sendo pisados. Hubert relinchou, virando a cabeça na direção do barulho. Um grunhido alto fez os pelos da nuca de Daisy se arrepiarem.

Meu Deus, o que era *aquilo*?

Com surpreendente rapidez, uma forma enorme e volumosa saiu da cobertura da floresta e se precipitou na direção da carroça.

Tudo aconteceu depressa demais para Daisy compreender. Ela segurou as rédeas com força enquanto Hubert arremetia para a frente relinchando em pânico e a carroça chacoalhava e pulava como se fosse de brinquedo.

Daisy tentou em vão se manter sentada, mas ela foi atirada para fora da carroça quando o veículo atingiu um sulco profundo. Hubert continuou sua corrida desenfreada enquanto Daisy caía sobre a terra dura com surpreendente força.

Ela sentiu o ar lhe faltar, respirando com dificuldade. Viu uma enorme criatura, um monstro, correndo em sua direção, mas o som de um tiro rasgou o ar, ressoando em seus ouvidos.

Um uivo animal de gelar os ossos… e depois nada.

Daisy tentou se sentar, mas caiu de barriga para baixo com espasmos em seus pulmões. Em um instante, o trotar de cascos fez o chão vibrar sob sua bochecha. Tomando um pouco de fôlego, ela se apoiou nos cotovelos e ergueu o queixo.

Quatro cavaleiros galopavam em sua direção, os cascos dos cavalos erguendo nuvens de pó na trilha. Um dos homens desmontou antes mesmo de seu cavalo parar e se aproximou dela a passos largos.

Daisy pestanejou de surpresa quando ele se ajoelhou e a ergueu com um só movimento. Sua cabeça pendeu para trás nos braços dele e ela se viu olhando atordoadamente para o rosto moreno de Matthew Swift.

– *Daisy* – disse Matthew em um tom que ela nunca ouvira dele, áspero e urgente. Amparando-a com um dos braços, passou sua mão livre pelo corpo dela em uma rápida busca por ferimentos. – Está ferida?

Daisy tentou explicar que estava com falta de ar e ele pareceu entender seus sons incoerentes.

– Tudo bem – disse Matthew. – Não tente falar. Respire devagar. Apoie-se em mim. – Ele passou as mãos pelos cabelos de Daisy, afastando-os do rosto. Ela reagiu com pequenos tremores e ele a puxou mais para perto. – Devagar, querida. Calma. Está segura agora.

Daisy fechou os olhos para esconder seu assombro. Matthew Swift lhe murmurava palavras carinhosas e a segurava com braços fortes. Os ossos dela pareciam ter derretido como calda de açúcar.

Anos de brigas selvagens com seus irmãos tinham lhe ensinado a se recuperar rapidamente de uma queda. Em outras circunstâncias já teria se levantado e batido a poeira das roupas. Mas cada célula de seu corpo saturada de prazer tentava prolongar o máximo possível aquele momento.

Os dedos gentis de Matthew lhe acariciaram a lateral do rosto.

– Olhe para mim, querida. Diga-me onde dói.

Daisy abriu bem os olhos. O rosto dele estava logo acima do seu. Seguindo aqueles extraordinários olhos azuis, sentiu-se flutuando em camadas de cor.

– Seus dentes são bonitos – disse ela ainda atordoada. – Mas sabe, seus olhos são ainda mais bonitos.

Swift franziu as sobrancelhas, passando seu polegar pela bochecha de Daisy. Seu toque fez a pele dela ficar rosada.

– Pode me dizer seu nome?

Ela piscou.

– Esqueceu-se dele?

– Não, quero saber se *você* se esqueceu.

– Eu nunca seria tola a ponto de esquecer o meu próprio nome. Sou Daisy Bowman.

– Quando é seu aniversário?

Ela não pôde evitar um sorriso torto.

– Não saberia se eu dissesse o dia errado.

– Seu aniversário – insistiu ele.

– Cinco de março.

A boca de Matthew se curvou em um sorriso irônico.

– Não tente me enganar, diabinha.

– Está bem. Vinte de setembro. Como sabia o dia do meu aniversário?

Em vez de responder, Swift ergueu os olhos e falou para seus companheiros, que tinham se reunido ao redor deles:

– Ela está com as pupilas normais. E não tem nenhum osso quebrado.

– Graças a Deus. – Era a voz de Westcliff.

Olhando por cima do ombro largo de Matthew Swift, Daisy viu seu cunhado em pé acima deles. O Sr. Mardling e lorde Llandrindon também estavam lá com expressões solidárias.

Westcliff segurava um rifle. Ele se agachou ao lado de Daisy.

– Estávamos voltando de uma tarde de caçada – disse o conde. – Por puro acaso passamos aqui quando estava sendo atacada.

– Eu poderia jurar que era um javali – disse Daisy admirada.

– Mas não poderia ser – observou lorde Llandrindon com um risinho condescendente. – Sua imaginação levou a melhor sobre a senhorita. Não há javalis na Inglaterra há séculos.

– Mas eu vi... – começou Daisy defensivamente.

– Certo – murmurou Swift, abraçando-a com mais força. – Eu também vi.

A expressão de Westcliff se tornou pesarosa.

– A Srta. Bowman não está totalmente errada – disse ele para Llandrindon. – Tivemos um problema local com alguns javalis que escaparam de uma fazenda e produziram uma ou duas gerações de porcos selvagens. Mês passado uma mulher que andava a cavalo foi atacada por um deles.

– Quer dizer que acabei de ser atacada por um porco furioso? – perguntou Daisy, tentando se sentar. Swift a amparou com o braço.

Um último raio de sol brilhou no horizonte, temporariamente cegando Daisy. Virando o rosto para o lado, ela sentiu o queixo de Swift roçar em seus cabelos.

– Furioso, não. Selvagem... e perigoso – disse Westcliff. – Porcos domésticos soltos na natureza podem facilmente se tornar grandes e agressivos. Calculo que o que acabamos de ver pesava no mínimo uns 130 quilos.

Swift ajudou Daisy a se levantar, puxando-a junto a seu corpo forte.

– Devagar – murmurou. – Está tonta? Enjoada?

Daisy se sentia muito bem. Mas era tão delicioso ficar ali com ele que disse, ainda ofegante:

– Um pouco.

Ele pôs a mão na cabeça de Daisy, apoiando-a gentilmente no ombro. A temperatura dela subiu ao sentir a proteção daquele abraço, a solidez maravilhosa do corpo dele. Tudo isso de Matthew Swift, o homem *menos* romântico que já havia conhecido.

Até agora aquela visita estava produzindo uma surpresa após a outra.

– Eu a levarei de volta – disse-lhe Swift perto de seu ouvido. Daisy sentiu sua pele formigar de prazer. – Acha que consegue montar na minha frente?

Ela sentiu um desavergonhado arrepio à perspectiva de cavalgarem juntos. Poderia se apoiar nos braços de Matthew enquanto ele a levava em seu cavalo e realizar uma ou duas fantasias secretas. Fingiria ser uma aventureira sendo raptada por um belo vilão...

– Creio que isso não será prudente – interrompeu lorde Llandrindon com uma risada. – Considerando a situação entre os dois...

Daisy empalideceu, no início pensando que ele se referia àqueles tórridos momentos na biblioteca. Mas não havia como Llandrindon saber disso. Ela não havia contado a ninguém e Matthew era muito fechado em relação à sua vida pessoal. Não, Llandrindon devia estar se referindo à rivalidade deles na pista de *bowls*.

– Acho que seria melhor *eu* levar a Srta. Bowman – disse ele. – Para evitar qualquer chance de violência.

Daisy olhou para o rosto sorridente do visconde e desejou que ele tivesse ficado com a boca fechada. Ia começar a protestar, mas Swift já havia respondido.

– Talvez tenha razão, milorde.

Inferno! Daisy sentiu um enorme desapontamento quando Swift a tirou da proteção de seu corpo quente. Westcliff estava olhando para o chão com uma expressão carrancuda.

– Tenho de encontrar o animal e matá-lo.

– Não por minha causa, eu espero – disse Daisy ansiosamente.

– Há sangue no chão. É mais bondoso pôr fim a ele do que deixá-lo sofrer.

O Sr. Mardling foi buscar sua própria arma, dizendo em tom entusiasmado:

– Eu o acompanharei, milorde!

Nesse meio-tempo lorde Llandrindon havia montado em seu cavalo.

– Levante-a para mim – disse ele para Swift – e eu a levarei de volta sã e salva para a mansão.

Swift inclinou o rosto de Daisy para cima e tirou um lenço branco do bolso.

– Se ainda estiver tonta quando chegarmos em casa – disse, tirando cuidadosamente as manchas de poeira do rosto dela –, mandarei chamar o médico. Entendeu?

Apesar do tom autoritário de Matthew, ele tinha uma ternura no olhar que fez Daisy querer se aninhar em seu casaco e sentir os batimentos de seu coração.

– Vai voltar também ou ficar com lorde Westcliff? – perguntou ela.

– Estarei logo atrás de você. – Pondo o lenço de volta no bolso, Swift se inclinou e a ergueu facilmente. – Segure-se em mim.

Daisy pôs os braços ao redor do pescoço dele, seu pulso vibrando ao toque da pele quente da nuca e dos cabelos frios e sedosos. Matthew a carregou como se ela não pesasse nada. O peito dele era sólido como uma rocha, a respiração, suave e regular, batia no rosto de Daisy. A pele de Matthew cheirava a sol e ar livre. Ela teve dificuldade em se conter e não esfregar o nariz no pescoço dele.

Perplexa com a força de sua atração por Matthew, Daisy permaneceu calada enquanto ele a entregava para lorde Llandrindon, que estava montado em um grande baio.

O visconde a acomodou na sua frente, a beira da sela pressionando a coxa de Daisy.

Llandrindon era um homem bonito, elegante, com cabelos escuros e feições bem proporcionadas. Mas sentir-lhe os braços ao seu redor, o peito magro, o cheiro… algo *não* estava certo. As mãos em sua cintura eram estranhas e intrusivas.

Daisy quase chorou de frustração ao se perguntar por que não o queria e em vez disso desejava o homem que era errado para ela.

– O que aconteceu? – perguntou Lillian quando Daisy entrou na sala Marsden. Ela estava reclinada no canapé segurando um periódico. – Parece que foi atropelada por uma carruagem.

– Na verdade, tive um encontro com um porco mal-humorado.

Lillian sorriu e pôs o periódico de lado.

– Quem era?

– Não é uma metáfora. Um porco de *verdade*. – Sentada em uma cadeira próxima, Daisy lhe narrou sua desventura, dando um toque cômico.

– Você está bem? – perguntou Lillian, preocupada.

– Muito bem – garantiu-lhe Daisy. – E Hubert também. Ele chegou aos estábulos ao mesmo tempo que lorde Llandrindon e eu.

– Isso foi uma sorte.

– Sim. Hubert foi esperto o bastante para encontrar o caminho para casa...

– Não, não estava me referindo ao pônei, mas a você voltar para casa com lorde Llandrindon. Não que eu a esteja encorajando a escolhê-lo, mas por outro lado...

– Não era com ele que eu queria voltar. – Daisy olhou para sua saia empoeirada e se concentrou em tirar um pelo de cavalo da fina musselina.

– Não se pode culpá-la por isso – disse Lillian. – Llandrindon é bonito, mas um tanto inócuo. Estou certa de que teria preferido voltar com o Sr. Mardling.

– Não – disse Daisy. – Estou *muito* feliz por não ter voltado com ele.

– *Não*. – Lillian cobriu seus ouvidos. – Não diga isso. Não quero ouvir!

Daisy a olhou seriamente.

– Está sendo sincera?

Lillian fez uma careta.

– Maldição – murmurou. – Maldito. Filho da...

– Quando o bebê nascer – disse Daisy esboçando um sorriso –, você realmente deve parar de usar essa linguagem chula.

– Então vou usá-la ao máximo até ele nascer.

– Tem certeza de que é um menino?

– É melhor que seja, porque Westcliff precisa de um herdeiro e não vou passar por isso de novo. – Lillian esfregou as mãos em seus olhos cansados. – Como só restou Matthew Swift, presumo que era com ele que queria ter voltado.

– Sim. Estou me sentindo atraída por ele.

Foi um alívio dizer isso em voz alta. A garganta de Daisy, que estivera apertada, finalmente se dilatou e lhe permitiu respirar lenta e profundamente.

– Quer dizer, em um sentido físico?

– Em outros sentidos também.

Lillian apoiou uma das bochechas em sua mão fechada.

– É porque papai quer esse casamento? – perguntou. – Espera de algum modo conquistar a aprovação dele?

– Ah, não. Quando muito, a aprovação de papai é um ponto *contra* o Sr. Swift. Não estou nem um pouco interessada em agradá-lo. Sei muito bem que isso é impossível.

– Então não compreendo por que ia querer um homem tão obviamente errado para você. Você não é louca, Daisy. Impulsiva, sim. Romântica, com certeza. Mas também é prática e inteligente o bastante para entender as consequências de se envolver com ele. Acho que o problema é que você está desesperada. É a única de nós que continua solteira e quando papai lhe deu aquele ultimato idiota e...

– Não estou desesperada!

– Se está pensando em se casar com Matthew Swift, eu diria que isso é um sinal de extremo desespero.

Daisy nunca havia sido acusada de ter mau gênio – essa distinção sempre fora de Lillian. Mas a indignação lhe encheu o peito como o vapor de uma chaleira e ela teve de se controlar para não explodir.

Olhar para a barriga da irmã a ajudou a se acalmar. Lillian estava lidando com novos desconfortos e incertezas. E agora ela estava piorando o problema.

– Em momento algum eu disse que quero me casar com ele – respondeu Daisy. – Só quero descobrir mais sobre o tipo de homem que é. Não vejo mal algum nisso.

– Mas você não vai – disse Lillian com forte convicção. – Esse é o ponto. Ele não lhe mostrará quem realmente é, a enganará. Seu dom na vida é descobrir o que as pessoas querem e usá-lo em benefício próprio. Olhe como se transformou no filho que nosso pai sempre quis. Agora vai fingir ser o tipo de homem que você sempre desejou.

– Ele não poderia saber qual é – tentou dizer Daisy, mas Lillian a interrompeu com descuidada pressa, inflamada além da capacidade de ter um diálogo racional.

– Ele não tem nenhum interesse em você, em seu coração e sua mente, na pessoa que você é... Apenas quer ter o controle da empresa e a vê como um modo de conseguir isso. É claro que está tentando conquistá-la. Swift a fará de boba até o dia seguinte ao seu casamento, quando você descobrirá que foi tudo uma ilusão. Ele é igual ao nosso pai, Daisy! Ele a esmagará ou a transformará em alguém como a mamãe. É essa a vida que você quer?

– É claro que não.

Pela primeira vez, Daisy percebeu que não poderia falar com sua irmã mais velha sobre algo importante. Havia tantas coisas que queria lhe dizer... que nem tudo que Matthew Swift tinha dito e feito poderia ter sido premeditado. Que ele poderia ter insistido em levá-la até a mansão, mas a entregara para Llandrindon sem protestar. Também queria confidenciar a Lillian que Swift a beijara... e que a sensação tinha sido gloriosa.

Mas não adiantava argumentar quando Lillian estava naquele estado de espírito. Elas não chegariam a lugar algum. O silêncio as envolveu.

– E então? – quis saber Lillian. – O que você vai fazer?

Daisy se levantou, limpou uma mancha de poeira de seus braços e disse tristemente:

– Para começar, acho que é melhor eu tomar um banho.

– Você sabe o que eu quis dizer!

– O que gostaria que eu fizesse? – perguntou Daisy com uma cortesia que fez Lillian franzir o cenho.

– Diga a Matthew Swift que ele é um sapo nojento e não há nenhuma chance de você se casar com ele!

CAPÍTULO 8

— Então ela foi embora – disse Lillian veementemente –, sem me dizer o que ia fazer ou o que realmente pensava, e o pior é que *sei* que há coisas que ela não me contou...

– Querida – interrompeu-a Annabelle com um tom gentil –, tem certeza de que lhe deu a oportunidade de contar tudo?

– O que quer dizer? Eu estava sentada bem na frente dela. Estava consciente e com meus dois ouvidos. De que outra oportunidade ela precisava?

Irrequieta e sem conseguir dormir, Lillian havia descoberto que Annabelle também acordara por causa da bebê.

Elas tinham se visto dos balcões de seus respectivos quartos e feito gestos para se encontrarem no andar de baixo. Era meia-noite. Por sugestão de Annabelle, foram à galeria Marsden, um longo cômodo retangular com retratos de família nas paredes e inestimáveis obras de arte. De camisola, andaram pela galeria de braços dados, seu ritmo limitado pelo lento arrastar de pés de Lillian.

Ela recorrera a Annabelle com crescente frequência durante a gravidez. A amiga entendia pelo que ela estava passando, porque recentemente tivera a mesma experiência. E a presença calma da amiga sempre a tranquilizava.

– O que quero dizer – observou Annabelle – é que talvez tenha ficado tão concentrada em dizer a Daisy como *você* se sentia que se esqueceu de lhe perguntar como *ela* se sentia.

Lillian balbuciou, indignada:

– Mas ela... Eu... – Então parou e pensou naquilo. – Tem razão. Não perguntei. Estava tão chocada com a ideia de Daisy se sentir atraída por Matthew Swift que não quis discutir isso. Só lhe dizer o que fazer e encerrar o assunto.

Elas viraram no fim da galeria e passaram por uma fileira de paisagens.

– Acha que houve alguma intimidade entre eles? – perguntou Annabelle. Vendo o alarme de Lillian, esclareceu: – Como um beijo ou abraço?

– Ah, *meu Deus*, não sei. Daisy é muito inocente. Teria sido fácil para aquela cobra seduzi-la.

– Em minha opinião, ele realmente está encantado com ela. Que jovem não ficaria? Ela é graciosa, adorável e inteligente...

– E rica – completou Lillian sombriamente.

Annabelle sorriu.

– Dinheiro sempre é bom – admitiu ela. – Mas nesse caso acho que há mais do que isso.

– Como pode ter tanta certeza?

– Querida, é óbvio. Você viu o modo como eles olham um para o outro. Isso está... no ar.

Lillian franziu as sobrancelhas.

– Podemos parar por um momento? Estou com dor nas costas.

Annabelle concordou, ajudando-a a se sentar em um dos bancos almofadados ao longo do centro da galeria.

– Acho que o bebê não vai demorar muito para nascer – murmurou Annabelle. – Eu até arriscaria o palpite de que virá um pouco antes do previsto.

– Graças a Deus. Nunca quis tanto *não* estar grávida. – Lillian tentou ver as pontas de seus chinelos por cima da curva de sua barriga e depois voltou ao assunto de Daisy. – Vou ser honesta com ela sobre a minha opinião. Vejo Matthew Swift como o que é, mesmo se ela não vê.

– Acho que Daisy já conhece sua opinião – disse Annabelle laconicamente. – Mas em última análise a decisão é dela. Imagino que Daisy não tentou influenciá-la enquanto você tentava descobrir quais eram seus sentimentos por lorde Westcliff.

– Essa situação é totalmente diferente – protestou Lillian. – Matthew Swift é uma cobra! Além disso, ele acabaria levando-a para a América e seria difícil eu voltar a vê-la.

– E você gostaria que ela ficasse debaixo das suas asas para sempre – murmurou Annabelle.

Lillian se virou para lhe lançar um olhar sinistro.

– Está insinuando que sou egoísta a ponto de impedi-la de levar sua própria vida só porque quero mantê-la perto de mim?

Sem se abalar com a ira dela, Annabelle sorriu solidariamente.

– Sempre foram vocês duas, não? Sempre foram a única fonte de amor e companheirismo uma para a outra. Mas tudo está mudando, querida. Agora você tem sua própria família, um marido e um bebê, e não deveria desejar menos do que isso para Daisy.

O nariz de Lillian começou a arder. Ela desviou seu olhar do de Annabelle e, para sua mortificação, ficou com os olhos quentes e a visão embaçada.

– Prometo que gostarei do *próximo* homem por quem ela se interessar. Não importa quem seja. Desde que não seja o Sr. Swift.

– Seja honesta. Você não gostará de nenhum pretendente de Daisy.

Annabelle pôs um dos braços ao redor do ombro da amiga e acrescentou afetuosamente:

– É um pouco possessiva, querida.

– E você é irritante – retrucou Lillian, apoiando sua cabeça no ombro macio de Annabelle. Ela continuou a fungar enquanto Annabelle lhe dava um abraço forte e reconfortante que nem sua própria mãe seria capaz de lhe dar. Chorar era um alívio, mas também um pouco constrangedor. – Eu odeio ser um poço de lágrimas – murmurou Lillian.

– É por causa do seu estado – tranquilizou-a Annabelle. – Isso é perfeitamente natural. Voltará ao normal depois que o bebê nascer.

– Vai ser um menino – disse Lillian. – E depois arranjaremos um casamento entre nossos filhos para que Isabelle possa se tornar uma viscondessa.

– Desde quando você acredita em casamentos arranjados?

– Nunca acreditei. Mas não podemos confiar aos nossos filhos uma decisão tão importante quanto com quem irão se casar.

– Tem razão. Teremos de decidir por eles.

Elas riram e Lillian sentiu seu humor melhorar um pouco.

– Tenho uma ideia – disse Annabelle. – Vamos à cozinha dar uma olhada na despensa. Aposto que ainda sobrou um pouco de torta de groselha da sobremesa. Sem falar no pavê de morango.

Lillian ergueu a cabeça e enxugou o nariz na manga do vestido.

– Realmente acha que um prato de doces fará com que eu me sinta melhor?

Annabelle sorriu.

– Mal não vai fazer, não é?

Lillian pensou sobre aquilo.

– Verdade – disse, deixando sua amiga erguê-la do banco.

~

O sol da manhã entrava pelas janelas enquanto as criadas abriam as cortinas do hall de entrada principal e as prendiam com cordões de seda franjados. Daisy se dirigiu à sala do café da manhã, sabendo que havia poucas chances de algum dos convidados ter acordado. Tentara dormir o máximo possível, mas estava agitada demais. Por fim, tinha pulado da cama e se vestido.

Criados andavam de um lado para outro, ocupados, polindo metal, varrendo tapetes e carregando baldes e cestos de roupas de cama. Um pouco mais distante, vindo da cozinha, dava para ouvir o tinido de panelas de metal e pratos enquanto a refeição matutina era preparada.

A porta do escritório particular de lorde Westcliff estava aberta e Daisy espiou para dentro do cômodo forrado de madeira. Era simples e bonito, com uma fileira de janelas de vitral que projetavam um arco-íris de luz no chão atapetado. Daisy sorriu, mas parou ao ver alguém sentado à grande escrivaninha. O contorno da cabeça morena e dos ombros largos o identificava como o Sr. Hunt, que frequentemente usava o escritório de Westcliff quando estava em Stony Cross.

– Bom dia... – começou Daisy, parando quando ele se virou para olhá-la.

E sentiu uma pontada de animação ao perceber que não era o Sr. Hunt, mas Matthew Swift. Ele se levantou de sua cadeira e Daisy disse timidamente:

– Desculpe a interrupção.

A voz dela se tornou abafada ao perceber que havia algo diferente nele. Estava usando óculos com aro de aço. Óculos naquele rosto marcante... e os cabelos um pouco desgrenhados. Tudo isso combinado com uma plenitude muscular e viril era surpreendentemente... erótico.

– Quando começou a usar óculos? – perguntou Daisy.

– Há cerca de um ano. – Ele sorriu pesarosamente e os tirou com uma das mãos. – Preciso deles para ler. Resultado de muitas noites debruçado até tarde sobre contratos e relatórios.

– Eles... combinam com você.

– É? – Continuando a sorrir, Swift balançou a cabeça como se não tivesse lhe ocorrido avaliar a própria aparência. Ele enfiou os óculos no bolso do colete. – Como se sente?

Daisy demorou um momento para perceber que ele se referia à sua queda da carroça.

– Ah, muito bem, obrigada.

Matthew a estava olhando do modo como sempre fazia, atenta e fixamente. Isso a deixava desconfortável. Mas agora o olhar não parecia crítico. Na verdade, ele a fitava como se ela fosse a única coisa no mundo que valesse a pena ver. Apreensiva, Daisy passou os dedos pela saia de seu vestido floral de musselina cor-de-rosa.

– Acordou cedo – disse Swift.

– Geralmente acordo. Não consigo imaginar por que algumas pessoas ficam na cama até tão tarde. Ninguém pode dormir tanto.

Quando Daisy terminou de falar, ocorreu-lhe que havia outra coisa que as pessoas faziam na cama além de dormir, e seu rosto se tornou escarlate. Felizmente Swift não zombou dela, embora Daisy tivesse notado um sorriso sutil espreitando os lábios dele.

– Estou me preparando para ir para Bristol em breve – comentou Matthew, apontando para a pilha de papéis atrás dele. – Algumas questões precisam ser resolvidas antes de decidirmos abrir a fábrica lá.

– Lorde Westcliff concordou em encarregá-lo do projeto?

– Sim, mas parece que terei de agir de acordo com um conselho consultivo.

– Às vezes meu cunhado é um pouco controlador – admitiu Daisy. – Mas quando ele vir quanto é confiável, acho que afrouxará consideravelmente as rédeas.

Ele a olhou com curiosidade.

– Isso quase soa como um elogio.

Daisy encolheu os ombros com estudada indiferença.

– Quaisquer que sejam seus defeitos, sua confiabilidade é lendária. Sua confiabilidade e pontualidade. Meu pai sempre disse que é possível acertar um relógio por suas idas e vindas.

– Confiável. A descrição de um homem fascinante – comentou ele, com uma voz que revelava divertimento.

Antes Daisy teria concordado com aquela afirmação sarcástica. Quando alguém dizia que um homem era "confiável" ou "simpático", isso era um vago elogio. Mas ela havia passado três temporadas observando os caprichos de cavalheiros arrojados, distraídos ou irresponsáveis. A confiabilidade era uma qualidade maravilhosa em um homem e Daisy se perguntou por que nunca a apreciara.

– Sr. Swift... – Daisy tentou sem muito êxito parecer descontraída. – Sr. Swift, tenho me perguntado...

– Sim?

Ele deu meio passo para trás enquanto Daisy se aproximava, como se fosse imperativo manter certa distância entre eles. Ela o observou atentamente.

– Como não há nenhuma possibilidade de nós dois... Bem, considerando que nosso casamento está fora de questão, quando planeja se casar?

Swift a encarou, pasmo.

– Acho que casamento não é algo para mim.

– Nunca?

– Nunca.

– Por quê? – perguntou Daisy. – Por que preza muito sua liberdade? Ou pretende viver correndo atrás de rabos de saia?

Swift riu, o som tão quente que Daisy o sentiu descendo por sua coluna.

– Não. Sempre achei uma perda de tempo correr atrás de muitas mulheres. Prefiro concentrar meus esforços na mulher certa.

– Mas como saberia que encontrou a mulher certa?

– Está perguntando com que tipo de mulher eu gostaria de me casar? – O sorriso de Swift se prolongou um pouco mais do que de costume, fazendo os pelos da nuca de Daisy se arrepiarem. – Acho que saberei quando a encontrar.

Tentando parecer despreocupada, Daisy andou até as janelas de vitral. Ergueu uma das mãos, observando o mosaico de luz colorida em sua pele branca.

– Posso imaginar como ela seria. – Daisy se manteve de costas para ele. – Em primeiro lugar, mais alta do que eu.

– A maioria das mulheres é – salientou Swift.

– E útil e prendada – continuou Daisy. – Não uma sonhadora. Ela se concentraria em questões práticas, dirigiria perfeitamente a criadagem e nunca seria convencida pelo peixeiro a comprar bacalhau velho.

– A senhorita sabe como fazer um homem se empolgar com a ideia do matrimônio – disse Swift.

– Não terá nenhuma dificuldade em encontrá-la – continuou Daisy, parecendo mais aborrecida do que teria desejado. – Há centenas de mulheres assim em Manhattanville. Talvez milhares.

– O que a faz ter tanta certeza de que quero uma esposa convencional?

Daisy estremeceu quando o sentiu aproximar-se por trás.

– O fato de ser como o meu pai – disse ela.

– Não totalmente.

– E se por acaso se casasse com uma mulher diferente do que a que acabei de descrever, acabaria considerando-a uma... parasita.

Ela sentiu no ombro a leve pressão das mãos de Swift. Ele a virou de frente. Seus olhos azuis estavam cálidos ao procurar os dela e Daisy teve a desagradável suspeita de que ele estava lendo seus pensamentos.

– Eu nunca seria tão cruel... ou idiota. – Daisy sentiu o olhar dele na pele exposta de seu peito. Com total gentileza, ele passou os polegares pelas clavículas de Daisy até ela ficar com os braços arrepiados sob as mangas bufantes do vestido. – Tudo o que eu ia querer de uma esposa é que tivesse um pouco de afeto por mim. Que ficasse feliz em me ver no fim do dia.

A respiração de Daisy se acelerou sob o toque dos dedos dele.

– Isso não é pedir muito.

– Não?

As pontas dos dedos dele chegaram à base do pescoço de

Daisy, que se ondulou quando ela engoliu em seco. Swift pestanejou e afastou rapidamente as mãos, parecendo não saber o que fazer até enfiá-las no bolso de seu paletó.

Ainda assim, não se afastou. Daisy se perguntou se ele sentia a mesma atração irresistível que ela, um desejo desconcertante que só podia ser satisfeito por mais proximidade.

Daisy pigarreou e ficou na ponta dos pés para compensar sua baixa estatura.

– Sr. Swift?

– Sim, Srta. Bowman?

– Posso pedir um favor?

Ele a olhou fixamente.

– Qual?

– No momento em que disser ao meu pai que não se casará comigo, ele ficará... desapontado. Sabe como ele é.

– Sim, eu sei. Qualquer um que conhece Thomas Bowman sabe muito bem que para ele um desapontamento é uma grave ofensa.

– Temo que isso vá ter algumas repercussões desagradáveis para mim. Meu pai já está aborrecido o suficiente por eu não ter encontrado ninguém à altura de suas expectativas. Se achar que fiz deliberadamente algo para estragar os planos dele em relação a nós... bem, isso tornará minha situação... difícil.

– Entendo. – Swift talvez conhecesse o pai de Daisy mais do que ela própria. – Não direi nada a ele. E farei o que puder para facilitar as coisas. Partirei para Bristol daqui a dois dias, três no máximo. Llandrindon e os outros homens... nenhum deles é idiota, sabem muito bem por que foram convidados. Não teriam vindo se não estivessem interessados. Portanto não deve demorar muito para um deles lhe propor casamento.

Daisy supôs que deveria apreciar a disposição de Matthew de empurrá-la para os braços de outro homem. Em vez disso, o entusiasmo dele a fez se sentir amarga e com raiva. E quando alguém sentia raiva, tendia a revidar.

– Que bom! – disse. – Obrigada. Foi muito útil, Sr. Swift. Especialmente me fornecendo um pouco de experiência. Na próxima vez que eu beijar um homem, como por exemplo lorde Llandrindon, saberei muito melhor o que fazer.

Daisy se encheu de uma satisfação vingativa ao vê-lo apertando os lábios.

– Não há de quê – disse ele em um grunhido.

Daisy deu seu sorriso mais radiante e saiu.

Com o passar do dia, o sol do início da manhã foi encoberto por nuvens que formaram um grande tapete cinza no céu. A chuva começou a cair ininterruptamente, enlameando estradas não pavimentadas, alagando prados e pântanos e fazendo pessoas e animais correrem para seus respectivos abrigos.

Assim era Hampshire na primavera, manhosa e inconstante, pregando peças nos desavisados. Se alguém se aventurasse a sair de guarda-chuva em uma manhã chuvosa, o sol de Hampshire surgia como em um passe de mágica. Se alguém saísse sem ele, certamente choveria a cântaros.

Os convidados se reuniam em vários grupos… na sala de música, na sala de bilhar e na sala de jogos, para jogar, tomar chá ou assistir a apresentações de teatro amador. Muitas damas se dedicavam a seus bordados ou trabalhos em renda enquanto os cavalheiros liam, conversavam e bebiam na biblioteca. Nenhuma conversa deixava de mencionar uma questão: quando a tempestade terminaria?

Em geral Daisy adorava dias chuvosos. Ficar encolhida com um livro perto de uma lareira era o maior prazer que podia imaginar. Mas ainda estava em um estado de inquietude em que a palavra escrita perdera sua magia. Ela perambulou de uma sala para a outra, observando com certa discrição as atividades dos convidados.

Parando à porta da sala de bilhar, viu os cavalheiros andando indolentemente ao redor da mesa com bebidas e tacos nas mãos. Os estalidos das bolas de marfim forneciam um meio-tom arrítmico para o murmúrio das conversas masculinas. Sua atenção foi atraída pela visão de Matthew Swift em mangas de camisa inclinado sobre a mesa para realizar uma tacada perfeita.

Ele jogava com mãos hábeis, estreitando os olhos azuis ao se concentrar na disposição das bolas na mesa. Aqueles cachos sempre rebeldes tinham lhe caído mais uma vez sobre a testa e Daisy desejou afastá-los. Quando Swift enfiou uma bola na caçapa, houve aplausos, alguns risos baixos e algumas moedas trocando de mãos. Swift se aprumou, deu um de seus sorrisos esquivos e fez um comentário para seu oponente, lorde Westcliff.

Westcliff riu e circundou a mesa, com um cigarro não aceso entre os dentes, pensando em suas opções. O ar de satisfação masculina na sala era inconfundível.

Ao circundar a mesa, Westcliff viu Daisy espiando da porta e piscou para ela. Daisy recuou como uma tartaruga se escondendo em sua carapaça. Era ridículo de sua parte andar pela mansão tentando olhar furtivamente para Matthew Swift.

Repreendendo a si mesma, Daisy se afastou a passos largos da sala de bilhar e foi na direção do hall principal. Subiu a magnífica escada e só parou ao chegar à sala Marsden. Na companhia de Annabelle e Evie, Lillian estava encolhida no canapé, pálida, tensa e com a testa franzida.

– Vinte minutos – disse Evie, com seu olhar fixo no relógio sobre o console da lareira.

– Ainda não está vindo regularmente – observou Annabelle.

Ela escovou os fartos cabelos pretos de Lillian, trançando-os com dedos hábeis.

– O que não está vindo regularmente? E por que você está olhando para o...? – perguntou Daisy ao entrar na sala, com uma alegria forçada. Ela ficou pálida quando subitamente entendeu. – Meu Deus! Está sentindo as dores do parto, Lillian?

Sua irmã balançou a cabeça, parecendo perplexa.

– Não exatamente. Só uma espécie de contração. Começou depois do almoço, veio de novo uma hora depois e dali a meia hora, e esta após vinte minutos.

– Westcliff sabe disso? – perguntou Daisy ofegante. – Quer que eu avise?

– *Não* – responderam as três mulheres ao mesmo tempo.

– Ainda não há nenhuma necessidade de preocupá-lo – acrescentou Lillian em um tom reticente. – Deixem Westcliff aproveitar a tarde com seus amigos. Assim que ele souber, subirá e ficará andando de um lado para outro dando ordens e ninguém terá paz. Especialmente eu.

– E quanto à mamãe? Devo ir buscá-la? – perguntou Daisy, embora já soubesse a resposta.

Mercedes não era do tipo tranquilizador. Apesar de ter tido cinco filhos, estremecia à menção de qualquer tipo de função corporal.

– Não estou com dor suficiente – disse Lillian secamente. – Não avise mamãe. Ela se sentiria obrigada a se sentar aqui comigo para manter as aparências e isso me deixaria muito nervosa. Neste momento só preciso de vocês três.

Apesar de seu tom sarcástico, ela procurou a mão de Daisy e a segurou com força. O parto era assustador, especialmente o primeiro, e Lillian não era uma exceção à regra.

– Annabelle avisou que isso pode demorar dias – disse ela para Daisy, revirando os olhos comicamente. – O que significa que talvez eu não fique bem-humorada como sempre.

– Tudo bem, querida. Mostre-nos seu pior lado.

Sem soltar a mão de Lillian, Daisy se sentou no chão atapetado aos pés dela.

A sala estava silenciosa, exceto pelo tique-taque do relógio e o som da escova passando pelos cabelos de Lillian.

Daisy não sabia ao certo se estava dando conforto para sua irmã ou o recebendo. O momento de Lillian havia chegado e Daisy temeu por ela – que sentisse dor, por possíveis complicações e que depois disso a vida nunca mais voltasse a ser a mesma.

Ela olhou de relance para Evie, que lhe sorriu, e depois para Annabelle, cujo semblante era calmo e tranquilizador. Elas se ajudariam em todos os desafios, nos momentos de alegria e medo, pensou Daisy, subitamente se sentindo dominada por um amor por todas elas.

– Eu nunca viverei longe de vocês. Quero que sempre fiquemos juntas. Não suportaria perder nenhuma de vocês.

Ela sentiu o dedo do pé de Annabelle tocar sua perna afetuosamente.

– Daisy, nunca se pode perder uma verdadeira amiga.

CAPÍTULO 9

Ao cair da tarde, a tempestade se intensificou mais do que o comum na primavera. O vento batia nas janelas e agitava as árvores e cercas cuidadosamente podadas enquanto raios rasgavam o céu. As quatro amigas permaneceram na sala Marsden, medindo o tempo entre as contrações até virem a intervalos regulares de dez minutos. Lillian estava dominada pela ansiedade, embora tentasse esconder isso. Daisy suspeitou de que sua irmã achasse difícil se render ao inevitável processo que assumia o controle de seu corpo.

– Você não pode estar confortável no canapé – disse finalmente, erguendo Lillian. – Venha, querida. Hora de ir para a cama.

– Você acha que eu... – começou Daisy, achando que Westcliff deveria ser chamado.

– Sim, acho que sim – disse Annabelle.

Aliviada pela perspectiva de realmente ser útil em vez de ficar sentada sem fazer nada, Daisy perguntou:

– E depois? Precisamos de lençóis? Toalhas?

– Sim, sim – respondeu Annabelle por cima de seu ombro, amparando firmemente as costas de Lillian com um dos braços. – E tesouras e uma garrafa de água quente. E diga à governanta para mandar trazer um pouco de óleo de valeriana, chá de agripalma e bolsa-de-pastor.

Enquanto as amigas levavam Lillian para o quarto, Daisy correu escada abaixo. Foi até a sala de bilhar e a encontrou vazia. Depois disparou para a biblioteca e um dos salões principais. Westcliff não parecia estar em lugar algum. Controlando sua impaciência, Daisy se forçou a passar calmamente por alguns convidados no corredor e se dirigiu ao escritório de Westcliff. Para seu alívio, ele estava com o pai dela, o Sr. Hunt e Matthew Swift. Estavam entretidos em uma conversa animada que incluía termos como "deficiências da rede de distribuição" e "lucros por unidade de produção".

Notando a presença dela no corredor, os homens ergueram os olhos. Westcliff, sentado à sua escrivaninha, se levantou.

– Milorde – disse Daisy –, posso lhe falar por um minuto?

Embora Daisy tivesse falado calmamente, algo em sua expressão devia tê-lo alertado, porque ele se aproximou dela.

– Sim. O que houve, Daisy?

– É sobre a minha irmã – sussurrou ela. – Parece que o trabalho de parto começou.

Ela nunca havia visto o conde tão surpreso.

– É cedo demais – disse ele.

– Pelo visto, o bebê não compartilha de sua opinião.

– Mas… não está na hora. – O conde pareceu genuinamente confuso pela criança não ter consultado o calendário antes de chegar.

– Não necessariamente – respondeu Daisy com sensatez. – É possível que o médico tenha errado a data. Afinal de contas, é só um cálculo aproximado.

Westcliff franziu o cenho.

– Eu esperava exatidão! É quase um mês antes do previsto… – Um pensamento lhe ocorreu e ele empalideceu. – O bebê é prematuro?

Embora Daisy tivesse considerado essa possibilidade, balançou a cabeça imediatamente.

– Algumas mulheres exibem mais a gravidez, outras menos. E minha irmã é muito magra. Tenho certeza de que o bebê está bem. – Ela lhe deu um sorriso tranquilizador. – Lillian teve contrações nas últimas quatro ou cinco horas, e agora estão vindo a cada dez minutos, o que Annabelle diz…

– Ela está em trabalho de parto há *horas* e ninguém me avisou? – perguntou Westcliff indignado.

– Bem, tecnicamente só é trabalho de parto quando as contrações são regulares e ela disse que não queria incomodá-lo até…

Westcliff deixou escapar uma imprecação que assustou

Daisy e virou um dedo autoritário, porém trêmulo, para Simon Hunt.

– Doutor! – vociferou, e saiu em disparada.

Simon Hunt não pareceu surpreso com o comportamento primitivo de Westcliff.

– Coitado – disse esboçando um sorriso e se inclinando sobre a escrivaninha para guardar uma caneta em seu estojo.

– Por que ele o chamou de "doutor"?

– Acho que ele quer que eu mande chamar o médico – respondeu Hunt. – O que pretendo fazer imediatamente.

Infelizmente, houve dificuldades em trazer o médico, um venerável ancião que morava na vila. O criado enviado para procurá-lo voltou com a triste notícia de que o velho havia se machucado no caminho.

– Como? – perguntou Westcliff, tendo saído do quarto para ouvir o relato do criado. Um pequeno grupo de pessoas, incluindo Daisy, Evie, St. Vincent, o Sr. Hunt e o Sr. Swift, esperava no corredor. Annabelle estava no quarto com Lillian.

– Milorde – disse o criado pesarosamente para Westcliff –, o médico escorregou no chão de pedra úmido e caiu antes de eu conseguir segurá-lo. Machucou a perna. Não chegou a quebrá-la, mas não poderá vir ajudar lady Westcliff.

Um brilho de raiva surgiu nos olhos escuros do conde.

– Por que não estava segurando o braço do médico? Pelo amor de Deus, ele é um fóssil! É óbvio que não poderia andar sozinho no chão molhado.

– Se ele é assim tão frágil – perguntou Simon Hunt sensatamente –, como essa velha relíquia poderia ser útil para lady Westcliff?

O conde fechou a cara.

– Esse médico sabe mais sobre parto do que qualquer um daqui até Portsmouth. Ele trouxe ao mundo gerações de Marsdens.

– Do jeito que a coisa vai – disse lorde St. Vincent –, a última geração de Marsdens virá ao mundo sozinha. – Ele se virou para o criado. – A não ser que o médico tenha sugerido alguém para substituí-lo.

– Sim, milorde – disse o criado um pouco constrangido. – Ele me disse que há uma parteira na vila.

– Então vá buscá-la agora – vociferou Westcliff.

– Já tentei, milorde. Mas... ela está um pouco bêbada.

Westcliff fechou a cara outra vez.

– Traga-a assim mesmo. Neste momento não vou me preocupar com insignificâncias como uma ou duas taças de vinho.

– Milorde... na verdade, ela está mais do que um pouco bêbada.

O conde o olhou incrédulo.

– Maldição! Qual o nível da bebedeira?

– Ela acha que é a rainha. Gritou comigo por ter pisado em seu vestido.

Um breve silêncio se seguiu enquanto o grupo digeria a informação.

– Vou matar alguém – disse o conde para ninguém em particular, e então o grito de Lillian do quarto o fez empalidecer.

– Marcus!

– Estou indo! – gritou Westcliff, e se virou para encarar o criado com um olhar ameaçador. – Encontre alguém! Um médico! Uma parteira! Uma maldita curandeira! Apenas traga alguém... *agora*.

Enquanto Westcliff corria quarto adentro, o ar pareceu tremer e fumegar como depois da queda de um raio. Um trovão retumbou no céu lá fora, fazendo os candelabros chacoalharem e o chão vibrar.

O criado estava à beira das lágrimas.

– Dez anos servindo ao lorde e agora serei despedido...

– Volte a procurar o médico – disse Simon Hunt – e descubra se a perna dele está melhor. Se não estiver, pergunte se há algum aprendiz ou estudante de medicina que possa substituí-lo. Nesse meio-tempo, irei a cavalo até a próxima vila procurar alguém.

Matthew Swift, até então em silêncio, perguntou em voz baixa:

– Que rumo seguirá?

– O leste – respondeu Hunt.

– Irei para o oeste.

Daisy olhou para Swift com surpresa e gratidão. A tempestade tornaria a missão perigosa, para não dizer desconfortável. O fato de Matthew estar disposto a realizá-la por Lillian, cuja aversão por ele não era nenhum segredo, o fez subir muito em seu conceito.

– Acho que só me resta o sul – disse lorde St. Vincent secamente. – Ela tinha que ter o bebê durante um dilúvio de proporções bíblicas?

– Prefere ficar aqui com Westcliff? – perguntou Simon Hunt em um tom sarcástico.

St. Vincent o olhou com contido divertimento.

– Vou pegar meu chapéu.

~

Duas horas depois da partida dos homens, o trabalho de parto de Lillian progredia. As dores se tornaram tão agudas que lhe tiravam o fôlego. Ela agarrou a mão do marido com uma força de esmagar ossos que ele não pareceu sentir. Westcliff foi paciente e tranquilizador, enxugando-lhe o rosto com um pano úmido e frio, dando-lhe goles de chá de agripalma e lhe massageando as pernas e costas para ajudá-la a relaxar.

Annabelle provou ser tão competente que Daisy duvidou que uma parteira pudesse ter feito melhor. Ela aplicava a garrafa de água quente nas costas e na barriga de Lillian e conversava com ela durante as contrações, lembrando-lhe de que se ela, Annabelle, conseguira sobreviver a isso, Lillian também conseguiria.

Lillian estremecia depois de cada forte contração. Annabelle lhe segurava firmemente a mão.

– Você não tem de ficar calada, querida. Grite ou xingue se isso ajudar.

Lillian balançou levemente a cabeça.

– Não tenho energia para gritar. Conservarei melhor minhas forças se ficar calada.

– Foi assim comigo também. Embora deva preveni-la de que as pessoas não sentirão muita compaixão de você se suportar isso estoicamente.

– Não quero compaixão – disse Lillian, ofegante, fechando os olhos enquanto outra contração se aproximava. – Só quero… que isto *termine*.

Lillian querendo ou não, era visível para Daisy que Westcliff estava repleto de compaixão pela esposa.

– Você não deveria estar aqui – disse Lillian para Westcliff quando a contração chegou ao fim. Ela agarrava sua mão como se fosse uma tábua de salvação. – Deveria estar lá embaixo andando de um lado para outro e bebendo.

– Meu Deus, mulher! – murmurou Westcliff, enxugando-lhe o rosto suado com um pano seco. – Eu fiz isso com você. Não vou deixá-la enfrentar as consequências sozinha.

Isso produziu um leve sorriso nos lábios secos de Lillian. Houve uma rápida e forte batida à porta e Daisy foi ver quem era. Abrindo-a alguns centímetros, viu Matthew Swift encharcado, enlameado e ofegante. Ela se encheu de alívio.

– Graças a Deus! – exclamou. – Ninguém voltou ainda. Encontrou alguém?

– Sim e não.

A experiência ensinara a Daisy que esse tipo de resposta raramente era seguida dos resultados desejados.

– O que isso quer dizer? – perguntou Westcliff cautelosamente.

– Ele subirá em um momento. Está se lavando. As estradas estavam enlameadas, com poças por toda parte, e trovejava como o inferno. Foi um milagre o cavalo não disparar ou quebrar uma pata.

Swift tirou seu chapéu e enxugou a testa com a manga de sua camisa, deixando um traço de sujeira em seu rosto.

– Mas o senhor encontrou um médico ou não? – insistiu Daisy, pegando uma toalha limpa em um cesto atrás da porta e a entregando para ele.

– Não. Os vizinhos disseram que o médico foi para Brighton e só volta daqui a duas semanas.

– E quanto a uma parteira?

– Ocupada – respondeu Swift. – Está ajudando duas outras mulheres na vila em trabalho de parto.

Daisy o olhou, confusa.

– Então quem trouxe?

Um homem calvo com olhos castanhos suaves apareceu ao lado de Swift. Ele estava molhado, mas limpo, pelo menos mais do que Swift, e parecia respeitável.

– Boa noite, senhorita – disse ele timidamente.

– O nome dele é Merritt – disse Swift para Daisy. – É veterinário.

– É *o quê*?

Embora a porta estivesse quase fechada, a conversa pôde ser ouvida pelas pessoas no quarto. A voz aguda de Lillian foi ouvida da cama.

– Trouxe-me um *médico de animais*?

– Ele foi altamente recomendado – disse Swift.

Como Lillian estava coberta, Daisy abriu mais a porta, para que conseguisse ver o homem.

– Qual a sua experiência nisto? – perguntou Lillian para Merritt.

– Ontem ajudei no parto de uma fêmea de buldogue. E antes disso...

– O suficiente – apressou-se a dizer Westcliff quando Lillian apertou sua mão no início de outra contração. – Seja bem-vindo.

Daisy deixou o homem entrar e saiu com outra toalha limpa.

– Eu teria ido a outra vila – disse Swift rouca e pesarosamente. – Não sei se Merritt será útil, mas os pântanos e riachos transbordaram e as estradas estão inacessíveis. Além disso, não queria retornar sem ninguém.

Ele fechou os olhos por um momento. Pelo seu rosto cansado, Daisy podia concluir quanto a cavalgada na tempestade fora exaustiva.

Confiável, pensou Daisy. Enrolando uma ponta da toalha nos dedos, tirou a lama do rosto dele e enxugou a água da chuva retida na barba de um dia. Os pelos escuros no maxilar a fascinaram e ela teve vontade de acariciá-los com seus dedos nus.

Swift ficou parado com a cabeça inclinada para facilitar o serviço.

– Espero que os outros tenham mais sorte do que eu na busca de um médico.

– Talvez não voltem a tempo – respondeu Daisy. – As coisas progrediram rapidamente na última hora.

Ele moveu a cabeça para trás como se o toque suave em seu rosto o incomodasse.

– Não vai voltar para lá?

Daisy balançou a cabeça.

– Minha presença só atrapalharia. Lillian detesta ficar

cercada de gente e Annabelle é muito mais capaz do que eu de ajudá-la. Mas vou esperar por perto no caso... no caso de Lillian chamar por mim.

Swift tirou a toalha da mão dela e a esfregou na nuca, onde a chuva havia ensopado seus grossos cabelos, tornando-os muito pretos e brilhantes.

– Voltarei logo – disse ele. Vou me lavar e vestir roupas secas.

– Meus pais e lady St. Vincent estão esperando na sala Marsden – informou Daisy. – Pode ficar com eles. Será muito mais confortável do que esperar aqui.

Mas Swift não foi para a sala Marsden. Preferiu ir ao encontro de Daisy.

Ela estava sentada de pernas cruzadas no corredor, encostada na parede. Perdida em seus pensamentos, não notou a aproximação de Matthew. Com roupas limpas e os cabelos ainda molhados, ele ficou em pé olhando para ela.

– Posso?

Daisy não sabia ao certo o que ele estava perguntando, mas se viu assentindo. Swift se sentou no chão com as pernas cruzadas em uma posição idêntica à dela. Daisy nunca havia se sentado assim com um cavalheiro e certamente não esperara fazê-lo com Matthew Swift. De uma maneira cortês, ele lhe entregou uma pequena taça cheia de um líquido denso cor de ameixa.

Recebendo-a com um pouco de surpresa, Daisy a levou ao nariz e o cheirou cautelosamente.

– Madeira – disse com um sorriso. – Obrigada. Embora seja um pouco prematuro comemorar, porque o bebê ainda não nasceu.

– Isso não é para comemorar. É para ajudá-la a relaxar.

– Como sabia qual era meu vinho favorito? – perguntou Daisy.

Ele encolheu os ombros.

– Foi um palpite.

Mas de algum modo Daisy sabia que aquilo não tinha sido sorte. Eles conversaram um pouco e depois houve um silêncio estranhamente amigável.

– Que horas são? – perguntava Daisy de vez em quando, e ele via em seu relógio de bolso.

Intrigada com o tinido dos objetos no bolso do paletó dele, Daisy pediu para ver o que havia dentro.

– Ficará desapontada – disse Swift pegando os objetos e colocando-os no colo dela para que os examinasse.

– É pior do que um furão – disse Daisy com um sorriso.

Havia um canivete e uma linha de pesca, algumas moedas, uma pena de caneta, um par de óculos, uma pequena lata de sopa da marca Bowman's, é claro, e um envelope de papel encerado contendo pó de casca de salgueiro. Segurando o envelope com seus dedos polegar e indicador, Daisy perguntou:

– Sofre de dores de cabeça, Sr. Swift?

– Não, mas seu pai sofre sempre que recebe más notícias. E geralmente sou eu quem as dá.

Daisy riu e pegou uma diminuta caixa de prata contendo fósforos.

– Por que fósforos? Achei que não fumasse.

– Nunca se sabe quando fogo será necessário.

Daisy pegou um papel com alfinetes espetados e ergueu as sobrancelhas.

– Eu os uso para prender documentos – explicou ele. – Mas têm sido úteis em outras ocasiões.

– Há *alguma* emergência para a qual não esteja preparado, Sr. Swift?

– Srta. Bowman, se eu tivesse bolsos suficientes, poderia salvar o mundo.

O modo como ele disse isso, com uma espécie de ansiosa arrogância que visava diverti-la, fez ruir as defesas de

Daisy. Ela riu e sentiu um ardor, mesmo sabendo que gostar dele não melhoraria nem um pouco a situação. Curvando-se, examinou um punhado de minúsculos cartões atados com um fio.

– Disseram-me para trazer negócios e cartões de visita para a Inglaterra – disse Swift. – Embora eu não saiba bem que diferença isso faria.

– Nunca se deve entregar um cartão de visita para um inglês – advertiu-o Daisy. – Isso não é bem-visto aqui. Sugere que se está tentando angariar fundos para alguma coisa.

– Geralmente estou.

Daisy sorriu. Encontrou outro objeto intrigante e o ergueu para inspecioná-lo. Um botão. Ela franziu a testa ao olhar para a frente do botão, com um moinho de vento gravado. Do outro lado havia um diminuto cacho de cabelos pretos atrás de um vidro fino fixado por um aro de cobre.

Swift empalideceu e estendeu a mão para pegá-lo, mas Daisy fechou sua mão ao redor do botão.

O pulso de Daisy começou a se acelerar.

– Já vi isto – disse. – Era parte de um conjunto. Minha mãe mandou fazer um colete para meu pai com cinco botões. Um tinha um moinho gravado, outro uma árvore, outro uma ponte... Ela pôs um cacho de cabelos de cada um de seus filhos dentro de um botão. Lembro-me de que cortou o meu da nuca para que a falha não ficasse visível.

Ainda sem olhá-la, Swift recolheu e guardou os objetos metodicamente em seu bolso.

Enquanto o silêncio se prolongava, Daisy esperou em vão por uma explicação. Então segurou a manga do paletó de Matthew. Com o braço ainda imóvel, ele olhou para os dedos de Daisy sobre o tecido.

– Como conseguiu isso? – perguntou ela.

Swift ficou calado por tanto tempo que ela achou que

não responderia. Com uma rispidez que fez o coração de Daisy dar um pulo, ele finalmente falou:

– Seu pai visitou os escritórios da empresa usando o colete. Foi muito admirado. Porém mais tarde, naquele mesmo dia, ficou de mau humor e derrubou um pouco de tinta em si mesmo. O colete ficou arruinado. Em vez de enfrentar sua mãe com a notícia, ele o deu para mim, com botões e tudo, e me disse para jogá-lo fora.

– Mas guardou um botão. – Os pulmões de Daisy se expandiram até seu peito se enrijecer e seus batimentos cardíacos se tornarem frenéticos. – O do moinho. O meu. Guardou... guardou um cacho de meus cabelos durante todos esses anos?

Outro longo silêncio. Daisy nunca saberia se ele responderia, porque foram interrompidos pelo som da voz de Annabelle no corredor.

– *Daaaisyyy!*

Ainda segurando o botão, Daisy tentou ficar em pé. Swift se levantou com um movimento ágil e a ajudou, primeiro firmando-a, depois agarrando-a pelo pulso. Então estendeu sua mão livre e lhe lançou um olhar inescrutável.

Daisy percebeu que ele queria o botão de volta, e deixou escapar um riso de incredulidade.

– É meu – protestou ela.

Não porque quisesse o maldito botão, mas porque era estranho constatar que ele guardara consigo essa pequena parte dela durante anos. Daisy sentiu um pouco de medo do que isso significava.

Swift não se moveu ou falou, só esperou com paciência inabalável Daisy abrir a mão e deixar o botão cair na palma da dele. Então o enfiou no bolso de um jeito possessivo e a soltou.

Perplexa, Daisy correu para o quarto da irmã. Ao ouvir o choro de um bebê, prendeu a respiração de ansiedade e alegria. Só faltavam uns poucos metros, mas pareciam quilômetros.

Annabelle a esperava na porta, tensa e cansada, mas com um sorriso radiante. Segurava nos braços um pequeno volume envolto em lençóis e toalhas limpas. Daisy levou a mão à boca e balançou levemente a cabeça, rindo embora seus olhos ardessem em lágrimas.

– Ah, meu Deus! – disse, olhando para o rosto vermelho do bebê, os olhos escuros brilhantes e os cabelos pretos.

– Diga olá para sua sobrinha – disse Annabelle gentilmente, entregando-lhe a bebê.

Daisy a pegou com cuidado, impressionada com quanto era leve.

– Minha irmã...

– Lillian está bem – respondeu Annabelle. – Ela se saiu muito bem.

Murmurando palavras carinhosas para a bebê, Daisy entrou no quarto. Lillian estava com os olhos fechados, descansando, apoiada em uma pilha de travesseiros. Parecia muito pequena na grande cama, seus cabelos presos em duas tranças como os de uma menina. Westcliff estava ao seu lado com a expressão de um homem que acabara de lutar sozinho na batalha de Waterloo.

O veterinário estava no lavatório, ensaboando as mãos. Ela deu um sorriso amigável para ele.

– Parabéns, Sr. Merritt – disse. – Pelo visto acrescentou uma nova espécie ao seu repertório.

Lillian se mexeu ao ouvir a voz dela.

– Daisy?

Daisy se aproximou com a bebê nos braços.

– Ah, Lillian, ela é a coisinha mais linda que eu já vi.

Sua irmã sorriu sonolentamente.

– Também acho. Você poderia... – ela se interrompeu para bocejar – mostrá-la para a mamãe e o papai?

– Sim, claro. Qual será o nome dela?

– Merritt.

– Vai lhe dar o nome do veterinário?

– Ele provou ser muito útil – respondeu Lillian. – E Westcliff disse que eu posso.

O conde ajeitou as cobertas mais confortavelmente ao redor do corpo da esposa e lhe beijou a testa.

– Ainda não tem um herdeiro – sussurrou Lillian, seu sorriso se prolongando. – Acho que teremos de ter outro bebê.

– Não, não teremos – respondeu Westcliff. – Nunca mais passarei por isso.

Divertida, Daisy olhou para a pequena Merritt, adormecida em seus braços.

– Eu a mostrarei para os outros – disse suavemente.

Ela saiu para o corredor e se surpreendeu ao vê-lo vazio. Matthew Swift se fora.

~

Na manhã seguinte, quando Daisy acordou, ficou muito aliviada quando soube que o Sr. Hunt e lorde St. Vincent tinham voltado em segurança para Stony Cross Park. St. Vincent acabou descobrindo que o caminho para o sul estava intransitável, mas o Sr. Hunt tivera mais sorte. Ele havia encontrado um médico em uma vila vizinha, mas o homem se recusara a cavalgar naquela perigosa tempestade. Aparentemente Hunt tivera de intimidá-lo o bastante para convencê-lo a ir.

Quando eles chegaram à mansão, entretanto, o médico examinou Lillian e Merritt e disse que ambas estavam em excelentes condições. Segundo sua avaliação, a bebê era pequena mas perfeita, e tinha pulmões bem desenvolvidos.

Os convidados receberam a notícia do nascimento com alguns murmúrios pesarosos sobre o sexo da criança. Mas ao verem o rosto de Westcliff quando ele segurou a filha recém-nascida e lhe sussurrou promessas de que lhe compraria pôneis, castelos e reinos inteiros, Daisy soube que ele não poderia estar mais feliz se Merritt fosse um menino.

Ao tomar café da manhã com Evie, Daisy experimentou emoções estranhas e confusas. Fora sua alegria pelo nascimento da sobrinha e por sua irmã estar bem, sentiu-se... nervosa. Aturdida. Ansiosa.

Tudo por causa de Matthew Swift.

Daisy ficou grata por ainda não tê-lo visto. Depois de suas descobertas na noite passada, não sabia ao certo como reagiria a ele.

– Evie – implorou à amiga em voz baixa –, preciso falar com você. Pode passear comigo no jardim?

Agora que a tempestade terminara, uma fraca luz solar brilhava no céu cinzento.

– Claro. Embora haja muita lama lá fora.

– Andaremos pelos caminhos de cascalho. Mas precisa ser lá fora. É um assunto particular demais para ser discutido dentro de casa.

Evie arregalou os olhos e tomou seu chá tão rápido que devia ter queimado um pouco a língua.

O jardim estava revirado em virtude da tempestade, com folhas e plantas espalhadas por toda parte e galhos e ramos caídos no caminho geralmente imaculado. Mas o ar cheirava a terra e pétalas molhadas de chuva. Respirando aquele ar perfumado e revigorante, as duas amigas andaram a passos largos pelo caminho de cascalho. Amarraram seus xales ao redor de seus braços e ombros enquanto a brisa as empurrava para a frente com a impaciência de uma criança insistindo para que apressassem o passo.

Poucas vezes Daisy sentira um alívio tão grande como quando desabafou com Evie. Contou-lhe tudo que acon-

153

tecera entre Matthew Swift e ela, inclusive o beijo, terminando com a descoberta do botão em seu bolso. Evie era a melhor ouvinte que Daisy já conhecera, talvez por causa de suas lutas contra a gagueira.

– Não sei o que pensar – disse Daisy tristemente. – Não sei como me sentir em relação a nada disso. Não sei por que o Sr. Swift parece diferente agora ou por que me sinto tão atraída por ele. Era muito mais fácil odiá-lo. Mas na noite passada, quando vi aquele maldito botão...

– Nunca lhe ocorreu que ele podia sentir algo por você? – murmurou Evie.

– Não.

– Daisy, é possível que as ações do Sr. Swift tivessem sido premeditadas? Que ele a estivesse enganando e que o botão em seu bolso fosse algum tipo de tra-tramoia?

– Se você tivesse visto o rosto dele! Era óbvio que ele estava desesperado com a minha descoberta. Ah, Evie... – Pensativa, ela chutou um seixo. – Matthew Swift poderia ser tudo que eu quero em um homem?

– Mas se você se casasse com o Sr. Swift, ele a levaria de volta para Nova York – disse Evie.

– Sim, acabaria levando, e eu não posso ir. Não quero viver longe da minha irmã e de todas vocês. Adoro a Inglaterra. Sou mais eu mesma aqui do que jamais fui em Nova York.

Evie refletiu sobre o problema.

– E se o Sr. Swift considerasse a possibilidade de permanecer aqui?

– Ele não consideraria. Há muito mais oportunidades em Nova York. Caso decidisse permanecer aqui, ficaria em desvantagem por não ser um aristocrata.

– Mas se ele estivesse disposto a tentar... – insistiu Evie.

– Eu ainda não seria o tipo de esposa adequada para ele.

– Vocês dois precisam ter uma conversa direta – disse

Evie decididamente. – O Sr. Swift é um homem maduro e inteligente e certamente não esperaria que você se transformasse em algo que não é.

– De qualquer forma, tudo isso é irrelevante – disse Daisy com tristeza. – Ele deixou claro que não pode se casar comigo em nenhuma circunstância. Essas foram suas palavras exatas.

– É a você que ele faz objeções ou à própria ideia de casamento?

– Eu não sei. Tudo que sei é que ele carrega no bolso um cacho de meus cabelos. Portanto, deve sentir *algo* por mim.

Lembrando-se do modo como os dedos de Swift tinham se fechado sobre o botão, ela sentiu um rápido e agradável arrepio descer por seu corpo.

– Evie, como saber se estamos apaixonados por alguém?

A amiga pensou na pergunta enquanto contornava uma sebe circular contendo uma explosão de prímulas multicoloridas.

– Estou certa de que eu de-deveria dizer algo inteligente e útil, mas a minha situação foi diferente da sua. St. Vincent e eu não esperávamos nos apaixonar.

– Sim, mas como você *soube* que estava apaixonada?

– Foi no momento em que percebi que ele estava disposto a morrer por mim. Acho que ninguém, inclusive St. Vincent, acreditava que ele fosse capaz desse sacrifício. Isso me ensinou que você pode achar que conhece muito bem uma pessoa, mas ela ainda pode su-surpreendê-la. Tudo pareceu mudar de um momento para outro. Subitamente ele se tornou a pessoa mais importante para mim. Não, não importante... *necessária*. Ah, eu gostaria de ser boa com palavras...

– Eu entendo – murmurou Daisy, embora não entendesse tanto quanto se sentia melancólica.

Ela se perguntou se algum dia conseguiria amar um homem daquela maneira. Talvez tivesse dirigido suas emoções apenas à irmã e às amigas... e não tivesse restado o suficiente para outra pessoa.

Elas chegaram a uma alta sebe de juníperos para além da qual havia um caminho de lajotas que margeava a mansão. Ao andarem para uma abertura na sebe, ouviram um par de vozes masculinas conversando. As vozes não eram altas. Na verdade, seu baixo volume revelava que algo secreto – e portanto intrigante – estava sendo discutido. Parando ao lado da sebe, Daisy fez um gesto para Evie ficar imóvel e calada.

–... não parece ser uma boa parideira – dizia um deles.

– Tímida? Pelo amor de Deus, a mulher tem coragem suficiente para escalar o Mont Blanc com um canivete e um rolo de corda. Terá filhos perfeitos e endiabrados!

Daisy e Evie se entreolharam com mútuo assombro. Elas reconheceram facilmente as duas vozes como sendo de lorde Llandrindon e Matthew Swift.

– Na verdade – disse Llandrindon –, tenho a impressão de que ela é uma garota voltada para a literatura. Um tanto metida a intelectual.

– Sim, ela adora livros. Acontece que também adora aventuras. Tem uma imaginação notável, um grande entusiasmo pela vida e uma constituição física férrea. Você não vai encontrar uma garota como ela em nenhum dos lados do Atlântico.

– Eu não tinha nenhuma intenção de procurar do seu lado – disse Llandrindon secamente. – As garotas inglesas possuem todas as características que eu desejaria de uma esposa.

Daisy percebeu que eles estavam falando sobre *ela* e ficou boquiaberta. Sentiu-se dividida entre satisfeita pela descrição que Matthew fizera dela e indignada por ele tentar empurrá-la para Llandrindon, como se fosse um frasco de remédio no carrinho de um vendedor de rua.

– Eu preciso de uma mulher equilibrada – continuou Llandrindon –, caseira, sossegada...

– *Sossegada?* Que tal uma natural e inteligente? Que tal uma autoconfiante em vez de uma que tenta imitar um pálido ideal de mulher submissa?

– Tenho uma pergunta – disse Llandrindon. – Se ela é tão maravilhosa, por que não se casa com ela?

Daisy prendeu a respiração, tentando ouvir a resposta de Swift. Para sua enorme frustração, a voz dele foi abafada pelos arbustos.

– Maldição – murmurou ela, e começou a segui-los.

Evie a puxou de volta para trás da sebe.

– Não – sussurrou categoricamente. – Não teste nossa sorte, Daisy. Foi um milagre eles não terem percebido nossa presença.

– Mas eu queria ouvir o resto!

– Eu também.

Elas arregalaram os olhos uma para a outra.

– Daisy – disse Evie pasma –, acho que Matthew Swift está apaixonado por você.

CAPÍTULO 10

Daisy não soube ao certo por que a ideia de Matthew Swift estar apaixonado por ela virou todo o seu mundo de cabeça para baixo. Mas virou.

– Se isso for verdade – perguntou para Evie, insegura –, por que ele está tão empenhado em me atirar nos braços de lorde Llandrindon? Seria muito fácil concordar com os planos do meu pai. Seria muito bem recompensado.

– Talvez ele queira saber se você também o ama.

– Não, a mente do Sr. Swift não funciona assim. Ele é um homem de negócios. Um *predador*. Se ele me desejasse, não pararia para pedir permissão, assim como um leão não perguntaria educadamente para um antílope se ele se importaria em ser seu almoço.

– Acho que vocês dois deveriam conversar – sugeriu Evie.

– Ah, o Sr. Swift só se esquivaria e diria meias verdades, como fez até agora. A menos que...

– A menos que o quê?

– A menos que eu conseguisse encontrar um modo de fazê-lo baixar a guarda e ser honesto em relação aos seus sentimentos.

– Como?

– Não sei. Espere, Evie, você conhece os homens muito melhor do que eu. É casada. Vive rodeada por eles no clube. Qual é o modo mais rápido de levar um homem aos limites da sanidade e fazê-lo admitir algo que ele não quer?

Parecendo satisfeita com a imagem de si mesma como uma mulher experiente, Evie pensou na pergunta.

– Acho que deixá-lo com ciúmes. Tenho visto homens civilizados brigarem como cães pelos fa-favores de uma dama.

– Hummm. Gostaria de saber se seria possível provocar ciúmes no Sr. Swift.

– Acho que sim – disse Evie. – Afinal de contas, ele é homem.

À tarde, Daisy encurralou lorde Llandrindon quando ele estava entrando na biblioteca para recolocar um livro em uma das prateleiras inferiores.

158

– Boa tarde, milorde – disse alegremente, fingindo não notar o brilho de apreensão nos olhos dele.

Llandrindon forçou um sorriso simpático.

– Boa tarde, Srta. Bowman. Como estão sua irmã e a bebê?

– Muito bem, obrigada. – Daisy se aproximou e inspecionou o livro nas mãos dele. – *História da cartografia militar*. Bem, isso parece muito... intrigante.

– Ah, sim, é – garantiu-lhe Llandrindon. – E muito instrutivo. Embora eu tenha achado que algo foi perdido na tradução. Deve ser lido no original em alemão para que seja apreciado todo o significado da obra.

– Nunca lê romances, milorde?

Ele a encarou, horrorizado com a pergunta.

– Ah, não. Desde criança aprendi que só se deve ler livros que instruem a mente e melhoram o caráter.

Daisy ficou irritada com o tom superior dele.

– Que pena – disse por entre os dentes.

– Hummm?

– É bonito – corrigiu-se rapidamente Daisy, fingindo examinar a capa de couro gravada do volume. Ela lhe deu o que esperava ser um sorriso equilibrado. – É um ávido leitor, milorde?

– Tento nunca ser ávido em relação a nada. "Moderação em tudo" é um dos meus lemas preferidos.

– Eu não tenho nenhum lema. Se tivesse, acabaria contradizendo-o.

Llandrindon riu.

– Está admitindo que tem uma natureza inconstante?

– Prefiro considerá-la receptiva – disse Daisy. – Posso ver sabedoria em muitas crenças.

– Ah.

Daisy praticamente podia ler os pensamentos dele. Sua receptividade a colocava sob uma luz menos favorável.

159

– Eu gostaria de saber mais sobre seus lemas, milorde. Talvez durante um passeio nos jardins?

– Eu... bem... – Era uma imperdoável ousadia uma garota convidar um homem para um passeio em vez de ele convidá-la. Contudo, a natureza cavalheiresca de Llandrindon não lhe permitiria recusar. – É claro, Srta. Bowman. Talvez amanhã...

– Agora seria bom – disse ela alegremente.

– Agora – foi a fraca resposta de Llandrindon. – Sim, ótimo.

Dando-lhe o braço antes que ele tivesse uma chance de oferecê-lo, Daisy o puxou na direção da porta.

– Vamos.

Sem ter outra escolha além de ser arrastado pela jovem decidida, Llandrindon logo se viu descendo uma das grandes escadas de pedra que levavam do terraço dos fundos para o terreno abaixo.

– Milorde – disse Daisy –, tenho algo a lhe confessar. Estou traçando um pequeno plano e esperava contar com sua ajuda.

– Um pequeno plano – respondeu ele nervosamente. – Minha ajuda. Certo. Isso é...

– Inofensivo, é claro – continuou Daisy. – Meu objetivo é atrair a atenção de um determinado cavalheiro que parece um pouco relutante em relação a me fazer a corte.

– Relutante?

A avaliação de Daisy da capacidade mental de Llandrindon caiu vários pontos quando ficou claro que tudo que ele conseguia fazer era repetir as palavras dela como um papagaio.

– Sim, relutante. Mas tenho a impressão de que por trás disso pode haver um sentimento diferente.

Llandrindon, geralmente tão elegante, tropeçou em uma parte irregular do caminho de cascalho.

– O que... o que lhe dá essa impressão, Srta. Bowman?

– Intuição feminina.

– Srta. Bowman, se eu disse ou fiz algo que lhe deu a impressão errada...

– Não me refiro ao senhor – disse Daisy sem rodeios.

– Não? Então a quem...

– Ao Sr. Swift.

A súbita alegria dele foi quase palpável.

– *Sr. Swift*. Sim. *Sim*. Srta. Bowman, ele lhe teceu elogios durante horas sem fim... não que tenha sido desagradável ouvir sobre seus encantos, é claro.

Daisy sorriu.

– Temo que o Sr. Swift continue relutante até acontecer algo que o motive a se revelar, como um faisão saindo de um campo de trigo. Mas se o senhor não se importar de dar a impressão de que realmente está interessado em mim, levando-me para um passeio de carruagem ou uma caminhada, ou me tirando uma ou duas vezes para dançar, isso poderá lhe dar a motivação necessária para se declarar.

– Será um prazer – disse Llandrindon, aparentemente achando o papel de conspirador muito mais interessante do que o de marido-alvo.

⁓

– Quero que adie sua viagem por uma semana.

Matthew, que naquele instante prendia cinco folhas de papel com um alfinete, acabou se espetando ao ouvir o pedido. Ignorando a diminuta gota de sangue no dedo, virou-se para Westcliff. O homem ficara incomunicável com sua esposa e filha recém-nascida por 36 horas. De repente, decide aparecer na noite anterior à partida para Bristol e lhe dar uma ordem que não fazia sentido?

Matthew manteve sua voz sob rígido controle.

– Posso lhe perguntar por quê, milorde?

– Porque decidi acompanhá-lo. E meus compromissos não me permitirão partir amanhã.

Até onde Matthew sabia, os compromissos atuais do conde eram Lillian e a bebê.

– Não há nenhuma necessidade de que vá – retrucou ele, ofendido pela implicação de que não conseguiria lidar com as coisas sozinho. – Sei muito melhor do que ninguém dos vários aspectos do negócio e...

– Apesar disso, é um estrangeiro – disse Westcliff, seu rosto inescrutável. – E a menção do meu nome abrirá portas às quais não teria acesso.

– Se duvida das minhas habilidades de negociação...

– Essa não é a questão. Tenho total fé em suas habilidades, que na América seriam mais do que suficientes. Mas aqui, em um empreendimento dessa magnitude, precisará do apoio de alguém com alta posição social. Como eu.

– Não estamos na era medieval, milorde. Que o diabo me carregue se preciso participar de um circo com um nobre para tratar de um negócio.

– Também não gosto dessa ideia. Especialmente quando tenho uma filha recém-nascida e uma esposa que ainda não se recuperou do parto.

– Não posso esperar uma semana! – explodiu Matthew. – Já marquei reuniões. Combinei de me encontrar com todos, dos supervisores das docas aos donos da companhia de água local...

– Essas reuniões podem ser remarcadas.

– Haverá reclamações...

– A notícia de que eu o acompanharei na semana que vem será suficiente para abrandar essas reclamações.

Por parte de qualquer outro homem, uma afirmação dessas teria parecido arrogância. De Westcliff era a simples afirmação de um fato.

– O Sr. Bowman sabe disso? – perguntou Matthew.

– Sim. Ele concordou.

– O que devo fazer aqui durante uma semana?

O conde arqueou uma de suas sobrancelhas escuras à maneira de um homem cuja hospitalidade nunca fora questionada. Pessoas de todas as idades, nacionalidades e classes sociais imploravam por um convite para ir a Stony Cross Park. Provavelmente Matthew era o único na Inglaterra que *não* queria estar lá.

Ele havia passado tempo demais sem trabalhar de verdade – estava farto de diversões e conversas fúteis, belas paisagens, ar fresco do campo, paz e quietude. Droga, queria um pouco de atividade, ar urbano e barulho de tráfego nas ruas.

Acima de tudo, queria ficar longe de Daisy Bowman. Era uma tortura tê-la tão perto sem poder tocá-la. Era impossível tratá-la com cortesia quando sua cabeça estava cheia de imagens eróticas em que a segurava e a seduzia, sua boca encontrando as partes mais vulneráveis e doces do corpo dela. E isso era só o começo. Matthew queria horas, dias e semanas sozinho com Daisy... Queria todos os pensamentos, sorrisos e segredos dela. Liberdade para desnudar sua alma para ela.

Coisas que nunca poderia ter.

– Há muita diversão disponível na propriedade e em seus arredores – respondeu Westcliff. – Se desejar um tipo particular de companhia feminina, sugiro que vá à taverna da vila.

Matthew já ouvira alguns convidados se gabarem de uma tarde passada na taverna com uma dupla de mulheres peitudas. Se ao menos ele pudesse se contentar com algo tão simples! Uma prostituta da vila em vez de uma irresistível mulher que lançara algum tipo de feitiço em sua mente e seu coração.

O amor deveria ser uma emoção vertiginosa que trazia felicidade. Como nos versos bobos dos cartões do Dia de São Valentim decorados com penas, pinturas e rendas. Mas seu amor por Daisy não era de modo algum assim. Era um sentimento torturante, febril e desolador. Era um vício que não podia ser vencido. Era puro desejo temerário.

E ele não era um homem temerário. Acabaria fazendo algo desastroso se ficasse mais tempo em Stony Cross.

– Vou para Bristol – disse desesperadamente. – Remarcarei as reuniões. Não farei nada sem sua autorização. Mas pelo menos poderei reunir informações, consultar a transportadora local, dar uma olhada nos cavalos deles...

– Swift – interrompeu-o o conde. Algo na voz calma dele, um tom de... bondade? solidariedade?... fez Marcus se enrijecer defensivamente. – Entendo o motivo de sua urgência...

– Não, não entende.

– Entendo mais do que pode imaginar. E segundo a minha experiência, esses problemas não podem ser resolvidos fugindo. Nunca se consegue correr rápido ou para longe o suficiente.

Matthew ficou paralisado olhando para Westcliff. O conde poderia estar se referindo a Daisy ou ao seu passado manchado. Em ambos os casos, provavelmente estava certo.

Não que isso mudasse alguma coisa.

– Às vezes fugir é a única escolha – respondeu Matthew, e saiu da sala sem olhar para trás.

~

Matthew acabou não indo para Bristol. Sabia que lamentaria sua decisão. Só não tinha ideia de quanto. Ele se lembraria dos dias seguintes pelo resto da vida como uma semana de tortura.

Já havia passado pelo inferno antes, experimentado dor física, privação, quase inanição e um medo de gelar os ossos. Mas nenhum desses desconfortos chegara perto da agonia de ver Daisy Bowman ser cortejada por lorde Llandrindon.

~

As sementes que Swift havia plantado na mente de Llandrindon sobre os encantos de Daisy tinham criado raízes. Llandrindon não saía do lado dela: conversando, flertando, deixando seu olhar percorrê-la com ofensiva familiaridade. E Daisy parecia igualmente absorta, prestando atenção a cada palavra dele, parando tudo o que estava fazendo quando Llandrindon aparecia.

Na segunda, eles saíram para um piquenique particular.

Na terça, foram passear de carruagem.

Na quarta, foram colher campânulas.

Na quinta, pescaram no lago, voltando com as roupas molhadas e suas peles bronzeadas, rindo juntos de uma piada que não contaram para mais ninguém.

Na sexta, dançaram juntos em uma noite musical improvisada, parecendo tão sintonizados que um dos convidados observou que era um prazer vê-los juntos.

No sábado, Matthew acordou querendo matar alguém. Seu humor não melhorou com o comentário indigesto de Thomas Bowman depois do café da manhã.

– Ele está vencendo – resmungou Bowman, puxando Matthew para o escritório para uma conversa particular. – Aquele desgraçado escocês tem passado horas a fio com Daisy, esbanjando charme e dizendo todas as besteiras que as mulheres gostam de ouvir. Se você tivesse alguma intenção de se casar com minha filha, essa oportunidade estaria reduzida a quase zero. Você tem feito o possível para evitá-

-la, anda taciturno e distante e ficou a semana inteira com uma expressão que assustaria criancinhas e animais. Sua noção de cortejar uma mulher confirma tudo que já ouvi falar sobre as pessoas de Boston!

– Talvez Llandrindon seja melhor para ela – disse Matthew impassivelmente. – Eles parecem ter desenvolvido uma afeição mútua.

– Não estamos falando de afeição, mas de casamento! – O alto da cabeça de Bowman começou a ficar vermelho. – Entende os interesses em jogo?

– Além dos financeiros?

– Que outros poderia haver?

Matthew lhe lançou um olhar sarcástico.

– O coração da sua filha. A felicidade dela. A...

– As pessoas não se casam para ser felizes, Matthew. Ou se casam e logo descobrem que o casamento é uma droga.

Apesar do mau humor, Matthew esboçou um sorriso.

– Se espera me motivar para o casamento – disse ele –, não está conseguindo.

– Isso não é motivação suficiente? – Pondo a mão no bolso de seu colete, Bowman pegou um dólar de prata e o lançou para cima com seu polegar. A moeda girou na direção de Matthew formando um arco prateado brilhante. Em um ato de reflexo, Matthew a apanhou, fechando-a na palma de sua mão. – Case-se com Daisy e terá mais do que isso. Mais do que um homem poderia gastar durante toda a vida.

Uma nova voz veio da porta e ambos olharam na direção dela.

– Que lindo!

Era Lillian, usando um vestido cor-de-rosa e um xale. Ela olhou para seu pai com algo semelhante a ódio, seus olhos escuros como obsidiana.

– Alguém em sua vida é mais do que um mero fantoche para o senhor, pai? – perguntou ela acidamente.

– Essa é uma conversa entre homens – retorquiu Bowman, corando de culpa, raiva ou uma mistura das duas. – Não é da sua conta.

– Daisy é da minha conta – disse Lillian com uma voz suave, mas fria. – Prefiro matá-los a deixar que a tornem infeliz.

Antes de seu pai poder responder, ela se virou e continuou a andar pelo corredor. Praguejando, Bowman saiu da sala e seguiu na direção oposta.

Deixado sozinho no escritório, Matthew bateu a moeda com força na escrivaninha.

~

– Todo esse esforço por um homem que nem mesmo se importa – murmurou Daisy para si mesma, tendo pensamentos horríveis sobre Matthew Swift.

Llandrindon, sentado a alguns metros de distância na borda de uma fonte de jardim, esperava obedientemente ela desenhar seu retrato. Daisy nunca tivera muito talento para desenho, mas estava ficando sem ter o que fazer com Llandrindon.

– O que disse? – perguntou ele.

– Disse que seus cabelos são bonitos!

Llandrindon era um homem requintado, agradável, irrepreensível e convencional. Com tristeza, Daisy admitiu para si mesma que o esforço para deixar Matthew Swift louco de ciúmes só conseguira deixá-la louca de tédio.

Ela parou para levar as costas da mão aos lábios e conter um bocejo enquanto tentava parecer totalmente concentrada no desenho.

Essas tinham sido as piores semanas de sua vida. Dias

seguidos de tédio mortal em que fingira se divertir na companhia de um homem que não poderia interessá-la menos. Não era culpa de Llandrindon, mas estava claro que eles não nunca teriam algo em comum.

Isso não parecia incomodá-lo. Ele era capaz de falar sobre praticamente nada durante horas. Poderia ter enchido jornais inteiros com fofocas sobre pessoas que Daisy não conhecia. E fazia longos discursos sobre coisas inúteis, as cores perfeitas para a sala de caça em sua propriedade em Thurso ou os cursos que fizera depois da escola. Nunca parecia haver um sentido em nenhuma dessas histórias.

Além disso, ele não parecia interessado no que ela tinha a dizer. Não ria das histórias de suas brincadeiras da infância com Lillian. Se ela dizia algo como "olhe para aquela nuvem, é da forma exata de um galo", ele a fitava como se estivesse louca.

Llandrindon também não gostava quando eles discutiam leis injustas. Em especial, ela questionava suas distinções entre os "pobres dignos" e os "pobres indignos".

– Parece, milorde, que a lei visa punir aqueles que mais precisam de ajuda.

– Algumas pessoas são pobres porque suas próprias fraquezas morais as levaram a fazer escolhas erradas. Por isso, não se pode ajudá-las.

– Quer dizer, como as mulheres desonradas? Mas e se elas não tiveram nenhuma outra...?

– *Não* vamos discutir as mulheres desonradas – dissera ele, parecendo horrorizado.

As conversas com Llandrindon eram limitadas, na melhor das hipóteses. Especialmente porque ele achava difícil acompanhar as rápidas mudanças de assunto de Daisy. Muito depois de ela haver terminado de falar sobre algo, ele continuava a perguntar sobre isso.

– Achei que ainda estávamos falando do *poodle* da sua

tia – dissera ele confuso naquela mesma manhã, ao que Daisy respondera impacientemente:

– Não, acabei de falar sobre isso cinco minutos atrás. Agora estava lhe falando sobre a ida à ópera.

– Mas como passamos do assunto do *poodle* para o da ópera?

Daisy lamentava ter envolvido Llandrindon em seu plano, principalmente porque isso se revelara ineficaz. Nem por um segundo Matthew Swift havia demonstrado ciúme. Ele mantivera sua costumeira expressão pétrea, mal a olhando durante dias.

– Por que está com o cenho franzido, querida? – perguntou Llandrindon, observando o rosto dela.

Querida? Ele nunca a havia tratado assim. Daisy o espiou por cima de seu bloco de desenho. Ele a estava olhando de um modo que a deixou desconfortável.

– Fique quieto, por favor. Estou desenhando seu queixo.

Concentrada em seu desenho, Daisy achou que não estava de todo ruim, mas... a cabeça de Llandrindon tinha mesmo aquela forma de ovo? Os olhos dele eram tão juntos? Era estranho como uma pessoa podia parecer atraente, mas perdia seu encanto quando era examinada traço a traço. Ela concluiu que desenhar pessoas não era o seu forte. De agora em diante, se limitaria a desenhar plantas e frutas.

– Esta semana teve um efeito estranho sobre mim – pensou Llandrindon em voz alta. – Estou me sentindo... diferente. O que quero dizer é que estou me sentindo... maravilhosamente bem. – Llandrindon a estava olhando daquele modo esquisito de novo. – Melhor do que nunca.

– Deve ser o ar do campo. – Daisy se levantou, alisou sua saia e foi até ele. – É muito revigorante.

– Não é o ar do campo que eu acho revigorante – disse Llandrindon em voz baixa. – É a senhorita.

Daisy ficou boquiaberta.

– Eu?

– Sim.

Ele se levantou e segurou os ombros dela. Surpresa, Daisy só conseguiu gaguejar:

– Eu... eu... milorde...

– Estes últimos dias em sua companhia me fizeram refletir muito.

Daisy se virou para olhar ao redor, observando as sebes bem podadas cobertas de rosas trepadeiras rosadas.

– O Sr. Swift está por perto? – sussurrou. – É por isso que está falando assim?

– Não, estou dizendo o que sinto. – Ardentemente, Llandrindon a puxou para mais perto até o bloco de desenho quase ser esmagado entre eles. – A senhorita me abriu os olhos e me fez ver tudo de um modo diferente. Quero encontrar formas nas nuvens e fazer algo sobre o qual valha a pena escrever um poema. Quero ler romances. Quero tornar a vida uma aventura...

– Que bom! – disse Daisy, contorcendo-se para se soltar dos braços fortes dele.

– Com a senhorita.

Ah, não.

– Está brincando – disse ela debilmente.

– Estou apaixonado – declarou ele.

– Não estou disponível.

– Estou decidido.

– Estou... surpresa.

– Minha pequena! – exclamou ele. – É tudo que ele disse que era. Mágica. Tempestade e arco-íris. Inteligente, adorável e desejável...

– Espere. – Daisy o olhou, atônita. – Matthew... o Sr. Swift disse isso?

– Sim, sim, sim...

170

E antes de ela poder se mover, falar ou respirar, Llandrindon baixou a cabeça e a beijou. O bloco de desenho caiu das mãos de Daisy. Ela permaneceu passiva, perguntando-se se sentiria alguma coisa.

Objetivamente falando, não havia nada de errado no beijo dele. Não era seco ou molhado demais, forte ou suave demais. Era... entediante.

Maldição. Daisy se afastou. Sentiu-se culpada por ter gostado tão pouco do beijo. E o fato de Llandrindon ter parecido apreciá-lo muito a fez se sentir ainda pior.

– Minha querida Srta. Bowman – murmurou ele, galante. – Não sabia que seus lábios eram tão doces.

Ele se aproximou de novo e Daisy deu um gritinho e um passo para trás.

– Milorde, controle-se!

– Não consigo.

Ele a seguiu ao redor da fonte até parecerem um par de gatos andando um atrás do outro. Subitamente se precipitou para ela, segurando-lhe a manga do vestido. Daisy o empurrou com força e se soltou, sentindo a musselina branca macia se rasgar na costura do ombro.

Houve uma forte pancada na água e gotas a atingiram.

Daisy piscou ao ver o lugar vazio onde antes Llandrindon estivera e depois cobriu os olhos com as mãos como se isso de algum modo fosse mudar toda a situação.

– Milorde? – perguntou ela cautelosamente. – Caiu... caiu na fonte?

– Não – foi a resposta azeda dele. – A senhorita é que me *empurrou* para cá.

– Eu garanto que foi sem querer.

Llandrindon se levantou com os cabelos e as roupas pingando e os bolsos do casaco cheios de água. Ao menos, a queda na fonte lhe esfriara consideravelmente as paixões.

Ele a olhou em afrontado silêncio. De repente arregalou

os olhos e pôs a mão em um dos bolsos cheios de água. Um pequeno sapo saltou e voltou para a fonte com um *splash*. Daisy tentou esconder seu divertimento, mas acabou explodindo em uma gargalhada.

– Sinto muito – disse cobrindo a boca com as mãos, incapaz de conter o riso. – Estou tão... ah, *querido*... – E se curvou, chorando de tanto rir.

A tensão entre eles desapareceu quando Llandrindon esboçou um sorriso relutante. Ele saiu da fonte, todo o corpo pingando.

– Creio que, quando se beija um sapo, ele deveria se transformar em um príncipe – disse ele secamente. – Infelizmente no meu caso isso não parece ter acontecido.

Daisy sentiu uma onda de compaixão e bondade, embora ainda desse algumas risadas. Aproximando-se com cuidado, pôs suas pequenas mãos nos dois lados do rosto molhado de Llandrindon e lhe deu um rápido e amigável beijo nos lábios.

Aquilo o fez arregalar os olhos.

– É o belo príncipe de alguém – disse Daisy, sorrindo-lhe pesarosamente. – Mas não o meu. Quando a mulher certa o encontrar, ela terá muita sorte.

Então se curvou para pegar o bloco de desenho e voltou para a mansão.

~

Por um capricho do destino, o caminho que Daisy escolheu passava pela casa dos solteiros. A pequena residência ficava afastada da casa principal e perto o suficiente da ribanceira para fornecer uma vista magnífica da água. Agora que as caçadas haviam se encerrado, a casa estava vazia.

Exceto por Matthew Swift, é claro.

Perdida em seus pensamentos, Daisy seguiu pelo caminho ao lado do muro de pedra que margeava a ribanceira. Sentiu tristeza ao pensar no pai, determinado a casá-la com Matthew Swift... em Lillian, que queria que ela se casasse com qualquer um *menos* Swift... e na mãe, que não se contentaria com nada menos do que um nobre. Sua mãe não ficaria nada feliz quando soubesse que havia rejeitado Llandrindon.

Refletindo sobre a última semana, Daisy percebeu que sua tentativa de atrair a atenção de Matthew não fora um jogo para ela. Aquilo era muito importante. Ela nunca quisera tanto algo em sua vida quanto a chance de falar com ele franca e honestamente, sem esconder nada. Mas, em vez de trazer à tona os sentimentos dele, só conseguira descobrir os dela.

Quando estava com Matthew, sentia a promessa de algo mais maravilhoso e excitante do que tudo que lera ou sonhara.

Algo *real*.

Era incrível como um homem que ela sempre havia considerado frio e sem paixão se revelara tão gentil, sensual e terno. Um homem que carregara no bolso um cacho de seus cabelos. Ao perceber a aproximação de alguém, Daisy ergueu os olhos e sentiu todo o seu corpo tremer.

Matthew estava vindo a passos largos da mansão, parecendo triste e abatido.

Um homem com pressa, mas sem nenhum lugar para ir.

Ele parou assim que a viu, seu rosto sem qualquer expressão. Eles se olharam no silêncio pesado. Daisy fechou a cara. Era isso ou se atirar para ele e começar a chorar. A intensidade de seu desejo a chocou.

— Sr. Swift — disse tremulamente.

— Srta. Bowman.

Ele parecia querer estar em qualquer lugar menos ali.

Daisy se contraiu de ansiedade quando ele estendeu a mão para pegar o bloco de desenho. Sem pensar, ela permitiu. Matthew apertou os olhos ao ver o bloco, aberto no desenho de Llandrindon.

– Por que o desenhou com barba? – perguntou.

– Isso não é uma barba – disse Daisy sucintamente. – É um sombreado.

– Parece que ele não se barbeia há três meses.

– Não pedi sua opinião sobre meu trabalho artístico – disparou Daisy. Ela agarrou o bloco, mas Matthew se recusou a entregá-lo. – Solte-o ou irei...

– Irá o quê? Fazer um retrato meu? – Matthew soltou o bloco tão inesperadamente que a fez cambalear alguns passos para trás. – Não. Tudo menos isso.

Daisy se precipitou para a frente e bateu com o bloco no peito dele. Odiava se sentir tão viva com ele. Odiava o modo como seus sentidos absorviam a presença de Matthew como a terra absorvia a chuva. Odiava seu rosto bonito, seu corpo viril e sua boca tentadora.

O sorriso de Matthew desapareceu quando seu olhar deslizou sobre ela e se fixou na costura rasgada no ombro.

– O que houve com seu vestido?

– Não foi nada. Tive uma espécie de... desentendimento com lorde Llandrindon.

Esse foi o modo mais inocente em que Daisy conseguiu pensar para descrever o encontro, que obviamente fora inofensivo. Ela estava certa de que não poderia haver nenhuma conotação chocante na palavra "desentendimento".

Contudo, parecia que a definição de Swift dessa palavra era muito mais ampla do que a dela. Subitamente sua expressão se tornou sombria e assustadora, e seus olhos azuis brilharam.

– Vou matá-lo – disse Matthew em uma voz gutural. – Ele ousou... *Onde ele está?*

– Não, não. Não foi assim... – Largando seu bloco de desenho, ela o abraçou usando todo o seu peso para contê-lo enquanto ele se dirigia ao jardim. Era como tentar conter um touro furioso. Nos primeiros passos, foi carregada por ele. – Espere! O que lhe dá o direito de agredi-lo?

Respirando pesadamente, Matthew parou e olhou para o rosto corado dela.

– Ele a tocou? Ele a forçou a...

– É um estraga-prazeres! – gritou Daisy furiosamente. – Não me quer e não admite que ninguém mais queira. Deixe-me em paz e volte aos seus planos de construir sua maldita grande fábrica e ganhar rios de dinheiro! Espero que se torne o homem mais rico do mundo. Espero que obtenha tudo que quer e, um dia, olhe ao redor e se pergunte por que ninguém o ama e...

Ele a calou com um forte e punitivo beijo. Um arrepio a percorreu e Daisy virou o rosto, ofegante. Dessa vez os lábios de Matthew foram mais suaves, movendo-se com sensual urgência em busca do encaixe perfeito. O coração de Daisy disparou, bombeando sangue quente de paixão em suas veias dilatadas. Ela tentou agarrar os pulsos musculosos de Matthew, as pontas de seus dedos sentindo os batimentos dele, tão fortes quanto os dela.

Toda vez que Daisy achava que o beijo terminaria, Matthew a beijava com mais intensidade. Ela reagia febrilmente, seus joelhos ficando fracos até que temeu cair no chão.

Interrompendo o contato entre os lábios deles, Daisy conseguiu dizer em um sussurro angustiado:

– Matthew, leve-me para algum lugar.

– Não.

– Sim. Eu preciso... preciso ficar a sós com você.

Ofegando, Matthew a abraçou e puxou contra seu peito rijo. Ela o sentiu pressionando fortemente os lábios contra seus cabelos.

– Não confio tanto assim em mim.

– Só quero conversar. Por favor. Não podemos ficar expostos dessa maneira. Se me deixar agora, eu morrerei.

Mesmo confuso e excitado, Matthew não pôde evitar rir daquela afirmação dramática.

– Não, não morrerá.

– Apenas para conversarmos – repetiu Daisy, agarrando-se a ele. – Eu não vou... não vou tentá-lo.

– Querida – sussurrou ele roucamente. – Você me tenta apenas estando no mesmo cômodo que eu.

Daisy sentiu um calor na garganta. Percebendo que insistir o empurraria na direção oposta, ela se calou. Apertou-se contra ele, deixando a comunicação silenciosa de seus corpos convencê-lo.

Com um gemido, Matthew segurou a mão dela e a puxou para a casa dos solteiros.

– Deus ajude a nós dois se alguém nos vir.

Daisy ficou tentada a brincar dizendo que ele seria forçado a se casar com ela, mas manteve a boca fechada e subiu depressa a escada com Matthew.

CAPÍTULO 11

Estava frio e escuro dentro da casa, adornada com painéis de pau-rosa e repleta de móveis pesados. As janelas estavam cobertas por cortinas de veludo com franja de seda. Ainda segurando a mão de Daisy, Matthew a conduziu para um cômodo nos fundos.

Quando passou pela porta, ela percebeu que era o quarto dele. Sua pele formigou de excitação sob o espartilho apertado. O quarto estava arrumado, cheirando a cera de abelha e madeira polida. A janela, coberta por uma cortina de renda cor de creme, deixava a luz do dia entrar.

Havia alguns artigos cuidadosamente arrumados sobre a cômoda: uma escova de cabelos, uma escova de dentes e latas de pó dental e sabão. No lavatório, uma navalha e um amolador. Nada de pomadas, ceras, colônias, cremes, alfinetes de gravata ou anéis. Dificilmente ele poderia ser descrito como um dândi.

Matthew fechou a porta e se virou para ela. Ele parecia muito grande no pequeno quarto. Daisy ficou com a boca seca ao olhar para ele. Queria estar perto de Matthew... Queria sentir a pele dele na sua.

— O que há entre você e Llandrindon? — perguntou Matthew.

— Nada. Apenas amizade. Isto é, da minha parte.

— E da parte dele?

— Eu suspeito... bem, ele pareceu indicar que não se oporia a... você sabe.

— Sim, eu sei — disse Matthew em uma voz grossa. — E embora eu não suporte o desgraçado, não posso culpá-lo. Não depois do modo como você o provocou a semana inteira.

— Se está tentando dizer que eu tenho agido como uma mulher sedutora...

— Não tente negar isso. Eu vi o modo como tem flertado com ele. O modo como se inclinava quando conversavam... Os sorrisos, os vestidos provocantes...

— Vestidos provocantes? — perguntou Daisy confusa.

— Como esse.

Daisy olhou para seu vestido branco que lhe cobria todo o peito e a maior parte dos braços. Uma freira não poderia encontrar nenhum defeito nele. Ela o encarou sarcasticamente.

— Há dias estou tentando deixá-lo com ciúmes. Teria me poupado muito esforço se tivesse admitido isso logo.

– Estava tentando me deixar com ciúmes? – explodiu ele. – O que em nome de Deus achou que conseguiria com *isso*? Ou me tirar do sério é sua ideia de diversão?

Um súbito rubor cobriu o rosto de Daisy.

– Achei que talvez você sentisse algo por mim... e esperava fazê-lo admitir isso.

Matthew abriu e fechou a boca, mas pareceu não conseguir falar. Daisy se perguntou o que ele estaria sentindo. Depois de alguns instantes, ele balançou a cabeça e se encostou na cômoda, como se precisasse se apoiar.

– Está zangado? – perguntou Daisy apreensivamente.

– Dez por cento de mim está – respondeu ele com uma voz estranha e entrecortada.

– E os outros noventa por cento?

– Estão a ponto de atirá-la na cama e... – Matthew se interrompeu e engoliu em seco. – Daisy, você é inocente demais para entender o perigo que corre. Preciso de todo o meu autocontrole para não tocá-la. Estou no meu limite. Para dirimir quaisquer dúvidas que possa ter... tenho ciúmes de qualquer homem que esteja a menos de 3 metros de você. Tenho ciúmes das roupas em sua pele e do ar que você respira. Tenho ciúmes de cada momento em que não a vejo.

Pasma, Daisy sussurrou:

– Você... você certamente não deu nenhum sinal disso.

– Ao longo dos anos colecionei mil lembranças suas, cada olhar, cada palavra que nunca me disse. Todas aquelas visitas à casa da sua família, todos aqueles jantares e feriados... Eu mal podia esperar para entrar pela porta e vê-la. – Os lábios de Matthew se curvaram em um sorriso enquanto ele se lembrava. – Você, no meio daquele bando de cabeças-duras... Adoro observar como lida com sua família. Você sempre foi tudo o que eu achava que uma mulher deveria ser. E eu a tenho desejado desde que nos conhecemos, em todos os segundos da minha vida.

Daisy se encheu de arrependimento.

– Eu nunca fui ao menos gentil com você – disse tristemente.

– Foi bom não ter sido. Se tivesse, eu provavelmente me incendiaria ali mesmo. – Matthew a deteve com um gesto quando ela se aproximou. – Não. Não. Como já lhe disse, não posso me casar com você em nenhuma circunstância. Isso não vai mudar. Mas não tem nada a ver com quanto a quero. – Seus olhos brilhavam como safira derretida quando ele os deslizou pelo corpo esguio de Daisy. – Meu Deus, como a quero!

Daisy sentiu um forte desejo de se atirar nos braços dele.

– Eu também quero você. Tanto que acho que não posso deixá-lo ir sem saber por quê.

– Se fosse possível explicar meus motivos, acredite em mim, a esta altura eu já teria explicado.

Daisy se forçou a fazer a pergunta que mais temia:

– Já é casado?

Matthew a encarou.

– Por Deus, não!

Ela ficou aliviada.

– Então para tudo tem solução, se me disser...

– Se você fosse um pouco mais experiente – disse Matthew –, não diria coisas assim. – Ele se dirigiu ao outro lado do cômodo, claramente abrindo caminho para a porta.

Então ficou em silêncio por um longo momento, como se pensando em algo sério. Daisy permaneceu imóvel e calada, sustentando seu olhar. Tudo o que podia fazer era ter paciência. Ela esperou sem dizer uma só palavra ou ao menos piscar.

Matthew desviou o olhar, assumindo uma expressão distante. Seus olhos se tornaram duros e frios como placas de cobalto polido.

– Muito tempo atrás, fiz um inimigo, embora não por culpa minha. Em virtude da influência dele, fui forçado a sair de Boston. E tenho bons motivos para acreditar que esse homem um dia voltará para me assombrar. Eu vivo com essa espada pendurada sobre a minha cabeça há anos. Não quero você perto de mim quando ela cair.

– Mas deve haver algo que possa ser feito – disse Daisy ansiosamente, determinada a enfrentar esse inimigo desconhecido com todos os meios à sua disposição. – Se me explicar melhor, me disser o nome dele...

– Não – disse Matthew em voz baixa, mas com uma determinação que a fez se calar. – Fui o mais honesto que pude com você, Daisy. Espero que não traia a minha confiança. Agora está na hora de você ir.

– Assim? – perguntou ela em choque. – Depois de tudo o que acabou de me dizer, quer que eu vá embora?

– Sim. Tente não deixar ninguém vê-la.

– Não é justo só você falar e não me deixar...

– A vida raramente é justa. Até para uma Bowman.

Pensamentos passaram rapidamente pela mente de Daisy enquanto ela olhava para o perfil decidido de Matthew. Isso não era apenas obstinação da parte dele. Era convicção. Ele não havia deixado nenhum espaço para argumentos, nenhuma possibilidade de negociação.

– Então devo procurar Llandrindon? – perguntou ela, esperando provocá-lo.

– Sim.

Daisy franziu o cenho.

– Eu gostaria que você fosse coerente. Alguns minutos atrás, estava prestes a fazer picadinho dele.

– Se você o quer, não tenho nenhum direito de me opor.

– Se você me quer, tem todo o direito de dizer alguma coisa! – Daisy se dirigiu à porta. – Por que todos sempre falam que as mulheres são ilógicas, quando os homens são cem vezes mais? Primeiro querem, depois não querem. Tomam decisões irracionais baseados em segredos que se recusam a revelar e ninguém deve questioná-los porque a última palavra é deles.

Ao estender o braço para a maçaneta, Daisy viu a chave na fechadura e sua mão parou no meio do caminho. Ela olhou para Matthew, firmemente plantado do outro lado do cômodo para manter uma distância segura entre eles.

Embora Daisy fosse a mais calma dos Bowmans, não era de modo algum covarde. E não aceitaria a derrota sem lutar.

– Está me obrigando a tomar medidas desesperadas.

– Não há nada que possa fazer – respondeu Matthew brandamente.

Ele não lhe deixara nenhuma escolha. Daisy girou a chave na maçaneta e a retirou com cuidado. O *clique* soou anormalmente alto no silêncio do quarto. Calmamente, Daisy afastou do peito o corpete de seu vestido e segurou a chave acima da estreita abertura.

Matthew arregalou os olhos ao entender o que ela ia fazer.

– *Você não vai...*

Enquanto começava a rodear a cômoda, Daisy soltou a chave, certificando-se de que cairia dentro do espartilho. Ela encolheu a barriga e a cintura até sentir o metal frio deslizar até seu umbigo.

– Maldição! – Matthew a alcançou com surpreendente rapidez. Estendeu a mão para tocá-la e depois recuou como se tivesse encostado em fogo. – Tire-a daí – ordenou, seu rosto cheio de indignação.

– Não posso.

– Estou falando sério, Daisy!

– Caiu fundo demais. Vou ter de tirar meu vestido.

Era óbvio que Matthew queria matá-la. Mas ela também podia sentir a força de seu desejo. Ele ofegava e seu corpo irradiava um calor abrasador.

– Não faça isso comigo – disse Matthew em um sussurro que continha a ferocidade de um rugido.

Daisy esperou pacientemente. O próximo movimento foi dele.

Matthew lhe deu as costas, as costuras de seu casaco se esticando sobre seus músculos contraídos. Ele fechou as mãos, tentando se controlar. Quando falou, sua voz pareceu grossa como se ele tivesse acabado de acordar de um sono pesado:

– Tire seu vestido.

Tentando não irritá-lo mais do que o necessário, Daisy respondeu em um tom pesaroso:

– Não consigo fazer isso sozinha. Está abotoado atrás.

Matthew disse algo em uma voz abafada que pareceu muito grosseiro. Depois de um longo silêncio, ele se virou de frente para ela. Seus maxilares pareciam forjados em ferro.

– Posso resistir a você, Daisy. Tenho anos de prática. Vire-se.

Daisy obedeceu. Quando ela inclinou a cabeça para a frente, pôde sentir o olhar dele percorrer a interminável fileira de botões de pérola.

– Como consegue se despir? – murmurou ele. – Nunca vi tantos botões em uma roupa.

– Está na moda.

– É ridículo.

– Você pode enviar uma carta de protesto para *Godey's Lady's Book* – sugeriu ela.

Com um sorriso de desdém, Matthew começou pelo botão de cima. Tentou soltá-lo, ao mesmo tempo evitando contato com o corpo dela.

– Será mais fácil se você deslizar seus dedos para debaixo da casa – sugeriu Daisy. – E depois soltar o botão...

– Quieta – disparou ele.

Daisy parou de falar. Matthew lutou com os botões por mais um minuto. Com um grunhido de exasperação, seguiu o conselho de Daisy, deslizando dois dedos entre o vestido e a pele. Quando ela sentiu os nós dos dedos dele no alto de sua coluna, um calafrio de prazer desceu por suas costas.

O progresso de Matthew foi lento.

– Posso me sentar, por favor? – perguntou com suavidade. – Estou cansada de ficar em pé.

– Não há onde se sentar.

– Sim, há. – Afastando-se dele, Daisy tentou subir na cama com dossel. Infelizmente era uma Sheraton antiga alta, feita para evitar correntes de ar no inverno e permitir a colocação de outra cama por baixo. O colchão ficava na altura de seus seios. Ela tentou se erguer e pôr os quadris no colchão.

Foi vencida pela gravidade.

– Geralmente há uma escada... para camas desta altura – disse Daisy, com os pés pendurados. Ela se agarrou na colcha. Esforçando-se para pôr um dos joelhos na beira do colchão, continuou: – Meu Deus... se alguém caísse daqui à noite... o tombo seria *fatal*.

Ela sentiu as mãos de Matthew ao redor de sua cintura.

– A cama não é tão alta – disse ele. Ele a ergueu como se ela fosse uma criança e a pôs no colchão. – Você é que é baixa.

– Eu não sou baixa. Sou... desfavorecida verticalmente.

– Certo. Sente-se reta.

O peso de Matthew fez o colchão baixar atrás de Daisy e ele voltou a pôr as mãos nas costas do vestido. Sentindo o ligeiro tremor dos dedos de Matthew contra sua pele, Daisy reuniu coragem para comentar:

– Eu nunca tinha me sentido atraída por homens altos. Mas você me faz sentir...

– Se não ficar quieta – interrompeu-a ele sucintamente –, vou estrangulá-la.

Daisy se calou, ouvindo a respiração de Matthew se tornar mais profunda, menos controlada. Os dedos dele se tornaram mais seguros de sua tarefa, trabalhando ao longo da fileira de pérolas até o vestido se abrir e as mangas escorregarem pelos ombros de Daisy.

– Onde está? – perguntou Matthew.

– A chave?

O tom dele foi assassino.

– Sim, Daisy. A chave.

– Eu a sinto dentro do meu espartilho. O que significa... que terei de tirá-lo também.

Não houve nenhuma reação à frase, nenhum som ou movimento. Daisy se virou para olhar para Matthew.

Ele parecia atordoado. Seus olhos estavam muito azuis em contraste com seu rosto vermelho. Daisy percebeu que ele travava uma violenta batalha interior para não tocá-la.

Sentindo-se excitada e com vergonha, Daisy tirou os braços das mangas. Abaixou o vestido até os quadris, deixando as finas camadas brancas deslizarem e se amontoarem no chão.

Matthew olhou para o vestido como se fosse algum tipo de fauna exótica que nunca vira. Lentamente voltou a olhar para Daisy e emitiu um incoerente protesto quando ela começou a abrir o espartilho.

Daisy se sentiu tímida e perversa se despindo na frente dele. Mas foi encorajada pelo modo como Matthew parecia incapaz de tirar os olhos de cada centímetro de pele branca revelada. Quando o último gancho de metal foi solto, ela atirou o emaranhado de renda e fitas no chão.

Tudo o que restou sobre seus seios foi uma fina camisola amarrotada.

A chave caíra em seu colo. Fechando os dedos ao redor do objeto de metal, ela arriscou um olhar cauteloso para Matthew. Ele estava com os olhos fechados, a testa franzida de dolorosa concentração.

– Isso não vai acontecer – disse mais para si mesmo do que para ela.

Daisy se inclinou para a frente para pôr a chave no bolso do casaco dele. Segurando a bainha da camisola, tirou-a pela cabeça e sentiu seu corpo nu formigar. Estava tão nervosa que começou a bater os dentes.

– Acabei de tirar minha camisola – disse. – Não quer olhar?

– Não.

Mas seus olhos tinham se aberto e encontrado os seios pequenos com mamilos rosados, e ele suspirou por entre dentes cerrados. Ficou imóvel, olhando-a enquanto ela desfazia o nó de sua gravata e desabotoava o colete e a camisa. Daisy, ruborizada, continuou obstinadamente, ajoelhando-se para afastar o casaco dos ombros dele.

Matthew se moveu como se estivesse sonhando, tirando os braços das mangas do casaco e colete. Daisy abriu a camisa dele com desajeitada determinação, apreciando a visão do peito e do tórax. A pele de Matthew brilhava como cetim, firme sobre a ampla extensão de seus músculos. Ela tocou no pronunciado arco das costelas, passando os dedos no abdome rijo e musculoso.

De repente Matthew segurou sua mão, indeciso sobre se a afastaria ou aproximaria mais. Ela curvou os dedos sobre os dele e olhou nos olhos azuis dilatados.

– Matthew – sussurrou. – Estou aqui. Sou sua. Quero que faça tudo o que já imaginou fazer comigo.

Ele prendeu a respiração. Seu autocontrole foi abalado

e ruiu. Nada mais importava além do desejo que lhe fora negado por tanto tempo. Com um rouco gemido de rendição, ele a sentou em seu colo. O calor atravessou as camadas das roupas deles e Daisy ofegou quando a fenda suave de seu corpo se deparou com uma rigidez desconhecida.

Matthew a beijou, deslizando as mãos por seu corpo. Quando chegou à curva firme do seio, Daisy sentiu seu sangue pulsar freneticamente e seu desejo se tornar agudo. Ela tentou pôr as mãos sob a camisa dele e tirá-la.

Ele a deitou na cama e parou para tirar a camisa, revelando os contornos magníficos do peito e dos ombros. Abaixou o corpo sobre o de Daisy e ela gemeu de prazer ao sentir a pele dele nua. O cheiro familiar e delicioso de pele masculina limpa a envolveu. Matthew tomou sua boca com beijos sensuais, acariciando ternamente seu corpo seminu. Com o polegar, descreveu lentamente um círculo sobre um mamilo, fazendo-o intumescer e ficar mais escuro até Daisy se arquear em indefesa súplica.

Entendendo o mudo pedido, ele se inclinou e tomou o mamilo na boca, sugando-o de leve e excitando-o com a língua. Daisy gemeu e tremeu em seus braços. Seus nervos enviaram mensagens eróticas pelo seu corpo enquanto Matthew beijava o outro mamilo até deixá-lo muito rosado e úmido.

– Sabe o que eu quero de você? – ouviu-o perguntar roucamente. – Sabe o que vai acontecer se não pararmos?

– Sim. Não sou tão inocente quanto você pensa – disse Daisy com seriedade. – Sei muito bem ler.

Matthew virou o rosto e ela teve a impressão de que ele estava contendo um sorriso. Então a olhou de novo com muita ternura.

– Daisy Bowman – disse tremulamente. – Eu trocaria uma eternidade no inferno por uma hora com você.

– É o tempo que isso dura? Uma hora?

– Querida, a esta altura seria um milagre se durasse um minuto – disse ele pesarosamente.

Daisy pôs os braços ao redor do pescoço dele.

– Você tem de fazer amor comigo – disse-lhe. – Se não fizer, nunca deixarei de me queixar disso.

Matthew a aconchegou contra o corpo, beijou-lhe a testa. Ficou em silêncio durante tanto tempo que Daisy temeu que fosse rejeitá-la. Mas então ele desceu a mão devagar pelo seu corpo e seu coração deu um pulo de excitação. Matthew enrolou nos dedos as fitas de suas calçolas e as puxou para afrouxá-las.

A respiração de Daisy se tornou difícil, fazendo sua barriga subir e descer. Ela se encheu de vergonha quando ele pôs a mão sob o frágil tecido. Estava tocando em seus pelos púbicos. Brincava com os cachos suaves, a ponta do dedo anelar roçando em um lugar tão sensível que ela se sobressaltou. Olhando para seu rosto corado, Matthew se afastou.

– Daisy, meu amor – sussurrou. – Você é tão macia... tão delicada... onde devo tocá-la? Aqui... ou aqui?

– Aí – soluçou ela quando Matthew a tocou no ponto certo. – Sim... ah, aí...

A boca de Matthew se moveu em beijos quentes do pescoço até o seio de Daisy, enquanto ele deslizava os dedos para mais fundo entre as pernas dela. Quando a massageou intimamente, Daisy se tornou consciente de uma desconcertante umidade naquele lugar secreto. Não havia esperado por isso, o que a fez se perguntar se estava tão bem informada quanto pensava.

Consternada, começou a dizer algo, mas se calou ao sentir o dedo de Matthew penetrando-a. *Aquilo* era algo que também não havia esperado.

Matthew ergueu a cabeça do seio dela, seus olhos cheios de um ardor lânguido. Observou o rosto de Daisy enquanto explorava o interior do corpo dela com uma leve massagem que a levou a um nível de prazer insuportável. Ela se arqueou para cima e gemeu ansiosamente, retribuindo os beijos com incontrolável fervor.

– Gosta disso? – sussurrou ele.

– Sim, eu… – Ela tentou falar entre indefesos gemidos. – Achei… que ia doer.

– Isto não. – Matthew esboçou um sorriso. – Mas depois pode ter um motivo para se queixar. – Seu rosto brilhava de suor enquanto ele sentia a pulsação do corpo de Daisy ao redor de seu dedo explorador. – Não sei se conseguirei ser gentil. Eu a desejei por tempo demais.

– Confio em você – sussurrou ela.

Matthew balançou a cabeça, tirando seu dedo de dentro dela.

– Você tem um péssimo julgamento. Está na cama com o último homem no mundo em que deveria confiar e prestes a cometer o maior erro de sua vida.

– Esse é seu jogo de sedução?

– Achei que deveria lhe dar um último aviso. Agora está perdida.

– Ah, bom.

Daisy se moveu para ajudá-lo enquanto ele tirava suas roupas de baixo e as meias. Ela arregalou os olhos quando Matthew começou a desabotoar as calças. Com curiosidade e timidez, estendeu a mão para ajudá-lo. Os lábios de Matthew tremeram quando ele sentiu a mão pequena e fria de Daisy deslizar para dentro de suas calças. Ela o acariciou cuidadosamente, descobrindo-lhe o comprimento e a rigidez e adorando o modo como o corpo dele tremia.

– Como devo tocá-lo? – sussurrou.

Matthew balançou a cabeça com um sorriso trêmulo.

– Daisy… é melhor não me tocar como fez agora.

– Fiz errado? – perguntou ela, preocupada.

– Não, não... – Ele a abraçou, beijando-lhe o rosto, a orelha e os cabelos. – Fez muito bem.

Deitou-a novamente sobre os travesseiros e a acariciou com delicadeza. Despiu-se e foi para cima dela. Daisy estremeceu ao sentir as deliciosas texturas daquele corpo, a pele lisa, suave e quente. Havia tantas coisas acontecendo ao mesmo tempo que não conseguia assimilar tudo: a umidade, o calor da boca de Matthew, os dedos longos e sedutores, o roçar dos cabelos dele em seus seios e sua barriga.

A língua sedosa de Matthew girando em seu umbigo a deixou incendiada. Vagamente consciente da área que percorria, Daisy se retesou. Sem perceber o que provocava nela, ele continuou, descendo mais até Daisy dar um gritinho abafado e empurrar sua cabeça.

– O que foi? – perguntou Matthew apoiando-se em seus cotovelos.

Vermelha de vergonha, ela mal conseguiu explicar:

– Estava perto demais da minha... Bem, você sem querer...

A voz de Daisy foi se tornando abafada e então a compreensão foi visível nos olhos de Matthew. Ele baixou rapidamente a cabeça para esconder sua expressão e seus ombros estremeceram. Respondeu com grande cuidado, ainda sem olhar para ela:

– Não foi sem querer. Eu queria fazer isso.

Daisy ficou atônita.

– Mas ia me beijar bem em minha... – Ela se interrompeu ao ver os olhos azuis sorridentes dele.

Matthew não estava nem um pouco envergonhado – estava *se divertindo*.

– Você não está chocada, está? Achei que fosse bem informada.

– Bem, ninguém jamais escreveria sobre algo *assim*.

Ele encolheu os ombros, seus olhos brilhando.

– Você é uma autoridade literária.

– Está caçoando de mim.

– Apenas um pouco – sussurrou Matthew.

Daisy agitou as pernas tentando se soltar e ele as segurou. Ela começou a falar nervosamente até sentir a boca de Matthew chegar ao seu quadril.

– Em a-alguns romances que li há certas partes, é claro. – Daisy tomou fôlego ao sentir os dentes dele lhe mordiscando a parte interna da coxa. – Mas... acho que foram escritas de modo tão metafórico que não entendi mu-muito bem... Ah, *por favor*, acho que não deveria fazer isso...

– E isto?

– *Definitivamente* não. – Ela se contorceu, tentando escapar.

Mas Matthew havia posto as mãos atrás de seus joelhos e os afastado enquanto fazia coisas perversas com a língua. Daisy começou a tremer quando ele encontrou o ponto sensível em que tocara antes. A boca de Matthew era macia, quente e exigente, sugando-a até o prazer inundá-la daquele lugar em que a possuía. Quando ela lhe implorou para parar, ele a atormentou ainda mais, lambendo e explorando mais fundo até Daisy atingir o clímax e gritar de estonteante alívio.

Depois de um longo tempo, Matthew se moveu para cima e a abraçou. Em um ímpeto, ela o cingiu com os braços e as pernas. Ele se acomodou entre suas pernas abertas, tremendo com o esforço para ser gentil. Subitamente investiu, murmurando palavras amorosas junto ao seu pescoço e tentando acalmá-la enquanto a penetrava mais fundo.

Quando estavam totalmente unidos, Matthew ficou parado, tentando não lhe causar mais dor. Ele estava com uma forte ereção e Daisy teve a curiosa sensação de estar sendo possuída. Sabia que preenchia a mente e o coração de Matthew enquanto ele preenchia seu corpo. Querendo lhe dar o mesmo prazer que recebera, arqueou os quadris.

– Daisy... não, espere...

Ela arqueou os quadris de novo, e de novo, tentando se aproximar mais. Matthew gemeu e começou a penetrá-la mais fundo em um ritmo sutil. Ele a beijou com paixão e estremeceu com a intensidade de seu clímax.

Depois ambos ficaram calados por alguns minutos enquanto Matthew a abraçava, com a cabeça dela contra seu ombro. Então ele se afastou cuidadosamente e, quando ela protestou, sussurrou-lhe para ficar quieta.

– Deixe-me cuidar de você.

Daisy não entendeu o que Matthew queria dizer, mas estava tão enfraquecida que permaneceu deitada com os olhos fechados enquanto ele saía da cama. Logo ele voltou com um pano úmido e limpou o suor do corpo dela e a parte dolorida entre as coxas.

Quando Matthew deitou ao seu lado, Daisy se aconchegou e suspirou de prazer enquanto ele puxava as cobertas para cobri-los. Ela encostou o ouvido em seu peito, ouvindo os fortes batimentos de seu coração.

Supôs que deveria sentir vergonha de ter se trancado no quarto de Matthew e ter pedido que ele a seduzisse. Em vez disso, sentia-se triunfante. E estranhamente insegura, como se estivesse à beira de um novo tipo de intimidade que ia além da intimidade física.

Queria saber tudo sobre Matthew – nunca sentira tamanha curiosidade sobre alguém. Mas talvez devesse ter um pouco de paciência até ambos terem tempo de se ajustar à nova situação.

Enquanto o calor de seus corpos se misturava sob as cobertas, Daisy sentiu uma profunda necessidade de dormir.

Nunca havia imaginado como era bom ficar deitada quieta nos braços de um homem sentindo seu cheiro e sua força.

– Não durma. Temos de sair daqui.

– Não estou dormindo. Só estou... – Ela parou para dar um grande bocejo –... descansando meus olhos.

– Só por um minuto.

Ele acariciou os cabelos dela e toda a extensão das costas. Foi suficiente para fazê-la mergulhar em um doce e escuro esquecimento.

~

Daisy acordou com o som da chuva batendo no telhado e sentindo uma brisa úmida entrando pela janela aberta. O tempo de Hampshire decidira esfriar à tarde com um inesperado aguaceiro, do tipo que não durava mais de uma hora e deixava a terra esponjosa e perfumada.

Pestanejando, Daisy registrou o ambiente desconhecido, a cama masculina... a estranheza de um corpo musculoso nu às suas costas. E a respiração de alguém em seus cabelos. Ela se retesou, surpresa, desejando saber se Matthew estava acordado. A respiração dele não havia se alterado, mas seus olhos se abriram... e ele sorriu.

Pouco a pouco, Matthew deslizou o braço sobre seu corpo. Gentilmente, puxou-a para si e ambos ficaram observando a chuva em silêncio. Daisy tentou se lembrar de se alguma vez já se sentira tão segura e satisfeita. Nunca, concluiu. Nada poderia se comparar a isso.

Sentindo-a sorrir contra seu braço, Matthew murmurou:

– Você gosta de chuva.

– Sim. – Ela explorou com os dedos a superfície peluda da perna dele, impressionada com quanto a panturrilha era longa. – Algumas coisas são melhores quando chove. Como ler. Dormir. Ou isto.

– Ficar deitada na cama comigo? – Ele pareceu divertido. Daisy assentiu.

– É como se nós dois fôssemos as únicas pessoas no mundo.

Ele passou os dedos pela clavícula e pela lateral do pescoço dela.

– Eu a machuquei, Daisy? – sussurrou.

– Bem, foi um pouco desconfortável quando você... – Ela parou e corou. – Mas eu esperava isso. Minhas amigas me disseram que melhora depois da primeira vez.

Os dedos de Matthew perambularam para a orelha e a bochecha quente de Daisy. Ele disse com uma voz sorridente:

– Farei tudo o que puder para isso.

– Está arrependido?

Ela fechou a mão enquanto esperava, tensa, pela resposta.

– Meu Deus, não! – Ele beijou a pequena mão de Daisy, a abriu e a pôs aberta sobre a lateral de seu rosto. – Isso foi o que eu mais quis em toda a minha vida. E a única coisa que sabia que nunca poderia ter. Estou surpreso. Até mesmo chocado. Mas de modo algum arrependido.

Daisy se virou e se aconchegou no corpo dele, colocando uma das coxas entre as dele.

A chuva batia com força e entrava um pouco pela janela. Considerando a ideia de sair da cama, Daisy estremeceu e sentiu Matthew cobrir seu ombro nu.

– Daisy – perguntou ele –, onde está a chave?

– Eu a pus no bolso do seu casaco – respondeu ela. – Não viu? Não? Bem, acho que naquela hora você estava distraído. – Ela passou a mão pelo peito de Matthew, acariciando-lhe o mamilo. – Deve estar zangado comigo por ter nos trancado no quarto.

– Furioso – concordou ele. – Insisto que você faça isso todas as noites depois que nos casarmos.

– Vamos nos casar? – sussurrou Daisy, erguendo a cabeça.

O olhar de Matthew era cálido, mas não havia nenhuma satisfação em sua voz.

– Sim, vamos. Embora algum dia você vá me odiar por isso.

– Por que eu iria… *ah*. – Daisy se lembrou do que ele lhe dissera sobre a possibilidade de seu passado vir à tona. – Eu nunca o odiaria. Não tenho medo de seus segredos, Matthew. Eu os enfrentarei com você. Embora deva saber que é exasperante você fazer esses comentários e se recusar a explicá-los.

Matthew deu uma súbita risada.

– Esse é apenas um dos muitos motivos pelos quais você me acha exasperante.

– É verdade. – Daisy se arrastou para cima dele e esfregou o nariz em seu peito como uma gatinha curiosa. – Mas gosto mais dos homens exasperantes do que dos agradáveis.

Ele franziu suas sobrancelhas escuras.

– Como Llandrindon?

– Sim, ele é muito mais agradável do que você. – Experimentando sensações, Daisy pôs a boca no mamilo dele e o tocou com a língua. – Sente o mesmo que eu sinto quando faz isso comigo?

– Não. Embora aprecie seu esforço. – Matthew ergueu o rosto dela. – Llandrindon a beijou?

Ela assentiu lentamente.

– Só uma vez.

O ciúme foi perceptível na voz dele.

– Você gostou?

– Queria ter gostado. Tentei gostar. – Ela fechou os olhos e virou sua bochecha na palma da mão dele. – Mas não foi nada parecido com seus beijos.

– Daisy – sussurrou Matthew, virando-a até aconchegá-

-la novamente junto a ele. – Eu não queria que isso acontecesse. – Seus dedos investigaram os ângulos delicados de seu rosto, a curva sorridente de seus lábios. – Mas agora parece impossível eu ter me contido por tanto tempo.

Daisy estremeceu sob aquelas carícias.

– Matthew, o que vai acontecer agora? Falará com meu pai?

– Ainda não. Para manter pelo menos uma aparência de decoro, esperarei até voltar de Bristol. A essa altura a maioria dos hóspedes terá partido e a família terá mais privacidade para lidar com essa situação.

– Meu pai ficará muito feliz. Mas minha mãe terá um ataque de raiva. E Lillian...

– Explodirá.

Daisy suspirou.

– Meus irmãos também não gostam muito de você.

– Sério? – disse ele com fingida surpresa.

Preocupada, Daisy olhou para seu rosto sombrio.

– E se você mudar de ideia? E se voltar e me disser que estava enganado, que não quer se casar comigo e...

– Não – disse Matthew, acariciando-lhe os cabelos desgrenhados. – Não há volta. Eu tirei sua inocência. Não fugirei da minha responsabilidade.

Daisy franziu o cenho, sem gostar da escolha das palavras.

– Qual é o problema? – perguntou ele.

– O modo como você falou... como se tivesse de reparar um erro terrível. Não é a coisa mais romântica de se dizer, especialmente nas atuais circunstâncias.

– Ah. – Subitamente Matthew sorriu. – Não sou um homem romântico, querida. Você já sabia disso. – Ele baixou a cabeça, beijou o pescoço de Daisy e mordiscou sua orelha. – Mas *sou* responsável por você agora. – Ele desceu até o ombro. – Por sua segurança... seu bem-estar... seu prazer... e levo minhas responsabilidades muito a sério...

Ele beijou os seios dela, sugando os mamilos para o calor de sua boca. Sua mão afastou as coxas de Daisy e brincou gentilmente entre elas.

Daisy deixou escapar um gemido de prazer e ele sorriu.

– Adoro ouvir seus gemidos – murmurou ele. – Quando a toco assim... e assim... e quando se arqueia para mim...

Com o rosto ardendo, Daisy tentou ficar quieta, mas um momento depois ele lhe arrancou outro gemido.

– Matthew...?

Ela curvou os dedos dos pés ao senti-lo deslizar para baixo, a língua fazendo cócegas em seu umbigo. A voz de Matthew foi abafada pelas cobertas sobre sua cabeça.

– O que é, tagarela?

– Você vai fazer... – Ela se interrompeu com um gritinho quando ele lhe afastou os joelhos –... o que fez antes?

– Pelo visto, sim.

– Mas nós já...

A questão de por que ele queria fazer amor com ela duas vezes seguidas de repente foi esquecida. Daisy percebeu que ele investigava sua delicada virilha e as partes internas de suas pernas, e se sentiu fraca. Ele a mordiscou habilmente... a acariciou devagar com a língua... brincou com a abertura dolorida de seu corpo... e subiu até encontrar um lugar que a fez ofegar e gemer.

Matthew a provocou com enlouquecedora delicadeza, afastando-se devagar e depois voltando com lambidas quentes e rápidas... ela puxou a cabeça dele para entre suas coxas e a manteve ali, arqueando-se, tremendo e pulsando de prazer.

Matthew a levou a um nível impossível de arrebatamento, acima da tempestade, do próprio céu... Quando Daisy voltou a si, estava nos braços dele, o som afável da chuva primaveril acalmando os batimentos do seu coração.

CAPÍTULO 12

Como a maior parte dos convidados iria embora na manhã seguinte, o jantar daquela noite foi longo e elaborado. Duas longas mesas com cristais e porcelanas brilhavam à luz de candelabros. Um exército de criados de libré nas cores azul, mostarda, preto e dourado se moviam habilmente ao redor dos convidados, enchendo taças de água e vinho e os servindo com silenciosa precisão.

Era um jantar magnífico. Infelizmente, Daisy nunca estivera menos interessada em comer. Era uma pena não poder fazer justiça à refeição, com salmão escocês grelhado, costeletas assadas fumegantes, perna de veado acompanhada de salsichas e timos e caçarolas de vegetais cobertas de creme, manteiga e trufas. De sobremesa havia luxuosas travessas de frutas – framboesa, nectarina, cereja, pêssego e abacaxi –, assim como uma profusão de bolos, tortas e *syllabubs*.

Daisy se forçou a comer, rir e conversar do modo mais natural possível. Mas não era fácil. Matthew estava sentado a alguns lugares de distância, do outro lado da mesa, e sempre que seus olhares se encontravam ela quase engasgava.

A conversa fluía ao seu redor e Daisy reagia distraída, enquanto sua mente permanecia focada na lembrança do que acontecera algumas horas antes. Quem a conhecia bem, como a irmã e suas amigas, notou essa mudança de comportamento. Até mesmo Westcliff lhe lançara alguns olhares curiosos.

Daisy sentiu calor na sala iluminada e abafada e ela corou. Seu corpo estava muito sensível. As roupas de baixo a irritavam, o espartilho era insuportável e as meias lhe apertavam as coxas. Sempre que se movia, havia lembretes da tarde com Matthew: dor entre as pernas, pontadas e contrações em lugares inesperados. Contudo, seu corpo queria mais... as mãos e a boca irrequieta de Matthew, a rigidez dentro dela...

Sentindo seu rosto queimar de novo, Daisy se dedicou a passar manteiga em um pedaço de pão. Ela olhou para Matthew, que conversava com uma dama à sua esquerda.

Sentindo o olhar furtivo de Daisy, Matthew olhou em sua direção. As profundezas de seus olhos azuis arderam de paixão e seu peito se moveu enquanto ele respirava profundamente. Então voltou sua atenção para a dama, concentrando-se nela com um interesse lisonjeiro que a fez rir.

Daisy levou aos lábios uma taça de vinho com água e se forçou a prestar atenção em uma conversa à sua direita... algo sobre uma excursão aos distritos do lago e às Terras Altas da Escócia. Contudo, logo voltou a se concentrar em sua própria situação.

Não lamentava sua decisão, mas não era ingênua a ponto de acreditar que tudo seria fácil dali em diante. Pelo contrário. Havia a questão de onde viveriam, quando Matthew a levaria de volta para Nova York. Ela conseguiria ser feliz longe de sua irmã e de suas amigas? Seria uma esposa adequada para um homem que habitava um mundo em que ela nunca conseguira se encaixar? E que tipo de segredos Matthew escondia?

Mas Daisy se lembrou do tom suave e vibrante na voz dele quando dissera: "Você sempre foi tudo que eu achava que uma mulher deveria ser."

Matthew era o único homem que a desejara sem querer mudar quem ela era. (Sem falar em Llandrindon, mas a paixão dele surgira um pouco rápido demais e provavelmente desapareceria com igual rapidez.)

Seu casamento com Matthew não seria diferente do de Lillian com Westcliff: duas pessoas voluntariosas com sensibilidades muito diferentes. Eles discutiriam e negociariam com frequência. Contudo, isso não enfraqueceria seu casamento. Pelo contrário, só o tornaria mais forte.

Ela pensou nos casamentos de suas amigas... Annabelle e o Sr. Hunt eram uma harmoniosa combinação de temperamentos parecidos. Evie e lorde St. Vincent, de naturezas opostas, se complementavam, assim como o dia e a noite precisavam um do outro para existir. Era impossível dizer que qualquer um desses casamentos era melhor do que o dos outros.

Talvez, apesar de tudo que ouvira sobre o ideal de um casamento perfeito, isso não existisse. Talvez cada casamento fosse único. Esse era um pensamento confortador.

E a encheu de esperança.

~

Depois do jantar interminável, Daisy alegou dor de cabeça para não suportar o ritual de chá e fofocas. Na verdade, isso não era de todo mentira – a combinação de luz, barulho e tensão emocional fizera suas têmporas latejarem. Com um sorriso sofrido, ela pediu licença e se dirigiu à grande escada.

Mas ao chegar ao saguão principal, ouviu a voz da irmã.

– Daisy? Quero falar com você.

Daisy conhecia Lillian bem o suficiente para perceber o nervosismo na voz dela. Sua irmã mais velha estava receosa e preocupada e queria discutir exaustivamente todos os problemas.

Mas ela estava muito cansada para isso.

– Agora não, por favor – disse com um sorriso tranquilizador. – Pode esperar até mais tarde?

– Não.

– Estou com dor de cabeça.

– Eu também, mas vamos conversar mesmo assim.

Daisy se sentiu à beira da exasperação. Não parecia demais pedir à irmã um pouco de paz depois de todos os anos de apoio e lealdade inquestionáveis.

– Vou dormir – disse, seu olhar firme desafiando a irmã a se opor. – Não quero explicar nada, especialmente quando é óbvio que você não tem nenhuma intenção de ouvir. Boa noite. – Vendo o olhar chocado no rosto de Lillian, acrescentou gentilmente: – Eu amo você.

E, ficando nas pontas dos pés, beijou-lhe a bochecha e foi para a escada. Lillian resistiu a tentação de segui-la. Sentiu alguém tocando em seu cotovelo, se virou e viu Annabelle e Evie, ambas parecendo solidárias.

– Ela não quer falar comigo! – exclamou Lillian.

Evie, que costumava hesitar em tocá-la, lhe deu o braço.

– Va-vamos para a estufa – sugeriu.

~

A estufa era de longe o lugar preferido de Lillian. Tinha longas paredes de vidro e o chão pontuado de grades de ferro que deixavam o calor das fornalhas abaixo se espalhar pelo ambiente. Laranjeiras e limoeiros exalavam um aroma cítrico, enquanto uma estrutura interna repleta de plantas tropicais acrescentava exóticas fragrâncias ao ambiente.

Encontrando um pequeno grupo de cadeiras, as três amigas se sentaram. Os ombros de Lillian se curvaram quando ela disse mal-humorada:

– Acho que eles fizeram aquilo.

– Quem fez o quê? – perguntou Evie.

– Daisy e o Sr. Swift – murmurou Annabelle com um toque de divertimento. – Estamos pensando que eles podem ter tido… conhecimento carnal um do outro.

Evie pareceu perplexa.

– Por que estão pensando isso?

– Bem, você estava sentada à outra mesa, querida, por isso não pôde ver, mas no jantar houve... – Annabelle ergueu as sobrancelhas significativamente –... *olhares.*

– Ah. – Evie encolheu os ombros. – Então daria no mesmo se eu estivesse à sua mesa. – Nunca fui muito boa em perceber *olhares.*

– Eram *olhares óbvios* – disse Lillian sombriamente. – Não podia ter sido mais claro se o Sr. Swift tivesse subido na mesa e feito um anúncio.

– O Sr. Swift nunca seria tão vulgar – retrucou Evie. – Mesmo sendo americano.

Lillian contorceu o rosto em uma careta feroz.

– O que aconteceu com "eu nunca seria feliz casada com um frio homem de negócios"? O que aconteceu com "quero que sempre fiquemos juntas"? Maldição, não posso acreditar que Daisy fez isso! Tudo estava indo tão bem com lorde Llandrindon! O que deu nela para dormir com Matthew Swift?

– Duvido que tenham dormido – respondeu Annabelle com um brilho nos olhos.

Lillian estreitou os dela.

– Se você tem o mau gosto de achar graça nisso, Annabelle...

– Daisy nunca se interessou por lorde Llandrindon – apressou-se a dizer Evie, tentando evitar uma briga. – Ela só o estava usando para provocar ciúmes no Sr. Swift.

– Como você sabe? – perguntaram as outras duas ao mesmo tempo.

– Bem, eu... – Evie fez um gesto de desamparo com as mãos. – Na semana passada eu ma-mais ou menos inadvertidamente su-sugeri que ela tentasse deixá-lo com ciúmes. E deu certo.

Lillian fez um esforço violento para conseguir falar.

– De todas as asneiras, idiotices e imbecilidades...

– Por quê, Evie? – perguntou Annabelle em um tom bem mais gentil.

– Daisy e eu por acaso ouvimos o Sr. Swift fa-falando com lorde Llandrindon. Ele estava tentando co-convencê--lo a cortejá-la, e ficou óbvio que ele a desejava.

– Aposto que ele planejou isso – disparou Lillian. – De algum modo ele sabia que vocês o ouviriam. Isso foi um uma trama diabólica e sinistra, e você participou dela!

– Acho que não – respondeu Evie, olhando para o rosto carmesim de Lillian: – Vai gritar comigo?

Lillian balançou a cabeça e segurou o rosto com as mãos.

– Eu gritaria como um demônio, se soubesse que isso ajudaria. Mas como estou bastante certa de que Daisy teve intimidade com aquela cobra, provavelmente não há mais nada que se possa fazer para salvá-la.

– Talvez ela não queira ser salva – salientou Evie.

– Porque perdeu totalmente o juízo! – grunhiu Lillian.

Annabelle assentiu.

– Obviamente. Daisy dormiu com um homem bonito, jovem, rico e inteligente que pelo visto está apaixonado por ela. O que em nome de Deus ela poderia estar pensando? – Ela sorriu ao ouvir a resposta profana de Lillian e pôs a mão gentilmente no ombro da amiga. – Querida, como você bem sabe, houve um tempo em que eu não me importava se me casaria com um homem que amasse ou não... Parecia suficiente tirar minha família da situação desesperada em que estávamos. Mas soube que Simon era a única escolha quando pensei em como seria dividir uma cama com meu marido. – Ela parou e súbitas lágrimas brilharam em seus olhos. A bela e controlada Annabelle raramente chorava. – Quando eu estiver doente, quando sentir medo e precisar de alguma coisa, sei que ele moverá céu e terra para fazer tudo ficar bem. Confio nele com todas as fibras do meu ser. E quando vejo nossa filha, nós dois unidos para sempre nela... Meu Deus, como fico grata por ter me casado com Simon! Todas nós pudemos escolher nossos maridos, Lillian. Você tem de deixar Daisy fazer o mesmo.

Lillian agitou sua mão, irritada.

– Ele não é do mesmo calibre de nenhum de nossos maridos. Nem mesmo como St. Vincent, que pode ter sido libertino e mulherengo, mas pelo menos tem coração. – Ela parou e murmurou: – Sem querer ofender, Evie.

– Está bem – disse Evie, seus lábios tremendo como se ela estivesse tentando conter uma risada.

– A verdade – disse Lillian com preocupação – é que sou totalmente a favor de Daisy ter liberdade de escolha, desde que não faça a errada.

– Querida... – começou Annabelle em uma cuidadosa tentativa de corrigir uma falha em sua lógica, mas Evie a interrompeu.

– Eu a-acho que Daisy tem o direito de cometer um erro. Tudo que podemos fazer é ajudá-la.

– Não poderemos ajudá-la se ela estiver na maldita Nova York! – retorquiu Lillian.

Depois disso, Evie e Annabelle não discutiram mais com ela, concordando tacitamente em que havia alguns problemas que meras palavras não podiam resolver e alguns temores que não podiam ser aplacados. Elas fizeram o que as amigas fazem nessas situações: sentaram-se com Lillian em amigável silêncio e a abraçaram.

~

Um banho quente ajudou a acalmar o corpo e os nervos de Daisy. Sentindo-se renovada, vestiu uma camisola branca e começou a escovar seus cabelos enquanto duas criadas levavam a banheira.

As cerdas percorreram seus cabelos até a cintura, formando um brilhante rio de ébano. Ela olhou para a noite úmida de primavera pela porta aberta do balcão. O céu sem estrelas estava da cor de ameixa.

Sorrindo distraidamente, ouviu o clique da porta do quarto às suas costas. Presumindo que uma das criadas voltara para buscar uma toalha ou a saboneteira, continuou a olhar para fora.

Subitamente sentiu um toque em seu ombro seguido do calor da mão grande de alguém deslizando por seu peito. Ela se sobressaltou e foi puxada para trás contra um duro corpo masculino.

A voz grave de Matthew lhe fez cócegas no ouvido.

– No que você está pensando?

– Em você, é claro. – Daisy se apoiou nele, seus dedos subindo para lhe acariciar o antebraço peludo até a beira da manga da camisa, enrolada para cima. Então voltou a olhar para fora. – Este quarto pertencia a uma das irmãs do conde – observou. – Eu soube que o amante dela, um cavalariço, costumava escalar a parede até a varanda para visitá-la. Como Romeu.

– Espero que a recompensa tenha valido o risco – disse Matthew.

– Você correria esse risco por mim?

– Se fosse o único modo de estar com você. Mas não faz nenhum sentido escalar dois andares até o balcão quando há uma ótima porta disponível.

– Usar a porta não é tão romântico.

– Quebrar o pescoço também não é.

– Como você é prático! – disse Daisy com uma risada, virando-se em seus braços. As roupas de Matthew cheiravam a ar livre, com um traço acre de tabaco. Ele devia ter saído para o terraço dos fundos com alguns dos cavalheiros após o jantar. Aconchegando-se mais, Daisy sentiu o cheiro familiar de pele limpa e goma de camisa. – Adoro seu cheiro. Se eu entrasse com os olhos vendados em uma sala onde havia cem homens, poderia encontrá-lo imediatamente.

– Outro jogo de salão? – disse Matthew, e eles riram juntos. Daisy segurou a mão dele e o puxou para a cama.

– Venha se deitar comigo.

Matthew balançou a cabeça, resistindo.

– Só ficarei por alguns minutos. Westcliff e eu partiremos ao amanhecer. – Seu olhar deslizou avidamente pela camisola branca. – E se chegarmos perto dessa cama, não resistirei a fazer amor com você.

– Eu não me importaria com isso – disse Daisy timidamente.

Ele a puxou para seus braços e a abraçou.

– Não tão cedo depois da primeira vez. Você precisa descansar.

– Então por que está aqui?

Daisy sentiu a bochecha de Matthew roçar no alto de sua cabeça. Mesmo depois de tudo que acontecera, parecia impossível que Matthew Swift a estivesse abraçando com tanta ternura.

– Eu só queria lhe dar boa noite – sussurrou ele.

Daisy o olhou curiosa e ele lhe roubou um beijo como se não tivesse conseguido se conter.

– Não precisa se preocupar com a possibilidade de eu mudar de ideia sobre me casar com você. Na verdade, de agora em diante terá muita dificuldade em se livrar de mim.

– Sim – disse Daisy sorrindo. – Sei que você é confiável.

Forçando-se a soltá-la, Matthew foi para a porta. Abriu-a com cautela e espiou, certificando-se de que o corredor estava vazio.

– Matthew – sussurrou ela.

Ele a olhou por cima do ombro.

– O que foi?

– Volte logo para mim.

O que Matthew viu no rosto de Daisy fez seus olhos brilharem na penumbra. Ele assentiu e foi embora enquanto ainda conseguia ir.

CAPÍTULO 13

Matthew logo descobriu que estar em Bristol com lorde Westcliff era muito diferente de estar sozinho na cidade portuária. Planejara ficar em uma estalagem na parte central de Bristol. Estando na companhia de Westcliff, eles se hospedaram temporariamente na casa de uma rica família que atuava na área de construção naval. Matthew concluiu que muitos convites desse tipo foram feitos por parte de prósperas famílias locais, todas ansiosas por receber o conde do melhor modo possível.

Todos eram ou queriam ser amigos de Westcliff. Para lhe fazer justiça, era mais do que o nome e o título que inspiravam tanto entusiasmo... Sua fama de político progressista, sem falar de hábil homem de negócios, o tornava alguém muito requisitado em Bristol.

A cidade, que perdia para Londres apenas em volume de comércio, passava por um expressivo período de desenvolvimento. Enquanto as áreas comerciais se expandiam e os muros da cidade antiga vinham abaixo, caminhos estreitos eram alargados e novas estradas surgiam diariamente. Além disso, uma rede ferroviária na zona portuária ligando a estação Temple Mead às docas acabara de ser concluída.

Como resultado disso, não havia nenhum lugar melhor na Europa para a instalação de uma fábrica.

A contragosto, Matthew havia admitido para Westcliff que a presença dele facilitara as negociações. E reconhecera que tinha muito a aprender com o conde, que possuía um vasto conhecimento do negócio e do setor.

Por exemplo, quando eles falaram sobre a produção de locomotivas, o conde não só mostrou familiaridade com os princípios de engenharia como foi capaz de nomear uma dúzia de peças usadas em suas últimas locomotivas.

Sem modéstia, Matthew nunca havia conhecido outro homem que rivalizasse com sua própria capacidade de assimilar e reter grandes quantidades de conhecimento técnico. Até Westcliff. Isso resultava em conversas interessantes, pelo menos para eles dois. Qualquer outro participante bufaria depois de cinco minutos.

De sua parte, Marcus fora passar aquela semana em Bristol com um duplo objetivo: realizar objetivos de negócios... e conhecer melhor Matthew Swift.

Não havia sido fácil para Marcus sair do lado de Lillian. Descobrira que, embora os acontecimentos do parto fossem muito banais quando envolviam outras pessoas, assumiam uma importância monumental quando se tratavam de sua esposa e filha. Tudo em sua filha era fascinante: o padrão de sono e despertar, o primeiro banho, o modo como ela mexia os dedos dos pés, vê-la ao seio de Lillian.

Embora algumas damas da classe alta amamentassem seus próprios filhos, era muito mais comum a contratação de uma ama-seca. Contudo, Lillian mudara de ideia depois que Merritt nasceu.

– Ela me quer – dissera-lhe.

Ele não ousara salientar que a bebê ainda não tinha capacidade de discutir esse assunto e poderia ficar igualmente satisfeita com uma ama-seca.

O medo de Marcus de sua mulher sucumbir à febre puerperal diminuíra dia após dia enquanto Lillian voltava ao seu velho estado saudável, esguio e vigoroso. Isso era um grande alívio. Nunca havia amado tanto alguém e não imaginara que Lillian se tornaria tão rapidamente uma condição essencial para sua felicidade. Faria tudo por ela. E diante da preocupação de Lillian com a irmã, decidira chegar a algumas conclusões definitivas sobre Matthew Swift.

Quando eles se encontraram com representantes da ferrovia Great Westner, o supervisor da doca e vários membros do conselho e administradores, Marcus ficou impressionado com o modo como Swift se soltava. Até então só o tinha visto interagir com os prósperos convidados em Stony Cross, mas logo ficou claro que ele era capaz de se relacionar facilmente com várias pessoas, de aristocratas idosos a jovens e robustos trabalhadores. Quando se tratava de negociar, Swift era agressivo sem ser descortês. Calmo, firme e sensato, também possuía um humor cáustico que usava com bons resultados.

Marcus podia ver a influência de Thomas Bowman na tenacidade e na disposição de Swift de fazer valer suas opiniões. Mas, ao contrário de Bowman, Swift tinha uma presença e confiança naturais a que as pessoas reagiam intuitivamente. *Ele se sairia bem em Bristol*, pensou Marcus. Aquele era um bom lugar para um jovem ambicioso que oferecia as mesmas oportunidades de Londres, se não mais.

Quanto a se Matthew Swift seria adequado para Daisy, isso era mais incerto. Marcus era avesso a fazer julgamentos desse tipo, tendo aprendido por experiência própria que não era infalível. Sua oposição inicial ao casamento de Annabelle e Simon Hunt era um exemplo disso. Mas um julgamento teria de ser feito. Daisy merecia um marido que fosse gentil com ela.

Após uma reunião com os representantes da ferrovia, Marcus e Swift caminharam pela Corn Street através de um mercado cheio de barracas de frutas e vegetais. Recentemente o pavimento fora erguido para proteger pedestres de lixo e espirros de lama da rua. Lojas vendiam produtos como livros, artigos de toucador e objetos de vidro feitos com arenito local.

Os dois pararam e entraram em uma taverna para uma refeição simples. O local estava cheio, de comerciantes ricos a trabalhadores do estaleiro.

Relaxando no ambiente barulhento, Marcus levou aos lábios uma caneca de cerveja escura Bristol. Estava gelada e amarga, descendo rapidamente por sua garganta e deixando um sabor residual suave.

Enquanto Marcus pensava nos vários modos de tocar no assunto de Daisy, Swift o surpreendeu com uma afirmação franca:

– Milorde, há algo sobre o qual gostaria de lhe falar.

Marcus adotou uma expressão encorajadora.

– Muito bem.

– A Srta. Bowman e eu chegamos a um… entendimento. Após considerar as vantagens lógicas dos dois lados, tomei uma decisão sensata e pragmática de que deveríamos…

– Há quanto tempo está apaixonado por ela? – interrompeu-o Marcus, divertindo-se por dentro.

Swift deixou escapar um suspiro tenso.

– Anos – admitiu. Ele passou a mão por seus cabelos curtos e grossos, despenteando-os. – Mas até recentemente eu não sabia quanto.

– Essa paixão é correspondida?

– Acho que sim… – Ele se interrompeu e tomou um grande gole de cerveja. Pareceu muito jovem e preocupado ao admitir: – Não sei. Espero que com o tempo… Ah, inferno.

– Em minha opinião, não seria difícil conquistar o afeto de Daisy – disse Marcus em um tom mais gentil do que planejara. – Pelo que tenho observado, seria uma boa união para ambos.

Swift o olhou com um sorriso autodepreciativo.

– Não acha que ela ficaria melhor com um cavalheiro que lhe recitasse poesias?

– Acho que isso seria desastroso. Daisy não precisa de um marido tão sonhador quanto ela.

Estendendo a mão para a travessa de madeira com a comida entre eles, Marcus cortou um pedaço de queijo Wensleydale claro e o pôs entre duas grossas fatias de pão. Olhou para Swift, perguntando-se por que o jovem parecia sentir tão pouco prazer com aquela situação. A maioria dos homens demonstrava muito mais entusiasmo com a perspectiva de se casar com a mulher que amava.

– Bowman ficará satisfeito – observou Marcus, observando a reação de Swift.

– Isso nunca teve a ver com agradá-lo. Qualquer implicação em contrário é uma grave subestimação de tudo que a Srta. Bowman tem a oferecer.

– Não precisa se apressar a defendê-la – respondeu Marcus. – Daisy é uma diabinha encantadora, para não dizer adorável. Se ela tivesse um pouco mais de autoconfiança, e menos sensibilidade, a esta altura teria aprendido a atrair o sexo oposto com facilidade. Mas devemos lhe dar o crédito de não tratar o amor como um jogo. Poucos homens têm a capacidade de apreciar a sinceridade em uma mulher.

– Eu tenho – disse Swift sucintamente.

– Pelo visto, sim. – Marcus sentiu uma pontada de compaixão ao pensar no dilema do jovem. Sendo um homem sensato com uma louvável aversão ao melodrama, era muito constrangedor para Swift se ver ferido por uma das flechas do Cupido. – Embora não tenha pedido meu apoio ao casamento, pode contar com ele.

– Mesmo se lady Westcliff se opuser?

A menção de Lillian causou uma pontada de saudade no peito de Marcus. Ele estava sentindo ainda mais falta dela do que havia esperado.

– Lady Westcliff precisará aceitar o fato de que nem sempre as coisas acontecem do jeito que ela deseja. Se ao longo do tempo provar ser um bom marido para Daisy, minha esposa mudará de opinião. Ela é uma mulher justa.

Mas Swift ainda parecia preocupado.

– Milorde…

Ele apertou com força sua caneca.

Vendo a angústia que passava pelo rosto do jovem, Marcus parou de mastigar. Seus instintos lhe disseram que algo estava muito errado. *Maldição*, pensou, *por acaso algo que envolva os Bowmans pode ser simples?*

– O que diria de um homem que constrói sua vida sobre uma mentira?

Marcus voltou a mastigar, engoliu com força e ficou pensando enquanto bebia uma grande quantidade de cerveja.

– Mas tudo nessa vida foi baseado em uma mentira? – perguntou o conde.

– Sim.

– Roubou algo que pertencia a alguém? Causou sofrimento físico ou emocional a alguém?

– Não – respondeu Swift. – Mas envolve um problema legal.

Aquilo fez Marcus se sentir um pouco melhor. Segundo sua experiência, nem mesmo o melhor dos homens podia evitar ter ocasionalmente algum tipo de problema legal. Talvez Swift tivesse se metido em algum negócio questionável ou cometido imprudências juvenis que seriam constrangedoras se trazidas à luz tantos anos depois.

Claro que Marcus levava a sério questões de honra e um problema legal passado não era algo que se quisesse ouvir de um futuro cunhado. Por outro lado, Swift parecia ser um homem bem criado e com um bom caráter. E Marcus descobrira que gostava de muitas coisas nele.

– Temo ter de retirar meu apoio ao casamento – disse Marcus com cuidado – até saber dos detalhes. Há algo mais que possa me dizer?

Swift balançou a cabeça.

– Sinto muito. Como eu gostaria de poder.

– E se eu lhe der a minha palavra de que não trairei sua confiança?

– Não – sussurrou Swift. – Mais uma vez, sinto muito.

Marcus deu um grande suspiro e se recostou em sua cadeira.

– Infelizmente não posso resolver ou ao menos atenuar um problema que nem imagino qual seja. Por outro lado, acredito que as pessoas merecem uma segunda chance. E sempre estarei disposto a julgar um homem pelo que ele se tornou em vez de por quem ele era. Tendo dito isso... quero que me dê sua palavra sobre algo.

Swift ergueu cautelosamente seus olhos azuis.

– Sim, milorde.

– De que contará tudo para Daisy antes de se casar com ela. Explicará toda a situação e a deixará decidir se quer continuar. De que *não* a tomará como esposa sem lhe contar toda a verdade.

Swift não pestanejou.

– Tem a minha palavra.

– Ótimo. – Marcus fez um sinal para a criada da taverna.

Depois dessa conversa, precisava de algo mais forte que cerveja.

CAPÍTULO 14

Com Westcliff e Matthew fora, a propriedade parecia anormalmente silenciosa. Para alívio de Lillian e Daisy, Westcliff providenciara para que os pais delas acompanhassem uma família vizinha em uma curta viagem para Stratford-on-Avon. Eles teriam uma semana de banquetes, peças, conferências e eventos musicais, tudo parte do festival do aniversário de 280 anos do nascimento de Shakespeare. Como Westcliff convencera os Bowmans a ir era um mistério para Daisy.

– Mamãe e papai não poderiam estar menos interessados em Shakespeare! – exclamou Daisy, logo após a partida da carruagem que levava seus pais. – E não posso acreditar que papai trocou Bristol por um festival.

– Westcliff não tinha nenhuma intenção de deixar papai ir com eles – disse Lillian com um sorriso triste.

– Por que não? Afinal de contas, é o negócio do papai.

– Sim, mas em se tratando de negociações, papai é rude demais para o gosto inglês. Ele torna bastante difícil todos chegarem a um acordo. Por isso Westcliff programou a viagem para Stratford com tanto zelo. Papai não teve chance de se opor. E depois que Westcliff informou muito casualmente à nossa mãe sobre todas as famílias nobres com que ela se depararia no festival, papai não teve alternativa.

– Imagino que Westcliff e o Sr. Swift se sairão muito bem em Bristol – disse Daisy.

A expressão de Lillian imediatamente se tornou cautelosa.

– Sem dúvida.

Daisy notou que, sem suas amigas como mediadoras, Lillian e ela adotavam um modo de falar mais cuidadoso. Ela não gostava disso. Sempre tinham sido francas e abertas uma com a outra. Agora, ambas pareciam ignorar um

213

elefante branco na sala. Na verdade, toda uma manada de elefantes.

Lillian não havia perguntado se Daisy dormira com Matthew. De fato, não parecia inclinada a falar nada sobre Matthew. Também não havia perguntado por que o relacionamento emergente com lorde Llandrindon se evaporara ou por que Daisy não parecia ter nenhum interesse em terminar sua temporada em Londres.

Daisy também não tinha vontade de tocar nesses assuntos. Apesar da confiança que Matthew lhe passara antes de partir, sentia-se desconfortável e inquieta, e a última coisa que queria era uma discussão com a irmã.

Em vez disso, elas se concentraram em Merritt, revezando-se para segurá-la, vesti-la e banhá-la como se a criança fosse uma bonequinha. Embora houvesse duas criadas disponíveis para cuidar dela, Lillian relutara em entregá-la aos seus cuidados. Gostava de estar com a filha.

Antes de Mercedes partir, prevenira-a de que a bebê ficaria acostumada demais a ficar no colo.

– Você vai estragá-la – dissera para Lillian – E então ninguém jamais conseguirá largá-la.

Lillian havia retorquido que não faltavam braços na mansão de Stony Cross e Merritt seria segurada no colo quanto quisesse.

– Quero que a infância dela seja diferente da nossa – disse Lillian para Daisy mais tarde, enquanto empurravam o carrinho de bebê no jardim. – As poucas lembranças que tenho dos nossos pais são de nossa mãe se vestindo para sair à noite ou indo para o escritório do papai para lhe contar nossa última travessura. E de ser punida.

– Você se lembra de como mamãe gritava quando patinávamos na calçada e derrubávamos os vizinhos? – perguntou Daisy com um sorriso.

Lillian riu.

– Exceto quando eram os Astors. Aí tudo bem.

– Ou quando os gêmeos fizeram uma pequena horta e colhemos todas as batatas antes da hora?

– Quando pegávamos caranguejos em Long Island...

– Jogávamos *rounders*...

As lembranças encheram as duas irmãs de alegria.

– Quem teria imaginado – disse Daisy com um sorriso – que você acabaria se casando com um nobre inglês e eu seria... uma solteirona.

– Não seja boba – disse Lillian brandamente. – É óbvio que não será uma solteirona.

Foi o mais perto que elas chegaram de discutir o relacionamento de Daisy com Matthew Swift. Ao pensar na incomum reserva de Lillian, Daisy percebeu que a irmã queria evitar uma briga com ela. E se para isso tivesse de incluir Matthew Swift na família, faria o possível para tolerá-lo. Sabendo quanto era difícil para a irmã guardar as opiniões para si mesma, Daisy teve vontade de abraçá-la. Em vez disso, foi assumir a direção do carrinho.

– Minha vez de empurrar.

Elas continuaram a andar.

Daisy voltou às lembranças delas.

– Você se lembra de quando viramos a canoa no lago?

– Com a governanta dentro – acrescentou Lillian, e elas sorriram uma para a outra.

~

Os Bowmans foram os primeiros a voltar no sábado. Como era de esperar, o festival de Shakespeare fora uma verdadeira tortura para Thomas.

– Onde está Swift? – perguntou ele no minuto em que entrou na mansão. – Onde está Westcliff? Quero um relatório das negociações.

– Eles ainda não voltaram – respondeu Lillian, indo ao encontro do pai. Ela lhe lançou um olhar levemente cáustico. – Não vai perguntar como estou, papai? Não quer saber como a bebê está?

– Posso ver com meus próprios olhos que você está bem – retorquiu Bowman. – E presumo que a bebê também esteja, caso contrário você já teria me informado. Quando Swift e Westcliff devem voltar?

Lillian olhou para o alto.

– A qualquer momento.

Mas se tornou óbvio que os viajantes tinham se atrasado, provavelmente em virtude das dificuldades de se ir para qualquer lugar na primavera. O tempo era imprevisível, as estradas precisavam de reparos, carruagens eram danificadas e cavalos estavam sujeitos a contusões ou distensões.

Ao anoitecer, ainda não havia nenhum sinal de Westcliff e Matthew. Lillian declarou que era melhor irem jantar ou o cozinheiro ficaria aflito.

Era um jantar relativamente íntimo do qual participaram os Bowmans e duas famílias locais, inclusive o vigário e sua esposa. No meio da refeição, o mordomo apareceu e murmurou algo para Lillian. Ela sorriu e enrubesceu, seus olhos brilhando de excitação ao informar que Westcliff havia chegado e se juntaria a eles em breve.

Daisy manteve uma expressão calma, como se uma máscara tivesse sido posta em seu rosto. Mas a expectativa pulsava em suas veias. Percebendo que os talheres tremiam visivelmente em suas mãos, ela os pousou e pôs as mãos no colo.

Quando os dois homens finalmente apareceram na sala de jantar, depois de se banharem e trocarem suas roupas de viagem, o coração de Daisy bateu tão forte que ela mal conseguiu respirar.

O olhar de Matthew percorreu todos e ele fez uma mesura, como Westcliff fizera. Ambos pareciam calmos e muito bem-dispostos, como se tivessem se ausentado por sete minutos em vez de sete dias.

Antes de ocupar seu lugar à cabeceira da mesa, Westcliff foi até Lillian. Como o conde não era dado a demonstrações públicas, todos se surpreenderam quando ele segurou o rosto dela e a beijou na boca. Lillian corou e disse algo sobre o vigário estar ali, fazendo Westcliff rir.

Enquanto isso, Matthew se sentou no lugar vazio ao lado de Daisy.

– Srta. Bowman – disse com suavidade.

Daisy não conseguiu pronunciar uma só palavra. Ao ver os olhos sorridentes de Matthew, suas emoções pareceram aflorar. Ela teve de desviar seu olhar antes de fazer algo tolo. Mas continuou muito consciente da proximidade do corpo dele.

Westcliff e Matthew entretiveram o grupo contando como a carruagem atolara na lama. Felizmente tinham sido ajudados por um fazendeiro, mas, no processo de desatolarem o veículo, todos ficaram cobertos de lama da cabeça aos pés. E o episódio havia deixado o boi de péssimo humor. Quando a história terminou, todos na mesa estavam rindo.

A conversa passou para o festival de Shakespeare. Thomas Bowman falou sobre a visita a Stratford-on-Avon. Matthew fez uma ou duas perguntas, parecendo interessado na conversa.

Daisy se sobressaltou ao sentir a mão de Matthew deslizar para seu colo por sob a mesa. Ele fechou os dedos gentilmente sobre os seus. Enquanto isso, Matthew participava da conversa, falando e sorrindo. Daisy estendeu sua mão livre para a taça de vinho e a levou aos lábios. Deu um gole, e depois outro, e quase engasgou quando Matthew brincou levemente com seus dedos sob a mesa. Sensações adormecidas por uma semana despertaram e a fizeram estremecer.

Ainda sem olhá-la, Matthew deslizou algo suavemente por seu dedo anelar até encaixá-lo perfeitamente na base. Sua mão foi devolvida ao colo quando um criado veio repor-lhes o vinho nas taças.

Daisy olhou para sua mão, piscando à visão da safira amarela brilhante cercada por uma pequena fileira de diamantes. Parecia uma flor de pétalas brancas. Ela fechou a mão com força e desviou seu rosto para esconder um traiçoeiro rubor de prazer.

– Gostou? – sussurrou Matthew.

– Ah, sim.

E foi só isso que conversaram durante o jantar. Tudo bem. Havia muito a ser dito, mas ali não era o lugar. Depois do jantar, Daisy se preparou para os costumeiros longos rituais de vinho do Porto e chá, mas ficou feliz quando todos, até mesmo seu pai, deram a impressão de que queriam se retirar cedo. Depois que o velho vigário e sua esposa estavam prontos para ir para casa, o grupo se dispersou sem muito alarde.

Ao sair com Daisy da sala de jantar, Matthew murmurou:

– Terei de escalar a parede externa esta noite ou você deixará sua porta destrancada?

– A porta – respondeu Daisy.

– Graças a Deus.

Cerca de uma hora depois, Matthew girou a maçaneta da porta do quarto de Daisy e entrou. O pequeno cômodo estava iluminado por um candeeiro ao lado da cama, a chama dançando à brisa que vinha do balcão.

Daisy estava lendo, com seus cabelos presos em uma trança que se estendia por cima de seu ombro. Vestida com uma recatada camisola branca com intricados enfeites na frente, parecia tão pura e inocente que Matthew se sentiu culpado ao se aproximar com o corpo ardendo de desejo. Mas ela ergueu os olhos escuros do livro, atraindo-o irresistivelmente para mais perto.

Ela pôs o livro de lado, a luz do candeeiro deslizando sobre seu perfil. A pele parecia fria e perfeita como marfim polido. Matthew desejou aquecê-la com as mãos. Daisy sorriu como se pudesse ler os pensamentos dele. Quando afastou as cobertas, a safira amarela brilhou em seu dedo. Por um momento, Matthew ficou surpreso com sua possessividade primitiva. Lentamente, obedeceu ao gesto de Daisy para se dirigir à cama.

Ele se sentou na beira do colchão e sua pele formigou quando Daisy se arrastou para seu colo com a delicadeza de um gato. O cheiro doce de pele feminina lhe encheu as narinas. Pondo os braços esbeltos ao redor de seu pescoço, ela disse seriamente:

– Senti sua falta.

As palmas das mãos de Matthew seguiram o contorno do corpo da jovem, as curvas suaves, a cintura fina, as nádegas em forma de coração. Por mais que ele achasse a beleza física de Daisy encantadora, não o afetava tanto quanto sua natureza cálida, inteligente e vivaz.

– Também senti.

Os dedos de Daisy brincaram em seus cabelos, o toque delicado enviando ondas de prazer da base de seu cérebro à sua virilha. A voz dela se tornou provocadora.

– Você encontrou muitas mulheres em Bristol? Westcliff mencionou algo sobre um jantar, e uma *soirée* promovida por seu anfitrião...

– Não reparei em nenhuma mulher. – Matthew achou difícil pensar com o desejo intenso que o dominava. – Você é a única na minha vida.

Daisy encostou a ponta de seu nariz na do dele de um modo brincalhão.

– Mas no passado não foi celibatário.

– Não – admitiu Matthew, fechando os olhos ao sentir a carícia da respiração de Daisy em sua pele. – Dá um sentimento de solidão desejar que a mulher em seus braços seja outra pessoa. Pouco antes de eu deixar Nova York, percebi que todas as mulheres com quem estive nos últimos sete anos se pareciam de algum modo com você. Uma tinha seus olhos, outra suas mãos, ou seus cabelos... Achei que passaria o resto da minha vida em busca de pequenas lembranças suas em outras mulheres. Achei...

Daisy encostou os lábios nos de Matthew, assimilando a dura confissão. Entreabriu-os e ele não precisou de outro convite para beijá-la, aprofundando a língua com suavidade até possuir-lhe totalmente a boca. As formas suaves dos seios de Daisy roçavam em seu peito a cada inalação.

Ele deitou Daisy de barriga para cima e lhe ergueu a camisola. Ela o ajudou a tirá-la. A graça desse movimento fez o corpo de Matthew se incendiar. Ela ficou deitada nua na sua frente com um crescente rubor visível à luz do candeeiro. Matthew ficou fascinado com aquela visão enquanto tirava as próprias roupas.

Deitando-se ao lado dela, ele se dedicou a provocá-la para que superasse o acanhamento. Acariciou-lhe os ombros, o pescoço e o contorno vulnerável da clavícula. Pouco a pouco, ela enroscou seu corpo flexível no de Matthew e ele a silenciou com a boca, sussurrando-lhe que as janelas estavam abertas e deveria permanecer em silêncio.

Matthew percorreu com os lábios o caminho até os seios, tomando na boca os mamilos macios até se intumescerem. Ouvindo os sons contidos que ela emitia, sorriu e passou a língua de leve ao redor do mamilo, brincando com ele até que Daisy tapou a própria boca com a mão, ofegando.

Finalmente Daisy se afastou e sufocou um gemido atormentado nas cobertas.

– Não consigo – sussurrou, tremendo. – Não consigo ficar em silêncio.

Matthew riu baixinho e lhe beijou o meio das costas.

– Mas não vou parar – murmurou, virando-a. – E pense no problema que isso causará se formos pegos.

– Matthew, por favor…

– Shhh.

Ele deixou sua boca perambular irrestritamente pelo corpo de Daisy, beijando e mordiscando até ela se contorcer em agitada confusão. De vez em quando Daisy se virava, enterrando os dedos esguios no colchão como se fossem as garras de um gato. Ele sussurrava palavras carinhosas no ouvido de Daisy, enquanto seus dedos acariciavam-lhe o segredo entre as pernas. Quando ela enrijeceu todos os membros e ficou com a pele brilhante de suor, Matthew finalmente se acomodou entre as coxas trêmulas de Daisy.

Ela reagiu ao ser penetrada… e gemeu enquanto Matthew procurava o ritmo certo. Ele soube que o havia encontrado quando Daisy ergueu os joelhos, abraçando-o instintivamente com as pernas.

– Sim, me prenda… – sussurrou Matthew.

Ele nunca havia experimentado o êxtase que sentia agora, arremetendo e a penetrando cada vez mais. Daisy acompanhou cada movimento, dando-lhe o que ele precisava, ambos procurando o prazer.

Daisy cobriu a boca com a mão e arregalou os olhos. Matthew segurou o pulso dela, afastou-lhe a mão, e abriu a boca de Daisy com a sua, afundando a língua nela. Seus violentos tremores o levaram ao clímax, arrancando-lhe um gemido do peito.

Quando as últimas ondas de prazer passaram, Matthew foi dominado pela maior exaustão que já sentira. Ela estendeu a mão para ele, procurando o calor de seu corpo. Matthew se moveu para ajudá-la, acomodando-lhe a cabeça na dobra do braço e de algum modo conseguindo puxar sobre ambos as cobertas revoltas.

A tentação de dormir era enorme, mas Matthew não se permitiu isso. Não confiava em sua capacidade de acordar antes de a criada aparecer pela manhã. Sentia-se totalmente satisfeito e era muito difícil resistir ao corpo pequeno de Daisy aconchegado ao seu.

– Tenho de ir – sussurrou contra os cabelos dela.

– Não, fique. – Daisy virou o rosto, roçando os lábios na pele nua do peito de Matthew. – Fique a noite toda. Fique para sempre.

Ele sorriu e lhe beijou a testa.

– Bem que eu queria, mas sua família não ficaria nada feliz se descobrisse o monstro que habita este quarto.

– Ei, eu não sou um monstro!

– Não estava falando de você.

Daisy sorriu.

– Então é melhor eu me casar com esse monstro. – Ela deslizou sua pequena mão para o corpo de Matthew, explorando-o. – Ironicamente, essa vai ser a primeira vez que farei algo para agradar meu pai.

Com um murmúrio de solidariedade, Matthew a puxou para ele. Conhecia muito bem o pai de Daisy, seu humor, seu egoísmo, seus padrões impossíveis. Ainda assim, sabia o que custara para Bowman construir uma grande fortuna do nada, os sacrifícios que tivera de fazer. Bowman havia descartado tudo que pudesse impedi-lo de atingir seus objetivos. Inclusive intimidade com sua esposa e seus filhos.

Pela primeira vez, ocorreu-lhe que os Bowmans se beneficiariam com alguém agindo como mediador, para facilitar a comunicação entre eles. Se isso estivesse ao seu alcance, encontraria um modo de fazê-lo.

– Você – sussurrou junto aos cabelos de Daisy – é a melhor coisa que seu pai já fez. Algum dia ele perceberá isso.

Matthew sentiu que ela sorria contra sua pele.

– Duvido muito. Mas foi gentil da sua parte dizer isso. Não precisa se preocupar, sabe? Eu me acostumei com o jeito dele há muito tempo.

Mais uma vez Matthew se surpreendeu com a extensão de seus sentimentos por Daisy, seu desejo ilimitado de enchê-la de felicidade.

– Eu lhe darei tudo de que precisar – sussurrou ele. – Farei tudo que quiser. É só me dizer.

Daisy se esticou confortavelmente, um agradável arrepio lhe percorrendo o corpo. Passou os dedos nos lábios de Matthew, sentindo sua maciez.

– Quero que me diga qual foi o desejo que lhe custou 5 dólares.

Ele sorriu.

– Eu desejei que você encontrasse alguém que a quisesse tanto quanto eu. Mas eu sabia que era um desejo impossível.

Quando Daisy ergueu a cabeça para olhá-lo, a luz do candeeiro incidiu sobre suas delicadas feições.

– Por que era impossível?

– Porque ninguém jamais a desejará como eu a desejo.

Daisy o abraçou com força, até seus cabelos caírem como uma cortina escura ao redor deles.

– Qual foi o seu desejo? – perguntou Matthew, passando os dedos pela cascata de cabelos brilhantes.

– Encontrar o homem certo com quem me casar. – Seu sorriso terno fez o coração dele disparar. – E você apareceu.

CAPÍTULO 15

Depois de um longo sono, Matthew se aventurou a descer. Os criados se ocupavam limpando quilômetros de pisos de madeira e ladrilho, enquanto outros arrumavam os candelabros, substituíam velas e poliam metais.

Assim que Matthew se aproximou da sala do café da manhã, uma criada se ofereceu para servi-lo no terraço dos fundos, se assim ele desejasse. Como o dia prometia ser lindo, Matthew aceitou a oferta.

Sentado a uma das mesas lá fora, observou uma pequena lebre marrom saltitando no jardim bem cuidado. Sua silenciosa contemplação foi interrompida pelo som das portas francesas se abrindo. Em vez da criada com a bandeja do café da manhã, deparou-se com a figura muito menos bem-vinda de Lillian Bowman. Suspirou para si mesmo, sabendo imediatamente que Westcliff lhe contara sobre seu envolvimento com Daisy.

Contudo, parecia que o conde exercera alguma influência tranquilizadora na esposa. Não que Lillian parecesse feliz, é claro, mas Matthew achou um bom sinal ela não estar se aproximando dele com um machado na mão.

Ainda.

Lillian lhe fez um gesto para continuar sentado, mas ele se levantou assim mesmo. Ela estava com uma expressão e uma voz controlada quando disse:

– Não precisa me olhar como se eu fosse uma praga do Egito. Sou capaz de ter uma conversa sensata.

Lillian se sentou antes de Matthew poder puxar a cadeira para ela.

Olhando-a cautelosamente, ele voltou a se sentar e esperou que ela dissesse algo. Apesar do clima carregado de tensão, quase sorriu ao refletir que frequentemente vira a mesma expressão no rosto de Thomas Bowman. Lillian era teimosa como uma mula e determinada a fazer as coisas ao seu próprio modo, mas tinha consciência de que uma discussão acalorada, não importava quanto fosse satisfatória, não levaria a nada.

– Nós dois sabemos que, embora eu não possa impedir esse casamento desastroso, posso tornar as coisas muito desagradáveis para todos. Principalmente para o senhor.

– Sim, tenho consciência disso.

A resposta de Matthew foi totalmente livre de sarcasmo. Apesar de tudo que pensava de Lillian, o amor dela por Daisy era incontestável.

– Então quero dispensar os preâmbulos e ter uma conversa de homem para homem – disse Lillian.

Matthew conteve firmemente um sorriso.

– Ótimo – respondeu com igual seriedade. – Eu também.

Ele achou que talvez pudesse gostar de Lillian. Ela era sempre franca.

– O único motivo de eu estar disposta a tolerar a ideia de tê-lo como cunhado – continuou Lillian – é que meu marido parece ter uma boa opinião a seu respeito. E estou disposta a levá-la em consideração. Embora ele não seja infalível.

– Talvez essa seja a primeira vez que ouço alguém fazer esse comentário sobre o conde.

– Sim, bem... – Lillian o surpreendeu com um leve sorriso. – Foi por isso que Westcliff se casou comigo. Minha disposição de considerá-lo um mero mortal é um alívio depois de toda a incessante adoração de que ele é alvo. – Seus olhos escuros, mais redondos e menos exóticos do que os de Daisy, se fixaram nos dele, analisando-o. – Westcliff me pediu para tentar ser imparcial. Isso não é fácil quando o futuro da minha irmã está em jogo.

– Milady – disse Matthew seriamente –, se eu puder lhe dar qualquer garantia que possa tranquilizá-la...

– Não. Espere. Primeiro deixe-me expressar minha opinião a seu respeito.

Educadamente, Matthew permaneceu em silêncio.

– O senhor sempre personificou o pior do meu pai – disse Lillian. – A frieza, a ambição, o egoísmo. Só que é pior ainda, porque consegue disfarçar isso muito melhor do que ele. O senhor é o que o meu pai teria sido se tivesse sido abençoado com uma boa aparência e um pouco de sofisticação. Ao conquistá-lo, Daisy deve de algum modo sentir que finalmente foi bem-sucedida com meu pai. – Ela franziu as sobrancelhas enquanto continuava. – Minha irmã sempre tendeu a amar criaturas que não costumam ser amadas... sem rumo, desajustadas. Não importa quantas vezes essa pessoa seja desleal ou a desaponte, ela a aceitará de volta com braços abertos. Mas o senhor não apreciará isso mais do que o meu pai. Quando a magoar, o que inevitavelmente fará, serei a primeira na fila para matá-lo. E quando eu acabar com o senhor, restará muito pouco para os outros.

– Acabou-se a imparcialidade – disse Matthew. Ele respeitava a honestidade brutal de Lillian, embora o fizesse sofrer. – Posso responder com a mesma franqueza que acabou de demonstrar?

– Espero que sim.

– Milady, não me conhece bem o suficiente para avaliar quanto posso ser ou não parecido com seu pai. Não é nenhum crime ser ambicioso, particularmente porque comecei do nada. E não sou frio, sou de Boston. O que significa que não tendo a demonstrar minhas emoções para todos. Quanto a ser egoísta, não tem como saber quanto fiz pelos outros. Mas de modo algum recitarei uma lista das minhas boas ações passadas na esperança de conquistar sua aprovação. – Ele a olhou friamente. – Independentemente das suas opiniões, o casamento vai acontecer, porque é o que Daisy e eu queremos. Por isso, não tenho nenhum motivo para mentir. Eu poderia dizer que não dou a mínima para Daisy e ainda assim obter o que quero. Mas o fato é que a amo há muito tempo.

– O senhor ama minha irmã em segredo há anos? – perguntou Lillian com irritado ceticismo. – Que conveniente!

– Eu não definia isso como "amor". Tudo que sabia era que tinha uma total e persistente preferência por ela.

– *Preferência?* – Lillian pareceu indignada e depois o surpreendeu rindo. – Meu Deus, o senhor realmente é de Boston.

– Acredite ou não – murmurou Matthew –, eu preferiria não ter esses sentimentos por Daisy. Teria sido muito mais conveniente encontrar outra pessoa. E, com mil diabos, deveria me ser dado um pouco de crédito por estar disposto a entrar para a família Bowman.

– *Touché.* – Lillian continuou a sorrir, apoiando o queixo na mão enquanto olhava para ele. Subitamente sua voz conteve um leve tom indagador que fez os pelos da nuca de Matthew se arrepiarem. – Acho peculiar um Swift de Boston dizer "comecei do nada"... Estive enganada esses anos todos achando que provém de uma família de recursos?

Maldição, ela era inteligente. Percebendo que cometera um deslize, Matthew respondeu com calma:

– O ramo principal dos Swifts é rico. Mas eu sou um dos proverbiais primos pobres. Por isso, fui obrigado a seguir uma profissão.

Ela ergueu levemente as sobrancelhas.

– Os Swifts ricos deixaram os primos mais pobres viverem na abjeta pobreza?

– Foi um pequeno exagero da minha parte – disse Matthew.

– Mas estou certo de que isso não a preocupa a ponto de fazê-la esquecer o assunto principal.

– Acho que entendi o que quis dizer, Sr. Swift. – Lillian desocupou sua cadeira, obrigando-o a se levantar. – Mais uma coisa... Acredita que Daisy seria feliz se a levasse de volta para Nova York?

– Não – respondeu Matthew tranquilamente. Ele viu um brilho de surpresa nos olhos de Lillian. – É óbvio que a senhora e suas amigas são essenciais para a felicidade dela.

– Então... está disposto a residir permanentemente aqui? Mesmo se meu pai se opuser?

– Sim, se for a vontade de Daisy. – Matthew tentou controlar uma súbita irritação, com resultados limitados. – Não tenho medo do temperamento de seu pai, milady. Não sou uma marionete. O fato de trabalhar para ele não significa que abri mão do meu livre-arbítrio ou do pleno uso das minhas faculdades mentais. Posso encontrar um bom emprego na Inglaterra, ainda que não seja na empresa de seu pai.

– Sr. Swift – disse Lillian sinceramente –, não sabe como é tentador para mim acreditar no senhor.

– E isso significa...?

– Significa que tentarei ser mais gentil.

– A partir de quando? – disparou ele.

Um canto da boca de Lillian se ergueu.

– Da próxima semana, talvez.

– Estou ansioso por isso – murmurou Matthew, voltando a se sentar quando ela saiu.

~

Conforme o esperado, Mercedes Bowman recebeu a notícia do casamento de Daisy sem muito entusiasmo. Tendo conseguido um ótimo casamento para sua filha mais velha, ansiara por conseguir o mesmo para a segunda. Pouco lhe importava que Matthew Swift sem dúvida fosse fazer fortuna com negócios em dois continentes. Menos ainda Daisy ter encontrado um homem que parecia entender e adorar todas as suas excentricidades.

– Quem se importa com ele ser bom para ganhar dinheiro? – resmungara Mercedes para suas filhas enquanto elas estavam sentadas na sala Marsden. – Manhattanville estava *repleta* de homens empreendedores que tinham grandes fortunas. Não dava para encontrar um cavalheiro que proporcionasse algo mais? Eu realmente desejava, Daisy, que você tivesse conseguido atrair um homem refinado e de boa estirpe.

Lillian, que estava amamentando a bebê, respondeu em um tom sarcástico:

– Mamãe, mesmo que Daisy se casasse com o príncipe de Luxemburgo, isso ainda não mudaria o fato de que os Bowmans são plebeus e vovó, que Deus a tenha, trabalhava como lavadeira nas docas. Essa preocupação com nobreza é um pouco excessiva, não? Vamos deixar isso para lá e ficar felizes por Daisy.

A indignação inflou temporariamente as bochechas de Mercedes, fazendo seu rosto fino parecer um par de foles de lareira.

– Você não gosta do Sr. Swift mais do que eu – retorquiu ela.

– Não – disse Lillian francamente. – Mas por mais que eu deteste admitir isso, somos uma minoria. Todos gostam de Swift no hemisfério norte, incluindo Westcliff e os amigos dele, minhas amigas, os criados, os vizinhos...

– Você está exagerando...

– Sem contar as crianças, os animais e a mais alta ordem das plantas – completou Lillian sarcasticamente. – Se os tubérculos pudessem falar, sem dúvida também diriam que gostam dele.

Daisy, sentada perto da janela com um livro, ergueu os olhos e deu um súbito sorriso.

– Os encantos dele não alcançam as aves – comentou ela. – Ele tem um problema com gansos. – Seu sorriso se tornou enigmático. – Obrigada por ser tão compreensiva, Lillian. Eu achava que você ia fazer uma cena por causa do casamento.

Sua irmã mais velha deixou escapar um suspiro de pesar.

– Eu aceitei o fato de que seria mais fácil empurrar uma ervilha com meu nariz daqui até Londres do que tentar impedir esse casamento. Além disso, você ficará muito mais acessível em Bristol do que se estivesse com lorde Llandrindon em Thurso.

A menção a Llandrindon quase fez Mercedes chorar.

– Verdade! Ele comentou que havia vistas belíssimas em Thurso – disse ela com lástima. – E a história dos vikings. Eu teria gostado *tanto* de aprender sobre eles!

Lillian fez uma careta.

– Desde quando você se interessa por pagãos enfezados com enfeites bobos na cabeça?

Daisy voltou a erguer os olhos de seu livro.

– Estamos falando sobre a vovó de novo?

Mercedes as fuzilou com os olhos.

– Parece que não tenho outra escolha além de aceitar esse casamento. Tentarei encontrar algum pequeno consolo no fato de que poderei planejar uma cerimônia adequada desta vez.

Ela nunca havia perdoado Lillian e Marcus por terem fugido para Gretna Green, privando-a das grandes festividades que sempre sonhara planejar.

Lillian sorriu para Daisy.

– Não a invejo, querida.

– Isso não será agradável – disse Daisy para Matthew mais tarde naquele dia, quando eles estavam sentados na beira relvada de um lago que abastecia um moinho no lado oeste da vila. – A cerimônia será planejada de modo a fazer todo mundo prestar atenção nos Bowmans.

– Apenas nos Bowmans? – perguntou ele. – Não terei um papel de destaque?

– Ah, o noivo é a parte mais insignificante da cerimônia – respondeu Daisy alegremente.

Ela quis diverti-lo, mas Matthew sorriu apenas com os lábios, não com os olhos. Ele ficou contemplando o lago com uma expressão distante. O moinho, com sua roda de 3,5 metros, há muito fora abandonado. Com sua bela cumeeira e a fachada de madeira, possuía um encanto que realçava a paisagem rústica.

Enquanto Matthew atirava um anzol com uma isca no lago com um hábil movimento do pulso, Daisy balançava os pés na água. De vez em quando, o movimento de seus dedos convidava peixes aventureiros a se aproximarem.

Ela estudou Matthew, que parecia estar refletindo sobre algo. Seu perfil era forte e marcante, com um nariz reto, lábios bem definidos e um queixo perfeito. Daisy gostou de vê-lo em desalinho, com a camisa úmida, as calças cheias de folhas secas e os cabelos revoltos caindo sobre a testa.

Havia uma dualidade fascinante nele que Daisy nunca encontrara em outro pretendente. Em alguns momentos Matthew era um homem de negócios agressivo, perspicaz e fechado que recitava fatos e números com facilidade. Em outros, era um amante gentil e compreensivo que se desfazia de seu cinismo como se fosse um casaco velho e a engajava em divertidos debates sobre qual cultura antiga tinha a melhor mitologia ou qual fora o vegetal favorito de Thomas Jefferson.

Eles costumavam conversar por horas sobre temas como história e política progressista. Para um homem de formação conservadora, ele tinha um surpreendente conhecimento das questões da reforma. Em sua incansável busca por dinheiro e poder, geralmente os homens empreendedores se esqueciam daqueles que tinham sido deixados na base. Daisy achava que era um bom sinal de caráter Matthew ter uma genuína preocupação com os menos afortunados.

Haviam feito planos para o futuro. Teriam de encontrar uma casa em Bristol que fosse grande o suficiente para receber pessoas. Matthew insistiu que deveria ter vista para o mar, uma biblioteca para os livros de Daisy e um muro alto para que pudessem fazer amor no jardim sem que fossem vistos.

Dona de sua própria casa… Daisy nunca tinha se visto assim. Mas a ideia de arrumar as coisas exatamente como queria, de acordo com suas próprias preferências, estava começando a parecer interessante.

Contudo, apesar de todos os pensamentos que Matthew estava disposto a partilhar com Daisy, muitos outros permaneciam inacessíveis. Às vezes falar com ele era como seguir um lindo caminho sinuoso com todos os tipos de paisagens interessantes só para dar de cara com um muro de pedra.

Quando Daisy insistia para que Matthew falasse sobre seu passado, ele só fazia referências vagas a Massachusetts e a ter crescido perto do rio Charles. Informações sobre sua família eram retidas. Até agora não tinha dito quais membros do clã Swift iriam ao casamento.

Parecia que Matthew não havia existido antes de começar a trabalhar para o pai dela, aos 20 anos. Daisy ansiava por romper a barreira de segredos. Era enlouquecedor se sentir eternamente à beira de uma ilusória descoberta. O relacionamento deles parecia a personificação de uma teoria hegeliana... sempre uma coisa no processo de se tornar outra, sem nunca ser concluída.

Voltando seus pensamentos para o presente, Daisy decidiu recuperar a atenção de Matthew.

– É claro que não precisamos ter uma cerimônia de casamento. Podemos simplesmente aderir ao clássico. Dê uma vaca para meu pai e estará tudo resolvido. Ou um ritual de atar mãos. É claro que sempre há a antiga prática grega de cortar meus cabelos como um sacrifício dedicado a Artemis, seguido de um banho ritual em uma fonte sagrada...

Subitamente Daisy se viu deitada de barriga para cima, o céu parcialmente bloqueado pela forma escura de Matthew. Então deu uma risada, o que o fez atirar para o lado a vara de pescar e ir para cima dela, seus olhos azuis brilhando travessamente.

– Eu poderia aceitar a ideia de atar as mãos, mas prefiro não me casar com uma noiva careca.

Daisy apreciou o peso dele pressionando-a contra a grama esponjosa, o cheiro de terra e ervas ao redor.

– E quanto ao ritual do banho? – perguntou.

– Ah, isso eu posso fazer. Na verdade... – Seus dedos longos procuraram os botões da frente do vestido de Daisy. – Acho que você deveria praticar. Vou ajudá-la.

Daisy se contorceu e deu um gritinho quando ele começou a lhe abrir o vestido.

– Isto não é uma fonte sagrada, é um velho e lamacento moinho!

Mas ele insistiu e, quando puxou o vestido de Daisy até a cintura, riu de suas tentativas de escapar. Desafiando o decoro e como uma concessão ao calor fora de época, Daisy saíra sem espartilho. Ela empurrou com força o tórax musculoso de Matthew e ele rolou facilmente, levando-a junto. O mundo girou, o azul e o branco do céu se misturando. Ela se viu deitada sobre o peito masculino enquanto sua camisola era inexoravelmente puxada por cima de sua cabeça.

– Matthew... – protestou, sua voz abafada pela peça de linho.

Ele tirou a camisola e a jogou para o lado. Pôs as mãos sob os braços de Daisy e a ergueu até ela ficar pendurada indefesa como um gatinho. Sua respiração se acelerou ao olhar para os seios pálidos com mamilos rosados.

– Abaixe-me – insistiu Daisy, corando como sempre diante do olhar ávido de Matthew. Embora tivesse se deitado com ele duas vezes, ainda era inocente demais para se sentir à vontade fazendo amor ao ar livre.

Matthew obedeceu, puxando-a mais para cima até sua boca se fechar sobre um mamilo intumescido.

– Não, não foi isso que eu... *ah*...

Ele sugou cada seio, usando os dentes, a língua, brincando e acariciando. Depois de parar por tempo suficiente para tirar o resto das roupas de Daisy, beijou-a profundamente. Agitada, ela puxou a camisa dele com dedos desajeitados.

Matthew abaixou a mão para ajudá-la, tirando a camisa e encostando gentilmente seu peito nu no dela. Pondo os braços ao redor do pescoço de Matthew, Daisy pressionou sua boca na dele com força, avidez e paixão.

Ela abriu os olhos, surpresa ao sentir a risada de Matthew contra seus lábios.

– Tenha um pouco de paciência, querida – sussurrou ele. – Estou tentando ir devagar.

– Por quê? – perguntou Daisy, seus lábios quentes e sensíveis. Ela passou a língua por seu lábio inferior e Matthew baixou os cílios, seguindo aquele pequeno movimento.

A voz dele se tornou rouca.

– Porque isso lhe dará mais prazer.

– Eu não preciso de mais prazer – disse Daisy. – Isso é tudo que posso suportar.

Matthew riu baixinho. Segurando-lhe o rosto com sua mão forte, puxou-a para mais perto. A ponta de sua língua encontrou a sutil junção com o lábio inferior e permaneceu ali por um momento ardente, fazendo-a arfar. Então lhe selou os lábios com um beijo sensual, sua língua explorando e acariciando.

Pouco a pouco a conduziu até o chão, apoiada na camisa largada. O fino tecido conservava o cheiro da pele dele. Daisy se deleitou com o aroma masculino familiar. Ela fechou os olhos à luz branca do sol quando o corpo de Matthew cobriu o seu. Ele havia afrouxado a calça, o tecido provocando cócegas nas pernas dela. Excitada com a sensação de estar nua encostada no corpo parcialmente despido de Matthew, afastou as pernas enquanto ele se acomodava entre elas.

– Quero ser parte de você – sussurrou Matthew. – Quero ficar para sempre com você.

– Sim, sim... – Ela tentou segurá-lo com os braços e as pernas, apertando-o fortemente com seu corpo flexível.

Matthew a penetrou devagar e, onde antes existia dor, agora só havia prazer com a deliciosa pressão íntima do corpo dele preenchendo o seu. Ela se contorcia e tentava puxá-lo para dentro, ofegante com o esforço e a excitação, e gemeu quando ele lhe segurou os quadris para forçá-la a ficar quieta.

– Calma... – A voz dele foi perversamente suave. – Tenha apenas um pouco de paciência.

Daisy precisava de tudo dele, *agora*.

– Por favor... – Sua boca ansiava pela pressão da dele, tornando difícil falar. – Não posso apenas ficar *deitada* aqui enquanto você...

– Sim, pode.

Matthew ainda permanecia dentro dela, investigando-lhe habilmente o corpo com as mãos. Daisy se contorceu sob ele, seu desejo aumentando a cada carícia persuasiva, seus gemidos sufocados pelas brincadeiras sensuais dos lábios de Matthew. O calor aumentava a cada vez que ele mudava de posição dentro dela. Daisy se arqueava fortemente contra o peso do corpo dele. Matthew deu uma risada abafada, assumindo o controle do ritmo enquanto a provocava com longas investidas, lhe proporcionando um prazer implacável.

– Não precisa ter pressa, Daisy. – Sua voz se tornou rouca e grossa. – Não há nenhum motivo para... Sim... Ahhh...

Sua cabeça desabou sobre o ombro de Daisy, a respiração ofegante. Os músculos de seus braços se retesaram enquanto ele afundava os dedos no chão, como se pudesse prender ambos à terra.

Daisy se sentiu como uma criatura selvagem, presa contra o gramado pelo ritmo primitivo dos quadris de Matthew. Seu corpo procurando o dele, seus sentidos concentrados no estremecimento de prazer que começou onde seus corpos se uniam e se espalhando até os dedos das mãos e dos pés.

Matthew atingiu o clímax, seu corpo tremendo no estreito círculo dos braços de Daisy. Quando pousou a cabeça no peito dela, ofegante, ela soube que ele a amava... Pôde sentir isso em cada batimento do coração dele. Matthew havia admitido isso para Westcliff e Lillian, mas por alguma razão não dissera para ela.

Para Daisy, o amor não era uma emoção com a qual se deveria ter cautela. Queria se entregar totalmente a ele, com confiança e pura honestidade... coisas para as quais Matthew aparentemente não estava pronto.

Mas algum dia, prometeu a si mesma, não haveria nenhuma barreira entre eles. Algum dia...

CAPÍTULO 16

O festival de Primeiro de Maio de Stone Cross era co-
memorado havia séculos, tendo começado como
uma celebração pagã do fim do inverno e da fertilidade
do solo. Evoluíra para um evento de três dias que incluía
jogos, comida, danças e toda a folia imaginável.

A pequena nobreza local, fazendeiros e o povo da cidade se misturavam, apesar dos protestos do clero e de con-
servadores que diziam que o festival não era nada além de
uma desculpa para fornicação e bebedeira. Contudo, como
Lillian observara maliciosamente uma vez, quanto mais
protestos eram feitos, mais pessoas compareciam ao festival.

A área gramada da vila estava iluminada por tochas e
uma grande fogueira lançava gigantescas nuvens de fuma-
ça para o céu nublado. O tempo estivera fechado durante todo o dia e o ar carregado de umidade prometia uma
tempestade. No entanto, felizmente o aguaceiro parecia
contido pelas divindades pagãs e as festividades corriam
conforme o planejado.

Com Matthew ao seu lado, Daisy percorreu a fileira de
barracas de madeira erguidas ao longo da High Street, re-
pletas de tecidos, brinquedos, chapéus, joias de prata e
artigos de vidro. Ela estava determinada a ver o máximo
possível em um curto tempo, porque Westcliff os aconse-
lhara a voltar para a mansão antes da meia-noite.

– Quanto mais avançada a hora, mais os foliões tendem
a perder o controle – explicara o conde. – Sob o efeito do
vinho e do disfarce das máscaras, tendem a fazer coisas
que nunca pensariam em fazer à luz do dia.

– Ah, como um pequeno ritual de fertilidade em alguns
lugares? – zombara Daisy alegremente. – Não sou tão inocente que…

– Voltaremos cedo – dissera Matthew para o conde.

Agora, andando pela vila lotada, Daisy entendia o que Westcliff quisera dizer. Ainda era o início da noite e já parecia que o vinho que fluía copiosamente já diminuíra as inibições. As pessoas se abraçavam, discutiam, riam e brincavam. Algumas colocavam coroas de flores ao pé dos carvalhos mais antigos, despejavam vinho nas raízes ou...

– Meu Deus! – disse Daisy, sua atenção atraída por uma cena desconcertante a distância. – O que eles estão fazendo com aquela pobre árvore?

Matthew segurou a cabeça de Daisy e virou firmemente seu rosto em outra direção.

– Não olhe.

– Isso é alguma forma de adoração da árvore ou...?

– Vamos ver os equilibristas – disse ele com um súbito entusiasmo, conduzindo-a para o outro lado do gramado.

Eles passaram por engolidores de fogo, mágicos e acrobatas, parando para comprar um odre de vinho. Daisy bebeu cuidadosamente do odre, mas uma gota escapou para o canto de seus lábios. Matthew sorriu e começou a procurar um lenço em seu bolso. Depois pareceu pensar melhor. Em vez disso, baixou a cabeça e limpou a gota de vinho com um beijo.

– Você deveria me proteger da perdição – disse ela com um sorriso. – Em vez disso, está me levando para o caminho errado.

Ele acariciou com os nós dos dedos a lateral do rosto de Daisy.

– Eu gostaria de levá-la para o caminho errado – murmurou Matthew. – Na verdade, gostaria de levá-la direto para aquele bosque e... – Ele pareceu perder o fio de seu pensamento enquanto olhava para os olhos escuros e meigos dela. – Daisy Bowman, eu desejo...

Mas ela nunca descobriria qual era o desejo de Matthew,

porque foi bruscamente empurrada para ele por uma multidão que passava. Todos queriam ver uma dupla de malabaristas que atiravam pinos e argolas para o ar. Na correria, o odre foi arrancado das mãos de Daisy e pisoteado. Matthew a abraçou protetoramente.

– Eu deixei o vinho cair – disse Daisy com pesar.

– Não faz mal – disse-lhe ao pé do ouvido, seus lábios roçando a delicada borda externa. – Poderia subir à minha cabeça. E aí você poderia se aproveitar de mim.

Daisy sorriu e se aconchegou ao corpo forte de Matthew, seus sentidos apreciando o calor tranquilizador do abraço dele.

– Minhas intenções são tão óbvias? – perguntou ela com uma voz abafada.

Ele a beijou levemente no pescoço.

– Temo que sim.

Ele a conduziu através da multidão até um espaço aberto ao lado das barracas. Então comprou para ela um cone de nozes assadas, um chocalho de prata para Merritt e uma boneca de pano para a filha de Annabelle. Enquanto percorriam a High Street na direção da carruagem que os esperava, Daisy foi parada por uma mulher que usava roupas espalhafatosas, lenços com fios metalizados e joias de ouro batido.

O rosto da mulher fez Daisy se lembrar das bonecas de maçã que Lillian e ela faziam quando eram crianças. Elas esculpiam rostos nas frutas descascadas e as deixavam secar até ficarem escuras e murchas. Os olhos eram feitos de contas pretas e os cabelos de tufos de lã cardada...

– Posso ler a sorte da dama, senhor? – perguntou a mulher para Matthew.

Ele olhou para Daisy, erguendo uma sobrancelha sarcasticamente.

Ela sorriu, sabendo muito bem que Matthew não tinha nenhuma paciência com misticismo, superstições ou tudo que tivesse a ver com o sobrenatural. Era prático demais para acreditar em coisas que não pudessem ser comprovadas.

– Só porque você não acredita em magia – disse Daisy em tom de brincadeira – não significa que não possa existir. Não quer dar uma espiada no futuro?

– Prefiro esperar que chegue – respondeu ele incisivamente.

– É só um xelim, senhor – insistiu a adivinha.

Matthew suspirou e mudou os pacotes de mão para procurar em seu bolso com a outra.

– Este xelim – disse ele para Daisy – seria mais bem gasto nas barracas, em uma fita de cabelo ou para comprar um peixe defumado.

– Vindo de alguém que atirou uma moeda de 5 dólares em um poço dos desejos…

– O pedido não teve nada a ver com isso – disse ele. – Só o fiz para chamar sua atenção.

Daisy riu.

– Seu desejo se tornou realidade, não? – Então pegou o xelim e o entregou para a adivinha. – Qual é o seu método de adivinhação? – perguntou-lhe alegremente. – Tem uma bola de cristal? Usa cartas de tarô ou lê mãos?

Como resposta, a mulher tirou um espelho prateado da cintura de sua saia e o entregou para Daisy.

– Olhe para seu reflexo – entoou solenemente. – É o portal para o mundo dos espíritos. Continue a olhar. Não desvie os olhos.

Matthew suspirou e ergueu os olhos para o céu.

Obedientemente, Daisy olhou com ansiedade para seu próprio reflexo, vendo a luz da tocha incidir sobre suas feições. – Vai olhar para o espelho também?

– Não – respondeu a adivinha. – Só preciso ver seus olhos.

Depois... silêncio. Mais adiante, pessoas cantavam músicas folclóricas e batiam tambores. Olhando para seus próprios olhos, Daisy viu os pequenos brilhos dourados da luz refletida, como centelhas subindo de uma fogueira. Se olhasse muito fixamente e por tempo suficiente, poderia se convencer de que o espelho prateado era mesmo o portal para um mundo místico. Talvez fosse sua imaginação, mas pôde sentir a intensidade da concentração da adivinha.

Com uma brusquidão que sobressaltou Daisy, a mulher tirou o espelho de suas mãos.

– Mau sinal – disse ela sucintamente. – Não consigo ver nada. Vou devolver seu xelim.

– Não precisa – respondeu Daisy confusa. – Não é culpa sua se meu espírito está opaco.

Estudando o rosto enrugado da adivinha, Daisy notou que ela parecia francamente insatisfeita. Devia ter visto algo que a incomodou. O que provavelmente era um sinal para deixar aquilo para lá. Mas Daisy se conhecia muito bem. Se não descobrisse o que era, a curiosidade a deixaria louca.

– Não queremos o xelim de volta – disse ela. – Por favor, *deve* me dizer alguma coisa. Se for uma má notícia, seria melhor saber, não é?

– Nem sempre – disse a mulher sombriamente.

Daisy se aproximou dela até sentir um cheiro doce de figos e essência de ervas... Louro? Manjericão?

– Quero saber – insistiu.

A adivinha lhe lançou um longo e cauteloso olhar. Finalmente, falou com grande relutância:

– A doçura que a noite trouxe para um coração se transforma em amargura de dia. Uma promessa feita em abril... um coração partido em maio.

Um coração partido? Daisy não gostou de como isso soava.

Sentiu Matthew vir por trás dela e pôr uma das mãos em sua cintura. Embora não pudesse ver a expressão dele, sabia que era sarcástica.

– Dois xelins inspirariam algo um pouco mais otimista? – perguntou Matthew.

A adivinha o ignorou. Enfiando o cabo do espelho em sua cintura, disse para Daisy:

– Faça um amuleto colocando dentes de alho dentro de um saquinho de pano. Ele deve carregá-lo para proteção.

– Contra o quê? – perguntou Daisy.

A mulher já estava se afastando a passos largos. Sua volumosa saia colorida se movia como junco no rio enquanto ela se dirigia à multidão no fim da rua em busca de mais negócios.

Daisy se virou para Matthew e olhou para seu rosto impassível.

– Contra o que você precisaria de proteção?

– A chuva.

Ele ergueu a palma da mão e Daisy viu que algumas gotas frias tinham caído em sua cabeça e em seus ombros.

– Tem razão – disse ela, matutando sobre a nefasta previsão. – Eu devia ter comprado o peixe defumado.

– Daisy… – Ele deslizou sua mão livre para a nuca dela. – Não acredita nesse monte de besteiras, não é? Aquela velha encarquilhada decorou alguns versos, e recitaria qualquer um deles por um xelim. O único motivo de ter feito um mau presságio foi eu não ter fingido acreditar em seu espelho mágico.

– Sim, mas… ela parecia genuinamente triste.

– Não havia nada de genuíno nela ou em nada do que disse. – Matthew a puxou para perto, não se importando com quem pudesse vê-los. Quando Daisy ergueu os olhos para ele, uma gota de chuva caiu em seu rosto e outra perto do canto de sua boca.

242

– Aquilo não era real – disse Matthew com suavidade, seus olhos com um tom de azul meia-noite. Ele a beijou com força e urgência bem ali em público, na rua, com o gosto da chuva nos lábios deles. – Isto é.

Daisy se apertou contra ele, ficando na ponta dos pés para encaixar seu corpo no de Matthew. A profusão de pacotes ameaçava cair e ele tentou segurá-los enquanto beijava Daisy. Ela interrompeu o beijo com uma súbita risada. Um forte trovejar fez o chão vibrar sob seus pés. Pelo canto do olho, Daisy viu pessoas se dispersando para se abrigar em lojas e barracas.

– Vamos apostar uma corrida até a carruagem – disse ela para Matthew, erguendo suas saias e desatando a correr.

CAPÍTULO 17

Enquanto a carruagem chegava ao fim da entrada de cascalho, uma chuva pesada caía e o vento batia no veículo. Pensando nos farristas na vila, Matthew riu para si mesmo. Certamente muitos ânimos amorosos estavam sendo esfriados pelo aguaceiro.

A carruagem parou, seu teto ecoando o impacto da chuva incessante. Matthew tirou seu casaco e o pôs ao redor de Daisy, puxando-o para cima até cobrir a cabeça e os ombros dela. Não era o suficiente, mas a protegeria até que chegasse à porta da frente da mansão.

– Você vai se molhar – protestou Daisy, olhando para as mangas da camisa e o colete dele.

Matthew começou a rir.

– Não sou feito de açúcar.

– Nem eu.

– Sim, você é – murmurou ele, fazendo-a corar. Ele sorriu à visão do rosto de Daisy espiando por debaixo do casaco como uma pequena coruja na floresta. – Fique com o casaco – disse. – São apenas alguns metros até a porta.

Houve uma rápida batida e a carruagem se abriu revelando um criado que lutava corajosamente com um guarda-chuva. Uma rajada de vento virou o guarda-chuva do avesso. Quando Matthew saltou da carruagem, ficou imediatamente ensopado. Ele bateu no ombro do criado.

– Entre! – gritou em meio à tempestade. – Eu ajudarei a Srta. Bowman.

O criado assentiu e se apressou em seguir para a mansão.

Voltando para a carruagem, Matthew conduziu Daisy para fora e a pôs cuidadosamente no chão. Eles percorreram o caminho enlameado até a escada da frente, só parando quando passaram pela porta.

O calor e a luz do hall de entrada os envolveram. Matthew estava com a camisa molhada colada nos ombros e a ideia de se sentar diante de uma lareira lhe provocou um arrepio de prazer.

– Ah, querido – disse Daisy sorrindo e erguendo a mão para afastar os cabelos dele que pingavam na testa. – Você está ensopado.

Uma criada correu para eles com toalhas limpas. Agradecendo-lhe com um gesto de cabeça, Matthew esfregou vigorosamente os cabelos e enxugou a água do rosto. Ele inclinou a cabeça para deixar Daisy arrumar seus cabelos com os dedos o melhor que pudesse.

Percebendo a aproximação de alguém, Matthew olhou por cima de seu ombro. Era Westcliff. Estava com uma expressão austera, mas algo em seus olhos, um ar de preocupação, causou um arrepio de medo em Matthew.

– Swift – disse o conde calmamente –, recebemos visitantes inesperados esta tarde. Eles ainda não revelaram o objetivo de sua vinda, só disseram que era algo que envolvia você.

O arrepio se intensificou até parecer que cristais de gelos tinham se formado nos músculos e ossos de Matthew.

– Quem são? – perguntou ele.

– Um tal de Sr. Wendell Waring, de Boston... e dois policiais de Bow Street.

Matthew não se moveu ou reagiu, assimilando as notícias em silêncio. Uma nauseante onda de desespero caiu sobre ele.

Meu Deus, pensou. Como Waring o encontrara ali na Inglaterra? Estava tudo terminado. Todos aqueles anos que roubara do destino... agora seriam reivindicados. Seu coração bateu forte com uma necessidade urgente de fugir. Não havia para onde. Mesmo se houvesse, estava cansado de viver temendo esse dia.

Sentiu a pequena mão de Daisy deslizar para a sua, mas não retribuiu a pressão dos dedos dela. Olhou para o rosto de Westcliff. Fosse lá o que houvesse em seu olhar fez o conde dar um suspiro profundo.

– Maldição – murmurou Westcliff. – Isso é ruim, não é?

Matthew fez que sim com a cabeça. Ele soltou a mão de Daisy. Ela não tentou tocá-lo de novo, sua perplexidade quase palpável.

Após um longo momento de reflexão, Westcliff endireitou os ombros.

– Bem, então vamos resolver isso. Seja qual for o resultado, estarei ao seu lado como amigo.

Matthew deixou escapar uma breve e incrédula risada.

– Nem mesmo sabe do que se trata.

– Não faço promessas vãs. Venha. Eles estão no salão.

Matthew assentiu. Surpreendeu-se por estar agindo como se nada estivesse acontecendo, como se todo o seu mundo não estivesse prestes a desmoronar. Era como se estivesse observando tudo de fora. O medo nunca lhe fizera isso. Mas talvez fosse porque nunca tivesse tido tanto a perder.

Viu Daisy andando à sua frente e erguendo o rosto enquanto Westcliff lhe murmurava algo. Matthew olhou para o chão. Ver Daisy lhe provocava uma dor aguda na garganta, como se tivesse sido ferida por um punhal. Desejou que o entorpecimento voltasse, e misericordiosamente voltou.

Eles entraram no salão. Ao ver Thomas, Mercedes e Lillian, Matthew se sentiu como um réu no dia do julgamento. Seu olhar varreu a sala, e ele ouviu a voz de um homem bradando:

– É ele!

Imediatamente houve um brilho e uma explosão de dor em sua cabeça e suas pernas fraquejaram como se fossem feitas de areia. O brilho diminuiu como uma estrela implodindo e a escuridão baixou, mas sua mente confusa tentou afastá-la, lutando ferozmente para manter a consciência.

Matthew se tornou vagamente consciente de que estava no chão e sentiu a lã áspera do tapete em sua bochecha. Fora golpeado com algum objeto duro.

Sua visão apresentava pontos luminosos quando ele se sentiu sendo erguido com os braços projetados para a frente. Alguém gritava... ouviu homens vociferando, o grito agudo de uma mulher... Pestanejou, mas seus olhos continuaram a lacrimejar em virtude da dor aguda. Seus pulsos foram comprimidos em argolas de ferro. Algemas, percebeu, o peso familiar enchendo-o de pânico.

Pouco a pouco, as vozes se tornaram reconhecíveis em meio ao zumbido em seus ouvidos. A de Westcliff se enfurecendo...

– Como ousam vir à minha casa agredir um dos meus convidados? Sabem quem eu sou? Tirem isso dele *agora* ou providenciarei para que todos vocês apodreçam em Newgate!

E uma nova voz...

– Não depois desses anos todos. Não correrei o risco de que ele fuja.

A voz era do Sr. Wendell Waring, o patriarca de uma próspera família da Nova Inglaterra. O segundo homem que Matthew mais odiava no mundo, o primeiro era o filho de Waring, Harry.

Parecia estranho como um som ou cheiro podia trazer de volta o passado tão facilmente, por mais que Matthew quisesse esquecê-lo.

– Para *onde* espera que ele fuja? – perguntou Westcliff.

– Tenho permissão para detê-lo da forma que escolher. Não tem nenhum direito de se opor.

Era óbvio que Westcliff não estava acostumado a que lhe dissessem que não tinha nenhum direito de fazer alguma coisa, principalmente em sua própria casa. Seria mais óbvio ainda dizer que ele estava furioso.

A discussão se tornou mais violenta do que a tempestade lá fora, mas Matthew perdeu o rumo da conversa ao sentir um toque suave em seu rosto. Ele recuou e ouviu Daisy murmurar:

– Não. Fique quieto.

Ela enxugava seu rosto com um pano seco, limpando seus olhos e sua boca, afastando da testa seus cabelos úmidos. Ele estava sentado com as mãos algemadas no colo, tentando conter um uivo de dor enquanto olhava para ela. O rosto de Daisy estava pálido, mas calmo. A aflição lhe provocara manchas vermelhas nas bochechas que se destacavam na pele branca. Ela se ajoelhou no tapete ao lado da cadeira de Matthew para examinar as algemas. Estavam unidas por uma corrente de ferro ligada a outra maior que seria usada pelo policial para conduzi-lo.

Erguendo a cabeça, Matthew registrou a presença de dois policiais enormes usando o uniforme padrão de calças de verão brancas, fraque preto de gola alta e cartola rígida. Estavam sérios e em silêncio enquanto Wendell Waring, Westcliff e Thomas Bowman discutiam acaloradamente.

Daisy mexia nas algemas. O coração de Matthew se apertou ao ver que ela estava introduzindo um grampo na fechadura. As irmãs Bowmans eram famosas por essas habilidades, adquiridas em anos de tentativas fracassadas de seus pais de discipliná-las. Mas as mãos de Daisy tremiam demais para lhe permitir lidar com uma fechadura que não conhecia. E era inútil tentar libertá-lo. Deus, se ao menos ele pudesse mantê-la afastada de seu horrível passado... de si mesmo!

– Não – disse baixinho. – Não vale a pena. Daisy, por favor.

– Afaste-se do prisioneiro – pediu um dos policiais ao ver a intromissão de Daisy. – Percebendo que ela o ignorava, ele deu um passo para a frente erguendo as mãos. – Senhorita, eu lhe disse...

– *Não toque nela!* – disparou Lillian com uma ferocidade que causou um silêncio temporário na sala. Até mesmo Westcliff e Waring pararam, surpresos.

Olhando para o pasmado policial, Lillian foi até Daisy e a puxou para o lado. Ela disse para os policiais com ferino desprezo:

– Antes de darem um passo em minha direção, aconselho-os a pensar no que acontecerá com suas carreiras quando souberem que trataram mal a condessa de Westcliff em sua própria casa. – Ela tirou um grampo dos cabelos e assumiu o lugar de Daisy, ajoelhando-se diante de

Matthew. Em segundos abriu a fechadura das algemas, que caíram do pulso dele.

Antes de Matthew poder lhe agradecer, Lillian se levantou e continuou seu discurso para os policiais:

– Bela dupla que vocês são, recebendo ordens de um ianque mal-educado para abusar da hospitalidade da família que os abrigou de uma tempestade. Obviamente são estúpidos demais para saber de todo o apoio financeiro e político que meu marido tem dado para a polícia. Bastaria ele erguer um dedo para o ministro do Interior e o chefe magistrado serem substituídos em uma questão de dias. Então se eu fosse os senhores...

– Desculpe-me, mas não temos outra escolha, milady – protestou um dos robustos policiais. – Recebemos ordens de levar o Sr. Phaelan para Bow Street.

– Quem diabo é o Sr. Phaelan? – perguntou Lillian.

Parecendo chocado com a linguagem usada pela condessa, o policial respondeu:

– Aquele ali. – Ele apontou para Matthew.

Consciente de que todos os olhares estavam fixos nele, Matthew se manteve impassível. Daisy foi a primeira da sala a se mover. Ela tirou as algemas do colo de Matthew e foi para a porta, onde um pequeno grupo de criados curiosos se reunira. Depois de uma rápida conversa em voz baixa com eles, voltou a ocupar a cadeira perto de Matthew.

– E pensar que eu achava que a tarde seria monótona – disse Lillian secamente, sentando-se em uma cadeira do outro lado de Matthew como se para ajudar a defendê-lo.

Daisy perguntou suavemente para Matthew:

– Qual é seu nome? Matthew Phaelan?

Ele não conseguiu responder, todos os músculos de seu corpo se retesando ao som daquele nome.

– Sim – disse Wendell Waring em uma voz estridente.

249

Era um daqueles homens desafortunados cuja voz aguda não combinava com seu grande corpo. Além disso, distinguia-se no comportamento e na aparência, com fartos cabelos grisalhos, suíças perfeitamente arrumadas e uma impenetrável barba branca. Ele cheirava a velha Boston, com seus trajes fora de moda e seu casaco de *tweed* caro, mas gasto, e o ar de autoconfiança que só podia provir de uma família repleta de graduados em Harvard. Seus olhos eram como pedras de quartzo não polidas: duros, claros e sem brilho.

Waring andou a passos largos até Westcliff e lhe entregou um punhado de papéis.

– Prova da minha autoridade – disse venenosamente. – Aí tem uma cópia de uma requisição diplomática de prisão provisória feita pelo secretário de Estado americano. Uma cópia de uma ordem do secretário britânico do Interior, Sir James Graham, para o chefe magistrado de Bow Street, para emitir a ordem de prisão de Matthew Phaelan, conhecido como Matthew Swift. Cópias de declarações de testemunhas que...

– Sr. Waring – interrompeu-o Westcliff com uma suavidade que de modo algum mitigou a ameaça em seu tom –, pode me trazer cópias de tudo, de ordens de prisão à Bíblia de Gutenberg. Isso não significa que lhe entregarei este homem.

– Não tem outra escolha! Ele é um criminoso condenado que será extraditado para os Estados Unidos, independentemente das objeções de qualquer pessoa.

– *Não tenho outra escolha?* – Westcliff arregalou seus olhos escuros e seu rosto ficou vermelho. – Por Deus, poucas vezes minha paciência foi testada até o limite como está sendo agora. Esta propriedade onde o senhor se encontra pertence à minha família há cinco séculos e nesta terra, nesta casa, quem manda sou eu. Agora me diga, da maneira mais respeitosa possível, quais são as acusações contra este homem.

Era impressionante ver Marcus, lorde Westcliff, colérico. Matthew duvidava de que até mesmo Wendell Waring, que era amigo de presidentes e homens influentes, já tivesse encontrado alguém com mais autoridade. Os dois policiais pareciam desconfortáveis entre os dois homens.

Waring não olhou para Matthew ao responder, como se a visão dele fosse repulsiva demais para ser tolerada.

– Todos conhecem o homem sentado na nossa frente como Matthew Swift. Ele enganou e traiu todos que já teve a chance de encontrar. O mundo será muito melhor quando ele for exterminado como um verme. Nesse dia…

– Desculpe-me, senhor – interrompeu-o Daisy com uma polidez que beirava o deboche –, mas prefiro ouvir a versão objetiva dos fatos. Não tenho nenhum interesse em suas opiniões sobre o caráter do Sr. Swift.

– O nome dele é *Phaelan*, não Swift – retorquiu Waring. – É filho de um bêbado irlandês. Foi levado para o orfanato de Charles River quando era bebê, depois que a mãe morreu no parto. Tive o azar de conhecer Matthew Phaelan quando o comprei com a idade de 11 anos para ser o criado pessoal de meu filho Harry.

– O senhor o *comprou*? – repetiu Daisy acidamente. – Eu não sabia que órfãos podiam ser comprados e vendidos.

– Contratei, então – disse Waring, olhando para ela. – Quem é a senhorita insolente que ousa interromper os mais velhos?

Subitamente Thomas Bowman entrou na discussão, torcendo seu bigode raivosamente.

– É minha filha, e ela pode falar como quiser!

Surpresa com a defesa de seu pai, Daisy deu um sorriso breve para ele e depois voltou sua atenção para Waring.

– Por quanto tempo o Sr. Phaelan foi seu criado? – perguntou ela.

– Sete anos. Ele servia ao meu filho no internato, cumpria ordens, cuidava de seus objetos pessoais e voltava com ele nas férias.

Ele olhou de modo acusador para Matthew. Agora que sua presa estava garantida, a fúria de Waring se transformou em sombria resolução. Ele parecia um homem que carregara por muito tempo um fardo pesado demais.

– Não sabíamos que estávamos abrigando uma cobra em nosso meio. Em uma das férias de Harry, uma fortuna em joias foi roubada do cofre da família. Um dos itens era um colar de diamantes que pertencia aos Warings havia séculos. Meu bisavô o havia comprado da arquiduquesa da Áustria. O roubo só podia ter sido cometido por alguém da família ou um criado de confiança que tivesse acesso à chave do cofre. Todas as evidências apontavam para uma pessoa: Matthew Phaelan.

Matthew estava sentado em silêncio. Calmo por fora, um caos por dentro. Ele se continha com grande esforço, sabendo que não ganharia nada exteriorizando-o.

– Como sabe que a fechadura não foi forçada por um ladrão? – perguntou Lillian friamente.

– O cofre tinha um dispositivo de segurança – respondeu Waring – que o bloqueava se fosse usada uma alavanca. Só abria com a chave original ou uma chave-mestra. E Phaelan sabia onde a chave estava. De tempos em tempos era encarregado de tirar dinheiro ou bens pessoais do cofre.

– Ele não é um ladrão! – Matthew ouviu Daisy dizer explodindo de raiva, defendendo-o antes que ele pudesse se defender. – Ele nunca seria capaz de roubar nada de ninguém.

– Um júri de doze homens não opinou da mesma maneira – vociferou Waring, sua raiva ressurgindo. – Phaelan foi condenado por roubo e sentenciado a quinze anos de prisão. Ele fugiu antes de ser preso, e desapareceu.

Tendo presumido que Daisy se afastaria dele, Matthew ficou atônito ao perceber que ela decidira ficar ao lado da sua cadeira, e sentiu a leve pressão da mão dela no ombro. Não deu a impressão de reagir àquele toque, mas seus sentidos absorveram avidamente o peso dos dedos de Daisy.

– Como me encontrou? – perguntou Matthew, forçando-se a olhar para Waring. O tempo havia mudado aquele homem de modos sutis. As rugas no rosto tinham se aprofundado e os ossos estavam mais proeminentes.

– Tenho homens à sua procura há anos – disse Waring com um toque melodramático que seus colegas de Boston certamente teriam achado excessivo. – Sabia que não poderia se esconder para sempre. Houve uma grande doação anônima para o orfanato de Charles River e suspeitei que estivesse por trás disso, mas foi impossível passar pela barreira do exército de advogados e dos negócios sigilosos. Então me ocorreu que você poderia tentar encontrar seu pai que o havia abandonado tanto tempo atrás. Nós o localizamos e, em troca de algumas doses de bebida, ele nos contou tudo que queríamos saber: o nome que estava usando e seu endereço em Nova York. – O desprezo de Waring encheu o ar como uma nuvem de moscas quando ele acrescentou: – Você foi vendido pelo equivalente a meio litro de uísque.

A respiração de Matthew ficou presa. Sim, tinha encontrado seu pai. E decidira, contra toda lógica e cautela, confiar nele. A necessidade de uma conexão com alguém ou algo fora irresistível. Seu pai era uma ruína humana. Infelizmente havia pouco que pudesse fazer por ele além de lhe encontrar uma moradia e custear suas despesas.

Sempre que Matthew conseguira visitá-lo em segredo, havia garrafas empilhadas por toda parte.

– Se algum dia precisar de mim – dissera ao pai, pondo uma nota dobrada em sua mão –, mande me chamar neste endereço. Não o dê para ninguém, entendeu?

O pai, infantil em sua dependência, dissera que sim, havia entendido.

Se algum dia precisar de mim... Matthew desejara que alguém precisasse dele.

Esse era o preço de seu desejo.

– Swift – perguntou Thomas Bowman –, o que Waring disse é verdade? – A voz grossa familiar tinha um tom agradável.

– Não totalmente.

Matthew se permitiu olhar com cautela para a sala. Tudo o que esperava ver naqueles rostos – acusação, medo, raiva – não estava lá. Até mesmo Mercedes Bowman, que não era o que se podia chamar de uma mulher compassiva, o encarava com o que ele quase poderia jurar que era brandura.

De repente ele percebeu que estava em uma posição diferente da em que estivera anos atrás, quando era pobre e sem amigos. Sua única arma havia sido a verdade, o que não fora o suficiente. Agora tinha dinheiro e influência, para não dizer poderosos aliados. Acima de tudo, tinha Daisy, que ainda estava com a mão em seu ombro lhe dando força e conforto.

Ele estreitou os olhos, enfrentando o olhar acusador de Wendell Waring. Gostasse ou não, Waring teria de ouvir a verdade.

CAPÍTULO 18

— Fui criado de Harry Waring – começou Matthew bruscamente. – E dos bons, embora soubesse que ele não me considerava um ser humano. Harry via os criados como cães. Eu só existia para sua conveniência. Meu trabalho era assumir a culpa por suas más ações, receber suas punições, consertar o que ele quebrava, buscar o que ele precisava. Mesmo jovem, Harry era um inútil arrogante que acreditava poder sair impune de tudo em virtude do nome da sua família…

– Não permitirei que ele seja caluniado! – explodiu Waring.

– Já teve sua vez de falar – vociferou Thomas Bowman. – Agora quero ouvir Swift.

– O nome dele não é…

– Deixe-o falar – disse Westcliff, sua voz fria encerrando a questão.

Matthew inclinou brevemente a cabeça para o conde em sinal de agradecimento. Sua atenção foi desviada quando Daisy voltou a se sentar na cadeira próxima. Ela puxou gradualmente sua cadeira para mais perto da de Matthew.

– Fui com Harry para Boston Latin – continuou Matthew – e depois para Harvard. Dormia nos aposentos dos criados no porão. Estudava as anotações dos amigos de Harry das aulas às quais ele havia faltado e redigia seus trabalhos.

– Isso é mentira! – gritou Waring. – *Você*, educado por freiras idosas em um orfanato… Está louco se acha que alguém acreditaria em você.

Matthew se permitiu um sorriso zombeteiro.

– Aprendi mais com aquelas freiras idosas do que Harry aprendeu com professores particulares. Harry dizia que não precisava de instrução porque tinha um bom nome e dinheiro. Mas eu não tinha nada disso. Minha única chance era aprender o máximo possível na esperança de algum dia ascender socialmente.

– Ascender para *onde*? – perguntou Waring com visível desdém. – Você era um criado, um criado *irlandês*, sem nenhuma chance de se tornar um cavalheiro.

Um curioso meio sorriso surgiu no rosto de Daisy.

– Mas foi exatamente o que ele fez em Nova York, Sr. Waring. Matthew conquistou uma boa posição nos negócios e na sociedade, e certamente se tornou um cavalheiro.

– Sob o disfarce de uma falsa identidade – retrucou Waring. – Não vê que o homem é uma fraude?

– Não – respondeu Daisy, olhando diretamente para Matthew, seus olhos escuros e brilhantes. – Vejo um cavalheiro.

Matthew teve vontade de beijar os pés dela. Em vez disso, desviou seu olhar e continuou:

– Eu fiz tudo que podia para manter Harry em Harvard enquanto ele parecia determinado a ser expulso. A bebida, o jogo e...

Matthew hesitou ao se lembrar de que havia damas presentes.

– Outras coisas – prosseguiu – se tornaram piores. Seus gastos mensais superavam em muito sua mesada e as dívidas de jogo assumiram proporções tão absurdas que até mesmo Harry começou a se preocupar. Ele temia as repercussões se o pai soubesse da dimensão do problema. Como sempre, Harry procurou a saída mais fácil. O que explica as férias em casa quando o cofre foi roubado. Eu soube imediatamente que tinha sido ele.

– Mentiras venenosas – esbravejou Waring.

– Harry me acusou – disse Matthew –, em vez de admitir que havia roubado o cofre para pagar suas dívidas.

Estava decidido a me sacrificar para salvar a própria pele. Naturalmente a família acreditou na palavra dele e não na minha.

– Sua culpa foi provada no tribunal – disse Waring asperamente.

– *Nada* foi provado.

A raiva de Matthew aumentou e ele respirou fundo, tentando se controlar. Sentiu a mão de Daisy procurando a sua e a segurou, apertando-a com uma força excessiva, mas sem conseguir diminuí-la.

– O julgamento foi uma farsa. Foi apressado para evitar que os jornais dedicassem muita atenção ao caso. Meu defensor indicado pelo tribunal literalmente dormiu durante a maior parte do julgamento. Não havia nenhuma evidência que me ligasse ao roubo. Um criado de um dos colegas de classe de Harry se apresentou dizendo que tinha ouvido Harry e dois amigos planejando me incriminar, mas ele estava com medo demais para testemunhar.

Vendo que Daisy estava ficando com os nós dos dedos brancos, Matthew se forçou a afrouxar sua mão e os acariciou com o polegar.

– Foi um golpe de sorte quando um repórter do *Daily Adviser* escreveu um artigo mencionando as dívidas de jogo de Harry e revelando que essas mesmas dívidas coincidentemente foram pagas logo após o roubo. Isso causou um crescente clamor público contra a óbvia farsa do julgamento.

– Ainda assim você foi condenado? – perguntou Daisy, indignada.

Matthew sorriu amargamente.

– A justiça pode ser cega, mas adora o som do dinheiro. Os Warings eram muito poderosos e eu era um criado sem um centavo.

– Como escapou? – perguntou Daisy.

A sombra do sorriso amargo permaneceu no rosto dele.

– Isso foi tão surpreendente para mim quanto para as outras pessoas. Eu tinha sido posto em uma carroça de prisioneiros que partiu para a prisão estadual antes do nascer do sol. A carroça parou em uma parte vazia da estrada. De repente a porta foi destrancada e fui puxado para fora por meia dúzia de homens. Presumi que seria linchado. Mas eles disseram que eram cidadãos solidários determinados a corrigir uma injustiça. Libertaram-me. Os guardas não opuseram nenhuma resistência e me foi dado um cavalo. Consegui chegar a Nova York, vendi o cavalo e comecei uma nova vida.

– Por que escolheu o nome Swift? – perguntou Daisy.

– Àquela altura eu já conhecia o poder de um nome respeitado. Os Swifts eram uma família grande com muitos ramos, e achei que isso me ajudaria a não chamar muita atenção.

Então Thomas Bowman falou, movido por seu orgulho ferido.

– Por que me pediu emprego? Pretendia me fazer de bobo?

Matthew olhou para ele, lembrando-se de sua primeira impressão de Thomas Bowman... um homem poderoso disposto a lhe dar uma chance, preocupado demais com seu negócio para fazer muitas perguntas. Esperto, tenaz, imperfeito, decidido... a figura masculina mais influente na vida de Matthew.

– Jamais – disse Matthew sinceramente. – Eu admirava suas conquistas. Queria aprender com o senhor. E... – Ele sentiu um nó na garganta –... passei a vê-lo com respeito e gratidão e a lhe dedicar grande afeto.

Com o rosto corado de alívio, Bowman assentiu levemente, seus olhos brilhando. Waring estava com a aparência de um homem acabado, sua compostura se estilhaçando como vidro barato. Ele olhou para Matthew tremendo de raiva.

– Está tentando manchar a memória do meu filho com suas mentiras – disse. – Não permitirei isso. Você achou que se fosse para um país estrangeiro ninguém iria...

– *A memória dele?* – Matthew ergueu os olhos devagar. – Harry está morto?

– Por sua causa! Depois do julgamento houve boatos, mentiras, dúvidas que nunca desapareceram. Os amigos de Harry o evitaram. A honra manchada arruinou a vida dele. Se tivesse admitido sua culpa, se tivesse cumprido sua pena, Harry ainda estaria comigo. Mas as horríveis suspeitas das pessoas aumentaram com o tempo e viver a essa sombra fez Harry beber e viver imprudentemente.

– Pelo visto – disse Lillian com sarcasmo –, seu filho já fazia isso antes do julgamento.

Lillian tinha um talento especial para fazer as pessoas perderem os limites. Waring não foi uma exceção.

– Ele é um criminoso condenado! – Waring avançou em sua direção. – Como ousa acreditar nele e não em mim?

Westcliff os alcançou em três passos, mas Matthew já fora para a frente de Lillian, protegendo-a da ira de Waring.

– Sr. Waring – disse Daisy em meio ao tumulto. – Por favor, controle-se. Certamente sabe que esse comportamento não ajuda em nada sua causa.

A calma e a lucidez pareceram penetrar a fúria do homem. Ele olhou para Daisy de um modo estranhamente suplicante.

– Meu filho está morto. A culpa é de Phaelan.

– Isso não o trará de volta – disse brandamente. – Não honrará sua memória.

– Isso me trará paz! – gritou Waring.

A expressão de Daisy se tornou grave, seu olhar compadecido.

– Tem certeza?

Todos puderam ver que isso não importava. Waring estava além do alcance da razão.

– Esperei muitos anos e viajei milhares de quilômetros para ver este momento – disse Waring. – Isso não me será negado. Viu os documentos, Westcliff. Nem mesmo você está acima da lei. Os policiais receberam ordens para usar a força, se necessário. Você o entregará para mim agora, esta noite.

– Creio que não. – O olhar de Westcliff estava duro como uma pedra. – Seria loucura viajar em uma noite como esta. As tempestades de primavera podem ser violentas e imprevisíveis em Hampshire. Vocês passarão a noite em Stony Cross Park enquanto penso no que deve ser feito.

Os policiais pareceram um pouco aliviados com essa sugestão, porque nenhum homem sensato ia querer enfrentar aquele dilúvio.

– Dando a Phaelan a oportunidade de fugir de novo? – perguntou Waring desdenhosamente. – Não! Você o entregará para mim e ele ficará sob minha custódia.

– Eu lhe dou minha palavra de que ele não fugirá – disse Westcliff.

– Sua palavra é inútil para mim – retorquiu Waring. – É óbvio que está do lado dele.

A palavra de um cavalheiro inglês era tudo. Duvidar dela era o maior insulto possível. Matthew ficou surpreso por Westcliff não explodir. Suas bochechas tensas vibravam de indignação.

– Agora acabou – murmurou Lillian parecendo apavorada. Nem mesmo em suas piores brigas com o marido ousara duvidar da honra dele.

– Para levar este homem – disse Westcliff para Waring em um tom letal – terá de passar por cima do *meu cadáver*.

Naquele momento, Matthew percebeu que a situação

fora longe demais. Viu Waring pôr a mão no bolso de seu casaco, o tecido cedendo a algo pesado, e a coronha de uma pistola. Claro. A arma era uma garantia no caso de os policiais se revelarem ineficientes.

– Espere! – gritou Matthew. Ele faria o que fosse preciso para evitar que a pistola fosse sacada. Se isso acontecesse, o confronto atingiria proporções tão perigosas que tornaria impossível para todos voltar atrás. – Irei com você.

– Não! – exclamou Daisy, atirando os braços ao redor do pescoço de Matthew. – Você não estará seguro com ele.

– Partiremos agora mesmo – disse Matthew para Waring, enquanto se soltava cuidadosamente dos braços de Daisy e a empurrava para trás do escudo de seu corpo.

– Não posso permitir… – começou Westcliff.

Matthew o interrompeu firmemente.

– É melhor assim.

Ele queria o enlouquecido Waring e os dois policiais longe de Stony Cross Park.

– Irei com eles e tudo será resolvido em Londres. Este não é o momento ou lugar para discutir.

O conde praguejou em voz baixa. Como um bom estrategista, sabia que estava momentaneamente em desvantagem. Essa não era uma batalha que podia ser vencida com força bruta. Exigiria dinheiro, procedimentos legais e influências políticas.

– Irei para Londres com você – disse Westcliff.

– Impossível – respondeu Waring. – Na carruagem só cabem quatro pessoas: os policiais, o prisioneiro e eu.

– Irei na minha.

– Eu o acompanharei – disse Thomas Bowman decididamente.

Westcliff empurrou Matthew para o lado, pondo a mão fraternalmente no ombro dele enquanto lhe falava em voz baixa:

– Conheço muito bem o magistrado de Bow Street. Providenciarei para que seja levado até ele assim que chegarmos a Londres, e a meu pedido você será solto imediatamente. Ficaremos em minha residência enquanto esperamos uma requisição formal do embaixador americano. Nesse meio-tempo reunirei um regimento de advogados e toda a influência política à minha disposição.

Matthew estava comovido demais para falar.

– Obrigado.

– Milorde – sussurrou Daisy –, eles conseguirão extraditar Matthew?

As feições de Westcliff se endureceram em arrogante certeza.

– Definitivamente não.

Daisy deu uma risada nervosa.

– Bem, estou disposta a aceitar sua palavra, milorde, embora o Sr. Waring não esteja.

– Quando eu acabar com Waring... – murmurou Westcliff, e balançou a cabeça. – Com licença, vou dizer aos criados para prepararem a minha carruagem.

Enquanto o conde se afastava a passos largos, Daisy olhou para o rosto de Matthew.

– Agora entendo tantas coisas! Por que não queria me contar?

– Eu... – A voz dele estava rouca. – Eu sabia que isso era errado. Sabia que a perderia quando descobrisse.

– Por que achou que eu não entenderia? – perguntou Daisy seriamente.

– Você não sabe como era antes. Ninguém acreditava em mim. Os fatos não importavam. Tendo passado por isso, achava que ninguém jamais acreditaria na minha inocência.

– Matthew, eu sempre acreditarei em qualquer coisa que me disser.

– Por quê? – sussurrou ele.

– Porque eu amo você.

Essas palavras o devastaram.

– Você não tem de dizer isso. Não tem…

– Eu amo você – insistiu Daisy, agarrando-lhe o colete.

– Eu deveria ter dito isso antes. Queria esperar até você confiar em mim o suficiente para parar de me esconder seu passado. Mas agora que sei o pior… – Ela parou e deu um sorriso zombeteiro. – Isso é o pior, não é? Há mais alguma coisa que queira confessar?

Matthew assentiu, aturdido.

– Não. Isso é tudo.

A expressão de Daisy se tornou tímida.

– Não vai me dizer que também me ama?

– Não tenho esse direito – disse Matthew. – Não enquanto isto não estiver resolvido. Não enquanto meu nome estiver…

– Diga-me – disse Daisy, puxando um pouco o colete.

– Eu amo você – murmurou Matthew. Deus, como era bom dizer isso para ela!

Daisy puxou o colete de novo, dessa vez em um gesto de posse, uma afirmação. Matthew resistiu, pondo as mãos nos cotovelos dela e sentindo o calor da pele dela sob o vestido úmido. Apesar da impropriedade da situação, seu corpo pulsou de desejo. *Daisy, não quero deixá-la…*

– Vou para Londres também – murmurou ela.

– Não. Fique aqui com sua irmã. Não quero que participe disso.

– Agora é um pouco tarde, não é? Como sua noiva, tenho muito interesse na resolução dessa questão.

Matthew baixou a cabeça, sua boca roçando os cabelos de Daisy.

– Será muito mais difícil para mim se você estiver lá. Preciso ter certeza de que está em segurança aqui em

Hampshire. – Tirando as mãos de Daisy de seu colete, ele beijou seus dedos ardentemente. – Vá ao poço por mim amanhã. Vou fazer outro pedido de 5 dólares.

Os dedos de Daisy apertaram os dele.

– É melhor fazer um de 10.

Matthew se virou ao sentir alguém vindo por trás. Eram os dois policiais, parecendo irritados.

– A norma é os infratores usarem algemas quando são transportados para Bow Street – disse um dos policiais. Ele olhou acusadoramente para Daisy. – Desculpe-me, senhorita, mas o que fez com as algemas que foram removidas do Sr. Phaelan?

Daisy o olhou inocentemente.

– Eu as entreguei para uma criada. Mas ela é muito esquecida. Provavelmente as colocou no lugar errado.

– Onde deveríamos começar a procurar? – perguntou o policial bufando de impaciência.

A expressão de Daisy não mudou quando ela respondeu:

– Sugiro que procurem meticulosamente em todos os urinóis.

CAPÍTULO 19

Em virtude de sua partida apressada, Marcus e Bowman haviam levado na bagagem apenas poucos itens pessoais além de uma muda de roupa e artigos básicos de higiene. Sentados em lados opostos da carruagem da família, falavam muito pouco. O vento e a chuva atingiam o veículo e Marcus pensou com preocupação no condutor e nos cavalos.

Era temerário viajar com aquele tempo, mas Marcus

jamais deixaria Matthew Swift... Phaelan... ser levado de Stony Cross sem nenhuma proteção. E era óbvio que o desejo de vingança de Wendell Waring atingira um nível irracional.

Daisy fora astuta em seus comentários de que fazer outra pessoa pagar pelo crime de Harry não traria seu filho de volta. Mas, para Waring, essa era a última coisa que podia fazer por ele. E talvez estivesse convencido de que a prisão de Matthew serviria para provar a inocência de seu filho.

Harry Waring tentara sacrificar Matthew para encobrir sua própria degradação. Marcus não permitiria que Wendell Waring fosse bem-sucedido no que seu filho fracassara.

– Você suspeita dele? – perguntou Thomas Bowman subitamente.

Marcus nunca tinha visto Bowman tão perturbado. Sem dúvida aquilo era muito doloroso para ele, que amava Matthew Swift como a um filho. Talvez até mais do que a seus próprios filhos. Não admirava que os dois tivessem formado um vínculo profundo: Swift, um jovem sem pai, e Bowman, um homem que almejava ter alguém a quem servir de mentor.

– Está perguntando se suspeito de Swift? Não, nem um pouco. Acho a versão dele infinitamente mais crível do que a de Waring.

– Eu também. E conheço o caráter de Swift. Posso lhe garantir que em todos os meus negócios com ele, sempre foi um homem excessivamente honesto e de princípios.

Marcus esboçou um sorriso.

– Alguém pode ser excessivamente honesto?

Bowman encolheu os ombros, torcendo seu bigode com relutante divertimento.

– Bem, a honestidade extrema às vezes pode ser uma desvantagem nos negócios.

O estrondo de um trovão pareceu próximo demais e alarmou Marcus.

– Isto é loucura – murmurou. – Logo eles terão de parar em uma taverna, se é que conseguirão atravessar a fronteira de Hampshire. Alguns dos riachos locais são mais caudalosos do que rios. O aumento do volume de água nas nascentes tornará as estradas intransitáveis.

– Deus, espero que sim – disse Thomas Bowman fervorosamente. – Nada me agradaria mais do que ver Waring e aqueles dois idiotas sendo forçados a voltar para Stony Cross com Swift.

A carruagem desacelerou e parou de repente.

– O que foi? – Bowman ergueu a cortina da janela para espiar, mas não conseguiu ver nada além da escuridão e da água que escorria pelo vidro. – Maldição!

Alguém bateu à porta e o rosto pálido do condutor surgiu.

– Milorde – disse ofegantemente –, houve um acidente…

Marcus saltou da carruagem, a chuva fria o atingindo com surpreendente força. Ele tirou a lanterna de seu suporte e seguiu o condutor até um riacho logo à frente.

– Meu Deus – sussurrou Marcus.

A carruagem que levava Waring e Matthew havia parado em uma ponte simples de tábuas. Um dos lados da ponte se soltara da margem e agora se inclinava sobre o riacho. A força da correnteza destruíra parte da ponte deixando as rodas traseiras da carruagem submersas até a metade enquanto os cavalos tentavam em vão puxar o veículo. Balançando para a frente e para trás na água como um brinquedo de criança, a ponte ameaçava se soltar da outra margem.

Não havia como alcançar a carruagem presa e seria suicídio tentar atravessar a correnteza.

– Meu Deus, não! – Marcus ouviu Thomas Bowman exclamar, horrorizado.

Eles só podiam observar impotentes enquanto o condutor da carruagem de Waring tentava salvar os cavalos, soltando as correias dos varais.

Ao mesmo tempo, a porta superior da carruagem foi aberta e um vulto começou a sair com óbvia dificuldade.

– É Swift? – perguntou Bowman, aproximando-se da margem o máximo que se atreveu. – Swift!

Mas seu grito foi abafado pelo barulho da tempestade, pelo rugido da correnteza e pelos rangidos furiosos da ponte que se desintegrava. Tudo pareceu acontecer ao mesmo tempo. Os cavalos se precipitaram para a segurança da margem. O movimento na ponte, um ou dois vultos escuros e, com uma lentidão arrepiante e quase majestosa, a pesada carruagem caiu na água. Metade afundou e a outra metade flutuou por alguns instantes... mas depois as luzes se apagaram e o veículo tombou de lado enquanto a furiosa correnteza o arrastava.

~

Daisy não conseguia dormir, incapaz de deter o fluxo de seus pensamentos. Acordara várias vezes durante a noite, perguntando-se o que aconteceria com Matthew. Temia pelo bem-estar dele. A única coisa que a mantinha calma era saber que Westcliff estava com ele.

Ficou revivendo os momentos no salão em que Matthew finalmente revelara os segredos de seu passado. Como parecera vulnerável e sozinho! Que fardo pesado carregara durante todos esses anos... e que coragem e imaginação precisara ter para se reinventar!

Daisy sabia que não seria capaz de esperar em Hampshire por muito tempo. Queria desesperadamente ver Matthew, tranquilizá-lo, defendê-lo do mundo.

Mais cedo naquela tarde Mercedes havia lhe perguntado

se as revelações sobre Matthew tinham afetado sua decisão de se casar com ele.

– Sim – respondera Daisy. – Estou ainda mais decidida a isso.

Lillian havia se juntado à conversa, admitindo que estava muito mais predisposta a gostar de Matthew Swift depois do que soubera sobre ele.

– Apesar de que seria bom saber qual será seu futuro nome de casada.

– Ah, o que há num simples nome? – citara Daisy pegando uma folha de papel em uma mesinha de colo e a manuseando nervosamente.

– O que está fazendo? – perguntara Lillian. – Não me diga que vai escrever uma carta *agora*.

– Não sei o que fazer – admitira Daisy. – Acho que eu deveria avisar Annabelle e Evie.

– Elas logo ficarão sabendo por Westcliff – disse Lillian. – E não ficarão nem um pouco surpresas.

– Por que está dizendo isso?

– Com seu gosto por histórias com reviravoltas dramáticas e personagens com passados misteriosos, era de esperar que não tivesse um noivado tranquilo e comum.

– Seja como for – respondera Daisy ironicamente –, um noivado tranquilo e comum parece *muito* agradável neste momento.

Depois de um sono agitado, Daisy acordou com alguém entrando no quarto. No início achou que era a criada para acender a lareira, mas era cedo demais. O dia ainda nem havia raiado e a chuva se tornara apenas uma sombria garoa.

Era sua irmã.

– Bom dia – gemeu Daisy, sentando-se e se espreguiçando. – Por que acordou tão cedo? Merritt está agitada?

– Não, ela está dormindo. – Sua voz estava rouca. Usando um pesado roupão de veludo e os cabelos em uma trança frouxa, ela foi para a cama com uma xícara de chá fumegante na mão. – Aqui, beba isto.

Daisy franziu as sobrancelhas e obedeceu, observando Lillian se sentar na beira do colchão. Algo havia acontecido.

– O que foi? – perguntou, sentindo um arrepio de pavor descendo por sua coluna.

Lillian apontou com a cabeça para a xícara de chá.

– Posso esperar até você estar um pouco mais desperta.

Era cedo demais para terem notícias de Londres, refletiu Daisy. Isso não podia ter nada a ver com Matthew. Talvez a mãe delas estivesse doente. Talvez algo horrível tivesse acontecido na vila.

Depois de tomar alguns goles de chá, Daisy se inclinou para pôr a xícara na mesa de cabeceira e voltou sua atenção para a irmã.

– Isto é o mais desperta que ficarei hoje. Conte-me agora.

Lillian pigarreou com força e falou com a voz firme:

– Westcliff e papai voltaram.

– O quê? – Daisy a olhou, perplexa. – Por que eles não estão em Londres com Matthew?

– Ele também não está lá.

– Então todos voltaram?

Lillian balançou a cabeça, tensa.

– Não. Sinto muito. Não estou explicando direito. Eu... serei direta. Pouco depois de Westcliff e papai deixarem Stony Cross, a carruagem deles teve de parar por causa de um acidente na ponte. Sabe aquela ponte velha e barulhenta que precisamos atravessar para permanecer na estrada principal?

– A que fica sobre o pequeno riacho?

– Sim. Bem, o riacho não está tão pequeno agora. Graças à tempestade, ele se transformou em um rio caudaloso. Aparentemente, a ponte foi enfraquecida pela correnteza e desabou quando a carruagem do Sr. Waring tentou atravessá-la.

Daisy ficou parada, confusa. *A ponte desabou?* Repetiu as palavras para si, mas elas pareciam tão impossíveis de interpretar quanto uma língua antiga esquecida.

– Alguém se salvou? – ouviu-se perguntar.

– Todos, menos Matthew – disse Lillian com a voz trêmula. – Ele ficou preso na carruagem que foi arrastada pela correnteza.

– Matthew está bem – declarou Daisy, seu coração começando a pular como um animal selvagem enjaulado. – Ele sabe nadar. Provavelmente foi parar em uma das margens rio abaixo. Alguém tem de procurar por ele.

– Estão procurando por toda parte – disse Lillian. – Westcliff está organizando uma busca em grande escala. Passou a maior parte da noite procurando. A carruagem se partiu em pedaços ao ser arrastada. Não há nenhum sinal de Matthew. Daisy, um dos policiais admitiu para Westcliff... – Ela parou e seus olhos castanhos brilharam com lágrimas furiosas –... que Matthew estava com as mãos presas.

As pernas de Daisy se moveram sob as cobertas, seus joelhos se dobrando firmemente para cima. Seu corpo queria ocupar o menor espaço físico possível, encolhendo-se diante dessa nova revelação.

– Mas por quê? – sussurrou. – Não havia nenhum motivo para isso.

O queixo determinado de Lillian tremeu enquanto ela tentava recuperar o controle de suas emoções.

– Dada a história de Matthew, disseram que havia um risco de fuga. Mas acho que Waring insistiu nisso por maldade.

Daisy se sentiu zonza com o batimento de seu próprio pulso. Estava assustada e, ao mesmo tempo, uma parte dela se tornara distante. Por um breve momento, visualizou Matthew se debatendo na água escura com as mãos presas...

– *Não* – disse, apertando as têmporas latejantes. Parecia que pregos haviam sido enfiados em seu crânio. Ela não conseguia respirar direito. – Ele não teve nenhuma chance, não é?

Lillian balançou a cabeça e desviou o olhar. Lágrimas escorreram de seu rosto e caíram na colcha.

Que estranho ela não estar chorando também. Uma quente pressão aumentava atrás de seus olhos, bem no fundo de sua cabeça, fazendo seu crânio doer. Parecia que suas lágrimas estavam esperando outro pensamento ou outra palavra que as libertassem.

Daisy continuou a pressionar as têmporas latejantes, estava quase cega de dor de cabeça ao perguntar:

– Você está chorando por Matthew?

– Sim. – Lillian puxou um lenço da manga de seu roupão e assoou o nariz com força. – Mas principalmente por você. – Ela se inclinou o suficiente para pôr os braços ao redor de Daisy, como se pudesse protegê-la de todo mal. – Eu amo você, Daisy.

– Também amo você – disse Daisy em uma voz abafada, seus olhos secos ardendo enquanto ela lutava para respirar.

~

A busca continuou durante o restante do dia. Para Daisy, todos os rituais comuns, as horas de dormir, trabalhar e comer, tinham perdido significado. Apenas um incidente conseguiu tirar Daisy do torpor que a oprimia: Westcliff ter se recusado a deixá-la ajudar na busca.

– Você não será útil para ninguém – dissera-lhe ele, exausto e aflito demais para ter seu tato habitual. – Está perigoso lá fora. Na melhor das hipóteses, você será uma distração. Na pior, se machucará.

Daisy sabia que ele estava certo, mas isso não conteve uma chama de indignação. Esse sentimento ameaçou fazê-la perder o controle, e por isso ela se fechou rapidamente em si mesma.

Talvez o corpo de Matthew nunca fosse encontrado. Isso era cruel demais para ela suportar. De certo modo, um desaparecimento era pior do que a morte – como se a pessoa nunca tivesse existido, não restando nada pelo qual chorar. Ela nunca havia entendido por que alguns precisavam ver o corpo de um ente querido. Agora entendia. Esse era o único modo de acabar com aquele pesadelo e talvez encontrar alívio nas lágrimas.

– Continuo a achar que eu saberia se ele estivesse morto – disse Daisy para Lillian quando elas estavam sentadas no chão do salão, perto da lareira. Daisy estava enrolada em um velho xale que a confortava com sua maciez. Apesar do calor do fogo, das camadas de suas roupas e da caneca de chá com conhaque em suas mãos, Daisy parecia não conseguir se aquecer. – Eu o teria sentido. Mas não sinto nada. É como se tivesse sido congelada viva. Quero me esconder em algum lugar. Não quero ouvir isso. Não quero ser forte.

– Não tem de ser – disse Lillian brandamente.

– Sim, tenho. Porque a única outra opção é me deixar ser partida em um milhão de pedaços.

– Eu a manterei inteira. Com todos os pedaços no lugar.

Um débil sorriso surgiu nos lábios de Daisy enquanto ela olhava para o rosto preocupado da irmã.

– Lillian, o que eu faria sem você? – sussurrou.

– Você nunca terá de descobrir.

Apenas depois de muita insistência da mãe e da irmã, Daisy comeu um pouco no jantar. Ela bebeu uma taça de vinho, esperando que a distraísse das intermináveis voltas que sua mente dava.

– Westcliff e papai deveriam voltar logo – disse Lillian tensamente. – Provavelmente não descansaram e não comeram nada.

– Vamos para o salão – sugeriu Mercedes. – Poderemos nos distrair com cartas ou talvez você possa ler em voz alta um dos livros favoritos de Daisy.

Daisy lhes deu um olhar de desculpas.

– Sinto muito, não posso. Se não se importam, prefiro ficar sozinha.

Depois de se lavar e vestir sua camisola, Daisy relanceou os olhos para a cama. Embora estivesse levemente embriagada e exausta, sua mente rejeitava a ideia de dormir.

A casa estava em silêncio quando caminhou até a sala Marsden, seus pés descalços tocando as sombras que cruzavam o chão atapetado. Um único candelabro projetava um brilho amarelo na sala, a luz captada pelos cristais bisotados que pendiam da cúpula, espalhando pontos de luz brancos nos papéis de parede florais. Uma pilha de livros e publicações fora deixada perto do canapé: periódicos, romances e um fino volume de poesia humorística que ela lera para Matthew esperando pelos sorrisos esquivos dele.

Como tudo havia mudado tão rápido? Como a vida podia escolher alguém sem a menor cerimônia e pôr essa pessoa em um caminho novo e indesejado?

Daisy se sentou no tapete e começou a examinar os volumes... livros para serem devolvidos à biblioteca, outros para serem doados aos aldeões no dia de visita. Mas talvez não fosse prudente tentar separá-los depois de ter bebido tanto vinho. Em vez de formar duas pilhas arrumadas, os materiais de leitura acabaram espalhados ao redor dela como muitos sonhos abandonados.

Daisy cruzou as pernas, se encostou no lado do sofá e pousou a cabeça na beirada estofada. Seus dedos encontraram a capa de tecido que cobria um dos livros. Ela o fitou de relance com os olhos semicerrados. Um livro sempre era uma porta para outro mundo, mais interessante e fantástico do que a realidade. Mas ela finalmente descobrira que a vida podia ser ainda mais maravilhosa do que a fantasia. E que o amor podia encher o mundo real de magia. Matthew era tudo que já havia desejado. E tivera tão pouco tempo com ele!

O relógio no console da lareira tiquetaqueava com lentidão. Semiadormecida encostada no canapé, Daisy ouviu a porta ranger. Seu olhar preguiçoso seguiu o som.

Um homem havia entrado no salão.

Ele parou do lado da porta, contemplando a visão de Daisy no chão com os livros espalhados ao seu redor. Abruptamente, Daisy ergueu o olhar. Ela ficou paralisada de ânsia, medo e um terrível desejo. Era Matthew, usando roupas toscas e desconhecidas, sua presença tomando conta da sala.

Temendo que aquela visão desaparecesse, Daisy ficou imóvel. Seus olhos ardiam e lacrimejavam, mas ela os manteve abertos, esperando que ele não fosse embora.

Matthew se aproximou dela com grande cuidado. Ficando de cócoras, a contemplou com imensurável ternura e preocupação. Com uma de suas mãos grandes, afastou para o lado alguns dos livros até o espaço entre os corpos deles ficar desimpedido.

– Sou eu, amor – disse suavemente. – Está tudo bem.

Daisy conseguiu sussurrar por entre os lábios secos:

– Se você for um fantasma, espero que me assombre para sempre.

Matthew se sentou no chão e segurou as mãos frias da noiva.

– Um fantasma usaria a porta? – perguntou com brandura, levando os dedos de Daisy ao seu rosto arranhado e ferido.

Ao sentir a pele de Matthew nas palmas de suas mãos, Daisy foi atingida por uma dolorosa onda de consciência. Com alívio, finalmente sentiu o torpor desaparecer e as emoções serem liberadas, e então tentou cobrir os olhos. Seu peito parecia se desfazer em soluços incontroláveis.

Matthew afastou a mão dela e a abraçou, murmurando-lhe palavras de conforto. Como Daisy continuava a chorar, abraçou-a com mais força, parecendo entender que ela precisava da pressão firme de seu corpo.

– Por favor, seja real – sussurrou ela. – Por favor, não seja um fantasma.

– Eu sou real – disse Matthew roucamente. – Não chore tanto, não há... Ah, Daisy, meu amor...

Ele segurou a cabeça de Daisy e disse palavras de ternura confortadoras contra os lábios dela. Deitou-a cuidadosamente no chão, usando o peso tranquilizador de seu corpo para subjugá-la. Matthew segurou as mãos dela, entrelaçando os dedos de ambos. Ofegante, Daisy virou a cabeça para olhar para o pulso exposto dele, a carne com vergões vermelhos.

– Você estava com as mãos presas – disse Daisy com uma voz rouca que não parecia a dela. – Como se soltou?

Matthew inclinou a cabeça para dar um beijo na bochecha molhada de lágrimas.

– Canivete – respondeu sucintamente.

Daisy arregalou os olhos enquanto continuava a olhar para o pulso dele.

– Você conseguiu tirar um canivete do bolso e cortar as cordas enquanto era arrastado rio abaixo em uma carruagem que afundava?

– Foi muito mais fácil do que lutar com um ganso.

Daisy deixou escapar uma risada chorosa que logo se transformou em outro soluço entrecortado. Matthew abafou o som com a boca, seus lábios acariciando os dela.

– Comecei a cortar as cordas ao primeiro sinal de problemas – continuou. – E tive alguns minutos antes de a carruagem rolar para a água.

– Por que os outros não o ajudaram? – perguntou Daisy, esfregando a manga da camisola em seu rosto molhado.

– Eles estavam ocupados salvando a própria pele. Apesar de achar que eu merecia um pouco mais de consideração do que os cavalos. Quando a carruagem começou a ser arrastada pela correnteza, minhas mãos estavam livres. Pedras e restos de madeira estavam partindo o veículo em pedaços. Pulei para a água e consegui chegar à margem, mas me machuquei um pouco no processo. Encontrei um velho que procurava seu cão. Ele me levou para sua cabana e, junto com a esposa, cuidou de mim. Perdi a consciência e acordei um dia e meio depois. Quando souberam da busca de Westcliff, contaram onde eu estava.

– Pensei que estivesse morto – disse Daisy em uma voz entrecortada. – Pensei que nunca mais o veria.

– Não, não... – Matthew acariciou os cabelos de Daisy e beijou suas bochechas, os olhos e os lábios trêmulos. – Sempre voltarei para você. Sou confiável, lembra-se?

– Sim. Exceto pelos... – Daisy teve de tomar fôlego extra ao sentir a boca de Matthew descer por seu pescoço –... vinte anos de sua vida antes de eu conhecê-lo, eu diria que você é tão confiável que quase é... – A língua dele mergulhara até a cavidade pulsante na base do pescoço de Daisy –... previsível.

– Provavelmente você tem algumas queixas sobre minha falsa identidade e condenação por roubo.

Os beijos exploradores dele subiram para a linha delicada do queixo de Daisy, absorvendo a lágrima errante.

– Ah, não – disse ela ofegante. – Eu o pe-perdoei mesmo antes de saber quem era.

– Querida – sussurrou Matthew, esfregando o nariz no lado do rosto dela e a acariciando com a boca e as mãos. Daisy se agarrou a ele cegamente. Matthew afastou a cabeça e a olhou de um modo indagador. – Agora que tudo foi revelado, vou ter que limpar o meu nome. Vai esperar por mim, Daisy?

– Não.

Ainda fungando, ela começou a desabotoar os botões de madeira das roupas emprestadas a Matthew.

– Não? – Ele deu um meio sorriso e a olhou zombeteiramente. – Chegou à conclusão de que eu sou um problema grande demais?

– Cheguei à conclusão de que a vida é curta demais... – grunhiu Daisy puxando-lhe o tecido áspero da camisa – ... para desperdiçar um só dia dela.

As mãos de Matthew cobriram as dela, interrompendo-lhe o movimento febril.

– Não acho que sua família ficará entusiasmada com a ideia de deixá-la se casar com um fugitivo da justiça.

– Meu pai o perdoará. Além disso, você não será um fugitivo para sempre. Seu caso será anulado quando os fatos se tornarem conhecidos. – Daisy soltou suas mãos e o agarrou com força. – Leve-me para Gretna Green esta noite. Foi assim que minha irmã se casou. E Evie também. Fugir é praticamente uma tradição no nosso grupo.

– Shhh... – Matthew a abraçou, aconchegando-a a seu corpo firme. – Chega de fugir. Finalmente vou enfrentar meu passado. Embora fosse muito mais fácil resolver meus problemas se aquele canalha do Harry Waring não tivesse morrido.

– Ainda há pessoas que realmente sabem o que aconteceu – disse Daisy ansiosamente. – Os amigos dele. O criado que você mencionou. E...

– Sim, eu sei. Não vamos falar sobre esse assunto agora. Deus sabe que teremos muito tempo para isso nos próximos dias.

– Eu quero me casar com você – insistiu Daisy. – Não mais tarde. Agora. Depois de tudo pelo que passei, achando que você se fora para sempre, nada mais importa.

Um pequeno soluço interrompeu a última palavra. Matthew acariciou os cabelos dela e limpou a lágrima com o polegar.

– Está bem. Está bem. Vou falar com seu pai. Não chore de novo. Daisy, não chore.

Mas ela não conseguiu conter as lágrimas de alívio. Quanto mais se contraía para evitá-las, pior ficava.

– Querida, o que foi? – Matthew passou as mãos pelos braços trêmulos dela.

– Estou com medo!

Ele emitiu um som baixo e involuntário e a apertou fortemente, seus lábios se movendo sobre a bochecha de Daisy com apaixonada pressão.

– De quê, meu amor?

– De que isto seja um sonho. De acordar e... descobrir que você nunca esteve aqui. Tenho medo de ficar sozinha de novo e...

– Não, eu estou aqui. Não vou embora. – Ele desceu para a garganta, afastando os lados da camisola dela com lenta deliberação. – Deixe-me fazê-la se sentir melhor...

Suas mãos eram suaves e tranquilizadoras. Quando deslizou as palmas sobre os membros dela, seu toque enviou ondas de calor para todo o corpo de Daisy, fazendo-a gemer.

Ao ouvir aquele som, Matthew ficou com a respiração entrecortada, buscando seu autocontrole. Não encontrou nenhum. Só havia necessidade. Perdido no desejo de enchê-la de prazer, despiu-a bem ali no chão, acariciando com as palmas das mãos a pele fria até deixá-la muito corada.

Tremendo selvagemente, Daisy viu a luz da vela incidir sobre a cabeça escura de Matthew quando ele se inclinou sobre seu corpo, espalhando beijos por lentos caminhos... suas pernas, sua barriga nua, seus seios.

O frio que se dissolvia em todos os lugares em que a beijava. Ela suspirou e relaxou ao ritmo suave das mãos e da boca de Matthew. Quando Daisy tentou abrir a camisa dele, Matthew ergueu a mão para ajudá-la. O tecido de lã áspera foi afastado, revelando a pele masculina sedosa. De algum modo, Daisy se tranquilizou ao ver as marcas escuras dos machucados, porque eram a prova de que não podia estar sonhando. Ela pôs sua boca aberta sobre uma delas e a tocou com a língua.

Matthew a puxou cuidadosamente para si, pondo a mão na curva da cintura e no quadril de Daisy com uma sensualidade que lhe arrepiou a pele das coxas. Ela se contorceu em uma mistura de prazer e desconforto quando a lã do tapete roçou em sua pele muito sensível, pinicando suas nádegas nuas.

Ao se dar conta do incômodo dela, Matthew riu baixinho e a puxou para seu colo. Suando e com a boca seca, Daisy pressionou os seios contra o peito dele.

– Não pare – sussurrou.

Ele segurou as nádegas de Daisy.

– Você vai ficar em carne viva no chão.

– Não importa, só quero... quero...

– Isto? – Matthew a ajeitou em seu colo até ela ficar escarranchada sobre ele, o tecido de suas calças rígido sob as coxas de Daisy.

Envergonhada e excitada, ela fechou os olhos ao senti-

-lo acariciar as intricadas dobras de seu corpo, espalhando umidade e sensações ardentes entre suas pernas.

Daisy sentiu os braços fracos ao colocá-los ao redor do pescoço dele. Se não fosse pelo firme apoio do braço forte de Matthew em suas costas, não teria conseguido se manter reta. Estava totalmente concentrada no lugar onde ele a tocava, no roçar do nó do dedo ao redor da diminuta ponta sedosa e molhada...

– Não pare – ouviu-se sussurrar.

Daisy abriu os olhos quando Matthew enfiou dois dedos nela, e depois três, o desejo consumindo seu interior como uma chama alimentada por mel ardente.

– Ainda está com medo de que isso seja um sonho? – sussurrou Matthew.

Ela engoliu em seco e balançou a cabeça.

– Eu... nunca tive um sonho assim.

Matthew franziu os cantos dos olhos, divertido, e retirou os dedos, deixando-a trêmula e vazia. Daisy gemeu e deixou a cabeça cair sobre o ombro dele, que a abraçou firmemente contra seu corpo nu.

Daisy se agarrou a ele, sua visão se toldando até a sala se tornar um mosaico de luz amarela e sombras pretas. Ela sentiu que estava sendo erguida, virada, seus joelhos pressionando o tapete enquanto ele a ajudava a se ajoelhar na frente do canapé. O lado de seu rosto foi pressionado contra o estofamento macio enquanto ela entreabria os lábios para conseguir respirar. Matthew a cobriu, o corpo grande e sólido dele se acomodando atrás e ao redor do seu e depois penetrando-a, o encaixe apertado, escorregadio e delicioso.

Daisy se enrijeceu de surpresa, mas Matthew pôs as mãos em seus quadris, acariciando-a e tranquilizando-a, encorajando-a a confiar nele. Ela ficou imóvel, fechando os olhos enquanto o prazer aumentava a cada lenta investida. Uma das mãos dele desceu para sua frente, as pontas dos dedos encontrando o botão arredondado de seu sexo e acariciando-o até ela atingir um clímax brilhante, sacudida por tremores de profundo alívio.

Minutos depois, Matthew pôs a camisola em Daisy e a carregou através do corredor escuro até chegarem ao quarto dela. Quando a deitou na cama, Daisy sussurrou para ele ficar.

– Não, amor. – Ele se inclinou sobre seu corpo de bruços na escuridão. – Por mais que eu queira, não podemos ir *tão* além do decoro.

– Eu não quero dormir sem você. – Daisy olhou para o rosto na penumbra logo acima do seu. – Não quero acordar sem você.

– Algum dia. – Ele se inclinou para lhe dar um firme beijo na boca. – Algum dia poderei procurá-la a qualquer hora, de noite ou de dia, e ficar com você quanto você quiser. – Sua voz se tornou embargada de emoção quando acrescentou: – Pode contar com isso.

~

Lá embaixo, o exausto conde de Westcliff estava deitado em um sofá com a cabeça no colo da esposa. Depois de dois dias de busca incansável, Marcus estava cansado até os ossos. Contudo, sentia-se grato por aquela tragédia ter sido evitada e o noivo de Daisy ter voltado em segurança.

Marcus havia ficado um pouco surpreso com a preocupação exacerbada de sua esposa. Logo após sua chegada à mansão, Lillian tinha lhe trazido sanduíches e conhaque quente, limpado a sujeira de seu rosto com uma toalha úmida, aplicado unguento em seus aranhões, enfaixado alguns dedos cortados e até mesmo tirado suas botas enlameadas.

– Você parece pior do que o Sr. Swift – retorquira ela. – Ele ficou deitado em uma cabana durante os últimos dois dias enquanto você vasculhava as florestas na lama e na chuva.

– Ele não estava exatamente descansando – salientara Marcus. – Estava ferido.

– Isso não muda o fato de que *você* não teve nenhum descanso e não comeu praticamente nada enquanto procurava por ele.

Marcus havia se submetido aos cuidados da esposa, apreciando secretamente vê-la debruçada sobre ele. Quando Lillian achou que ele estava bem alimentado e devidamente enfaixado, pôs a cabeça dele em seu colo. Marcus suspirou de prazer, olhando para as chamas na lareira.

Os dedos esguios de Lillian brincavam distraidamente em seus cabelos quando ela comentou:

– Já faz bastante tempo que o Sr. Swift foi ao encontro de Daisy. Está tudo silencioso demais. Não vai subir para ver como eles estão?

– Nem por todo o chá da China – respondeu Marcus, repetindo uma das frases favoritas de Daisy. – Só Deus sabe o que eu poderia interromper.

– Meu Deus! – Lillian pareceu horrorizada. – Acha que eles estão…?

– Eu não ficaria surpreso. – Marcus parou deliberadamente antes de acrescentar: – Lembre-se de como nós éramos.

Como ele pretendia, o comentário a divertiu no mesmo instante.

– *Éramos?* Ainda somos assim – protestou Lillian.

– Não fazemos amor desde antes de a bebê nascer. – Marcus se sentou, apreciando a visão de sua jovem esposa de cabelos escuros à luz da lareira. Ela era e sempre seria a mulher mais tentadora que já havia conhecido. A paixão reprimida tornou sua voz rouca quando perguntou:

– Quanto mais devo esperar?

Lillian pôs o cotovelo nas costas do sofá, apoiou a cabeça na mão e deu um sorriso de desculpas.

– O médico disse que pelo menos mais duas semanas. Sinto muito. – Ela riu ao ver a expressão do marido. – Vamos subir.

– Não vejo por quê, se não vamos dormir juntos – resmungou Marcus.

– Eu o ajudarei a se banhar. Até mesmo esfregarei suas costas.

Ele ficou suficientemente intrigado com o oferecimento para perguntar:

– Só as costas?

– Estou aberta a negociações – disse Lillian provocadoramente. – Como sempre.

Marcus estendeu a mão para puxá-la contra seu peito e suspirou.

– A esta altura aceitarei o que puder obter.

– Pobre homem! – Ainda sorrindo, Lillian virou seu rosto para beijá-lo. – Apenas se lembre de que vale a pena esperar por algumas coisas.

EPÍLOGO

Matthew e Daisy acabaram se casando no fim do outono. Hampshire estava coberta de folhas vermelhas, os cães de caça saíam quatro manhãs por semana e os últimos cestos de frutas tinham sido colhidos de árvores carregadas. Agora que o feno havia sido cortado e as ruidosas codornizes tinham deixado os campos, seu clamor fora substituído pelo canto melodioso dos tordos e o tagarelar das escrevedeiras-amarelas.

Durante todo o verão e boa parte do outono, Daisy suportara muitas separações de Matthew, inclusive viagens frequentes a Londres para tratar de seus assuntos legais. Com a ajuda de Westcliff, os pedidos de extradição por parte do governo americano foram negados, o que permitiu a Matthew permanecer na Inglaterra. Depois de contratar advogados habilidosos e inteirá-los das particularidades do caso, Matthew os despachou para Boston para fazer suas apelações no tribunal.

Nesse ínterim, Matthew viajou e trabalhou incessantemente, supervisionando a construção da fábrica em Bristol, contratando operários e estabelecendo canais de distribuição em todo o país. Para Daisy, parecia que Matthew mudara um pouco desde que os segredos de seu passado foram revelados... Ele estava mais livre agora, até mesmo mais autoconfiante e carismático.

Sendo testemunha da energia ilimitada e da crescente lista de realizações de Matthew, Simon Hunt o informara de que, se a qualquer momento se cansasse de trabalhar para Bowman, seria bem-vindo na Consolidated Locomotive. Isso levara Thomas Bowman a oferecer para Matthew uma porcentagem maior nos lucros futuros.

– Quando chegar aos 30, serei milionário – dissera Matthew para Daisy. – Se conseguir me manter fora da prisão.

Daisy havia ficado surpresa e comovida por todos em sua família, até mesmo sua mãe, terem se unido em defesa de Matthew. Se isso era pelo bem de Daisy ou de seu pai, não estava claro. Thomas Bowman, que sempre fora severo demais com as pessoas, perdoara imediatamente Matthew por tê-lo enganado. Na verdade, mais do que nunca parecia considerá-lo um filho.

– Se Matthew Swift tivesse cometido um assassinato a

sangue-frio, papai diria: "Bem, o rapaz deve ter tido um ótimo motivo para isso." – comentara Lillian para Daisy.

Descobrindo que se manter ocupada ajudava o tempo a passar mais rápido, Daisy se encarregou de encontrar uma casa em Bristol. Decidiu-se por uma grande propriedade à beira-mar que já pertencera a um dono de estaleiro e à família dele. Acompanhada da mãe e da irmã, que gostavam muito mais de ir às compras do que ela, Daisy adquiriu móveis grandes e confortáveis, além de tecidos coloridos para as cortinas. E, é claro, providenciou para que houvesse mesas e prateleiras para livros no maior número de aposentos possível.

Ajudou o fato de Matthew correr para Daisy sempre que podia escapar por alguns dias. Agora não havia restrições, segredos ou temores entre ambos.

Eles tinham longas conversas enquanto caminhavam admirando a sonolenta paisagem de verão, sentindo um prazer infinito na companhia um do outro. E nas noites em que Matthew procurava Daisy na escuridão e fazia amor com ela, enchia seus sentidos de prazer e o coração de alegria.

– Tentei muito ficar longe de você – sussurrou ele uma noite, abraçando-a enquanto o luar iluminava as cobertas desarrumadas.

– Por quê? – sussurrou Daisy de volta, arrastando-se até ficar sobre o peito musculoso dele.

Ele brincou com a escura cascata de cabelos dela.

– Porque eu não deveria procurá-la desta forma antes de nos casarmos. Há um risco...

Daisy o silenciou com um beijo, só parando quando Matthew ficou com a respiração acelerada e o peito quente. Ela ergueu a cabeça, fitou os olhos brilhantes dele e sorriu.

– Tudo ou nada – murmurou. – É assim que eu o quero.

Finalmente chegaram notícias dos advogados de Matthew. Um grupo de três juízes de Boston havia examinado o processo, anulado a condenação e encerrado o caso. Também decidiram que o caso não poderia ser desarquivado, acabando dessa forma com as esperanças da família Waring de prolongar aquele sofrimento.

Matthew recebera a notícia com notável calma, aceitando os cumprimentos de todos e agradecendo aos Bowmans e aos Westcliffs por seu apoio. Só desabou quando estava a sós com Daisy, seu alívio era grande demais para ser contido. Ela havia lhe dado todo o conforto de que ele precisava, e de um modo tão íntimo que permaneceria para sempre na lembrança apenas deles dois.

E agora era o dia de seu casamento.

A cerimônia na capela de Stony Cross Park fora implacavelmente longa, com o vigário determinado a impressionar a multidão de convidados ricos e importantes, dos quais muitos eram de Londres e alguns de Nova York. O serviço religioso incluiu um sermão interminável, um número de hinos sem precedente e três leituras cansativas dos evangelhos.

Daisy esperou pacientemente em seu pesado vestido de cetim cor de champanhe, enquanto seus pés formigavam dentro dos sapatos de salto adornados com contas. Quase não conseguia ver através do véu de renda valenciana com bordado de pérolas. O casamento se tornara um exercício de resistência. Ela fez o possível para parecer solene, mas ao olhar de relance para Matthew, alto e bonito em um fraque preto e uma gravata branca engomada... sentiu seu coração saltar de felicidade.

Depois dos votos, apesar das rígidas advertências de Mercedes de que o noivo *não* deveria beijar a noiva porque esse costume nunca era seguido pelas pessoas da alta sociedade... Matthew puxou Daisy e lhe deu um forte beijo nos lábios à vista de todos. Houve uma ou duas exclamações de espanto e risadas amigáveis na multidão.

– Está sendo escandaloso, Sr. Swift – sussurrou.

– Ainda não viu nada – respondeu Matthew em voz baixa, sua expressão amorosa. – Estou guardando meu pior comportamento para esta noite.

Os convidados foram para a mansão. Depois de receber o que pareceu serem milhares de pessoas e sorrir até ficar com as bochechas doendo, Daisy deixou escapar um longo suspiro. Logo seria servido um café da manhã capaz de alimentar meia Inglaterra e depois haveria os brindes e prolongadas despedidas. E tudo que ela queria era ficar a sós com seu marido.

– Ah, não se queixe. – A voz próxima e divertida de sua irmã lhe chegou aos ouvidos. – Uma de nós tinha de ter um casamento apropriado.

Daisy se virou e viu Lillian, Annabelle e Evie.

– Não ia me queixar. Só estava pensando em como teria sido mais fácil fugir para Gretna Green.

– Não seria muito original, considerando que Evie e eu já fizemos isso.

– Foi uma cerimônia linda – disse Annabelle afetuosamente.

– E longa – retrucou Daisy com pesar. – Sinto-me como se tivesse ficado em pé durante horas.

– Você ficou – falou Evie. – Venha conosco.

– Agora? – perguntou Daisy confusamente, olhando para os rostos animados de suas amigas. – Não podemos. Estão nos esperando para o café da manhã.

– Ah, deixe que esperem – disse Lillian alegremente. Ela pegou o braço de Daisy e a puxou para fora do hall de entrada.

Enquanto as quatro jovens seguiam por um corredor que levava à sala onde costumavam tomar o café da manhã, encontraram lorde St. Vincent, que andava a passos largos na direção oposta. Lindo e elegante em suas roupas formais, ele deu a Evie um sorriso terno.

– Vocês parecem estar fugindo de algo – observou.

– E estamos – disse Evie para o marido.

St. Vincent passou o braço ao redor da cintura dela e perguntou em um sussurro conspiratório:

– Para onde estão indo?

Evie pensou por um momento.

– Para algum lugar onde possamos passar pó no nariz de Daisy.

O visconde olhou desconfiado para Daisy.

– Todas vocês? Mas é um nariz tão pequeno!

– Só precisamos de alguns minutos, milorde – disse Evie. – Será que pode arranjar desculpas para nós?

St. Vincent riu baixinho.

– Tenho um estoque enorme delas, amor – garantiu ele.

Antes de soltar a esposa, beijou-lhe a testa. Por um breve momento, tocou em sua barriga. O gesto sutil passou despercebido por todas, mas Daisy o viu, e soube imediatamente o que significava.

Evie tinha um segredo, pensou. E sorriu.

Elas levaram Daisy para a estufa, onde a luz quente do outono entrava pelas janelas e os cheiros cítricos enchiam o ar. Lillian tirou a pesada coroa de flores de laranjeira e o véu de Daisy e os pôs em uma cadeira.

Havia uma bandeja de prata em uma mesa próxima com uma garrafa de champanhe gelado e quatro taças de cristal.

– Este é um brinde especial para você, querida – disse Lillian enquanto Annabelle despejava o líquido borbulhante nas taças.

– Ao seu final feliz. Como você teve de esperar por ele mais do que nós, eu diria que merece a garrafa inteira. – Ela sorriu. – Mas vamos dividi-la com você.

Daisy segurou sua taça de cristal.

– Deveria ser um brinde a todas nós. Afinal de contas, nossas perspectivas de casamento eram as piores possíveis três anos atrás. Nem mesmo recebíamos um convite para dançar. E vejam como as coisas mudaram.

– Tudo o que foi preciso foi uma conduta tortuosa e alguns escândalos aqui e ali – disse Evie com um sorriso.

– E amizade – acrescentou Annabelle.

– À amizade – declarou Lillian, sua voz subitamente rouca.

E as quatro taças se tocaram naquele momento perfeito.

LEIA UM TRECHO DO PRÓXIMO VOLUME DA SÉRIE

Uma noite inesquecível

PRÓLOGO

Era uma vez quatro jovens que compareciam a todos os bailes, recepções e festas da temporada londrina, mas sempre ficavam deslocadas. Passavam noite após noite deixadas de lado, sentadas em cadeiras à parte. Assim, as Flores Secas, como se autodenominavam, começaram a conversar. E perceberam que, embora estivessem disputando os mesmos cavalheiros, mais ganhariam tornando-se amigas que adversárias. E mais do que isso, elas perceberam que gostavam umas das outras. Então decidiram unir forças para arrumarem um marido, começando pela mais velha, Annabelle, e continuando até a mais nova, Daisy.

Annabelle era, sem dúvida, a mais bela das quatro, mas praticamente não tinha dinheiro algum, o que a deixava em maior desvantagem. A maioria dos rapazes solteiros de Londres desejava uma esposa de rosto bonito, mas geralmente se contentava com um belo dote.

Evie era atraente de um jeito não convencional, com seu cabelo flamejante e suas sardas abundantes. Todos sabiam que um dia herdaria uma fortuna do pai. No entanto, a péssima fama de seu progenitor – um ex-pugilista de origem simples que agora comandava uma casa de jogos – era um obstáculo difícil de superar. Para piorar, Evie era gaga e terrivelmente tímida. Todos os homens que tentavam conversar com ela depois descreviam a tentativa como uma verdadeira tortura.

Lillian e Daisy eram irmãs, vindas de Nova York. Sua família, os Bowmans, era dona de uma fortuna incalculável, resultado de seus investimentos em uma empresa de fabricação de sabão. Não tinham antepassados importantes, desconheciam regras de etiqueta e não possuíam padrinhos na alta sociedade. Lillian era uma amiga amorosa, mas também decidida e mandona. E Daisy era uma sonhadora que muitas vezes se frustrava por não achar a vida real tão interessante quanto a narrada nos romances que devorava.

Consolando-se e apoiando-se mutuamente a cada dificuldade, tristeza ou alegria, as Flores Secas enfrentaram os perigos da sociedade londrina. Todas se casaram – e, com isso, o indesejado apelido caiu no esquecimento.

Mas a cada temporada surgiam novas Flores Secas. (Naquela época, como agora, sempre havia garotas ignoradas por cavalheiros que deveriam se esforçar, e muito, para serem mais sensíveis.)

Então chegou o Natal em que Rafe Bowman, o irmão mais velho de Lillian e Daisy, veio para a Inglaterra. Depois disso, a vida de uma Flor Seca londrina nunca mais seria a mesma...

CAPÍTULO 1

Londres, 1845

— É oficial – disse Lillian, lady Westcliff, com satisfação, deixando de lado a carta de seu irmão. – Rafe chegará a Londres daqui a 15 dias. E o nome do barco é *Furacão*, o que eu acho bastante apropriado em função do seu noivado iminente.

Ela olhou para Annabelle e Evie, que estavam no chão do salão trabalhando em um enorme círculo de veludo vermelho. Haviam se reunido em Marsden Terrace, a casa londrina de Lillian, para uma tarde de chá e conversa.

No momento, Annabelle e Evie faziam uma saia de árvore, ou melhor, tentavam salvar o tecido das tentativas anteriores de Lillian. Evie estava cortando um pedaço de fita de brocado que tinha sido costurada de maneira irregular de um lado, enquanto Annabelle se ocupava cortando uma nova borda de tecido e prendendo-a.

A única ausente era a irmã mais nova de Lillian, Daisy, que tinha ido morar recentemente em Bristol com o marido. Annabelle estava ansiosa para ver Daisy e saber se estava feliz com o casamento. Ainda bem que todas estariam reunidas em breve para o Natal em Hampshire.

– Você acha que seu irmão terá alguma dificuldade em convencer lady Natalie a se casar com ele? – perguntou Annabelle, franzindo a testa ao notar uma mancha grande e escura no tecido.

– Ah, não, de jeito nenhum – disse Lillian, despreocupada. – Ele é bonito, charmoso e muito rico. A que lady Natalie poderia se opor, além do fato de ele ser americano?

– Bem, Daisy disse que ele adora uma farra. E algumas jovens podem não...

– Bobagem – interrompeu Lillian. – Rafe não é nem um pouco farrista. Ah, ele já fez algumas bobagens, mas que homem nunca aprontou nada?

Annabelle não pareceu muito convencida. Embora Daisy, a irmã mais nova de Lillian, fosse considerada sonhadora e romântica, ela também demonstrava um pragmatismo realista que tornava seus julgamentos bastante confiáveis. Se Daisy dissera que o irmão mais velho delas era um farrista, sua afirmação certamente se baseava em indícios fortes.

– Ele bebe e joga? – perguntou Annabelle a Lillian.

Ela franziu a testa com ar cauteloso.

– Às vezes.

– Ele se comporta de maneira rude ou imprópria?

– Ele é um Bowman.

– Ele corre atrás de mulheres?

– É claro.

– Ele já foi fiel a alguma mulher? Já se apaixonou?

Lillian continuou com a testa franzida.

– Não que eu saiba.

Annabelle olhou para Evie com as sobrancelhas arqueadas.

– O que você acha, Evie?

– Farrista – veio de pronto a resposta.

– Ah, tudo bem – resmungou Lillian. – Suponho que ele seja um pouco farrista. Mas isso não pode ser um impedimento para sua corte a lady Natalie. Algumas mulheres gostam de farristas. Veja só Evie.

Evie continuou a cortar obstinadamente a fita de brocado, enquanto um sorriso curvava seus lábios.

– Eu não g-gosto de *todos* os farristas – gaguejou ela, com o olhar fixo no seu trabalho. – Só de um.

Evie, a mais gentil de todas e dona da voz mais suave, era a que parecia ter menos chances de conquistar o coração do notório lorde St. Vincent, o farrista-mor. Embora possuísse uma beleza rara e pouco convencional, marcada pelos seus olhos azuis arredondados e pelo seu cabelo ruivo, Evie era muito tímida. E ainda havia a gagueira. Mas ela também tinha uma reserva serena de força e um espírito valente que pareciam ter seduzido seu marido.

– E esse ex-farrista obviamente adora você mais que tudo – disse Annabelle. Ela fez uma pausa, observando

Evie com muita atenção antes de perguntar de maneira delicada: – St. Vincent está feliz com o bebê, querida?

– Ah, sim, ele... – Evie parou de falar e encarou Annabelle com os olhos arregalados de surpresa. – Como você sabia?

Annabelle sorriu.

– Notei que todos os seus vestidos novos têm pregas na frente e atrás que podem ser afrouxadas à medida que sua barriga aumentar. Isso entregou logo, querida.

– Você está grávida? – perguntou Lillian, deixando escapar um grito de alegria quase infantil. Levantou-se do sofá e sentou-se no chão ao lado de Evie, passando os longos braços em torno dela. – Isso é uma *grande* novidade! Como você está se sentindo? Ficou enjoada?

– Bastou ver o que você fez com a saia da árvore e meu estômago embrulhou... – disse Evie, rindo do entusiasmo da amiga.

Muitas vezes era difícil lembrar que Lillian era uma condessa. Sua natureza espontânea não tinha sido nem um pouquinho domada por sua nova proeminência social.

– Ah, você não deveria estar no chão! – exclamou Lillian. – Aqui, dê-me a tesoura e deixe que eu trabalhe nisso...

– Não! – disseram Evie e Annabelle ao mesmo tempo.

– Lillian, querida – prosseguiu Annabelle com firmeza –, não se aproxime dessa saia. O que você faz com uma linha e uma agulha devia ser considerado um ato criminoso.

– Eu tento – protestou Lillian com um sorriso torto, voltando a calçar os sapatos de salto alto. – Começo cheia de boas intenções, mas então me canso de fazer aquele monte de pontos minúsculos e me apresso. Só que *precisamos* de uma saia de árvore, e uma bem grande. Ou não haverá nada para aparar os pingos de cera quando as velas da árvore estiverem acesas.

– Você se importaria em me dizer que mancha é essa

aqui? – perguntou Annabelle, apontando para uma nódoa feia e escura no veludo.

Lillian, sem graça, abriu um sorriso.

– Pensei que talvez pudéssemos deixar essa parte para trás. Derramei um copo de vinho aí.

– Você estava bebendo enquanto costurava? – perguntou Annabelle, pensando que isso explicava muita coisa.

– Esperava que me ajudasse a relaxar. Costurar me deixa nervosa.

Annabelle lhe lançou um sorriso de curiosidade.

– Por quê?

– Porque me faz lembrar de todas as vezes que minha mãe ficava perto de mim enquanto eu fazia meus bordados. Sempre que eu cometia um erro, ela batia nos meus dedos com uma régua. – Lillian abriu um sorriso sem graça, dessa vez sem nenhum sinal de alegria nos seus vívidos olhos castanhos. – Eu era uma criança terrível.

– Você era uma criança adorável, tenho certeza – disse Annabelle.

Ela nunca soubera direito como Lillian e Daisy Bowman tinham se saído tão bem, considerando a sua criação. Thomas e Mercedes Bowman de alguma forma conseguiam ser exigentes, críticos *e* negligentes – o que era uma façanha e tanto.

Três anos antes, os Bowmans haviam levado suas duas filhas para Londres depois de constatarem que nem mesmo sua grande fortuna era suficiente para fazer com que elas se casassem com alguém da alta sociedade de Nova York.

Em uma combinação de trabalho duro, sorte e uma frieza indispensável, Thomas Bowman havia criado uma das maiores saboarias do mundo – e sua empresa crescia com uma rapidez impressionante. Agora que o sabão estava se tornando acessível para as massas, as fábricas de Bowman em Nova York e Bristol mal conseguiam dar conta da demanda.

No entanto, era preciso mais do que dinheiro para se conseguir um lugar na sociedade de Nova York. Herdeiras de famílias não tradicionais, como Lillian e Daisy, não eram nada desejáveis para os rapazes que também buscavam se casar. Portanto, Londres, com seu grupo cada vez maior de aristocratas empobrecidos, era um terreno fértil para que novos-ricos americanos corressem atrás de casamentos.

Com Lillian, ironicamente, os Bowmans haviam atingido sua maior conquista ao casarem-na com Marcus, lorde Westcliff. Ninguém acreditaria que o poderoso e reservado conde se uniria em matrimônio a uma garota determinada como Lillian. Mas Westcliff conseguira ver por trás da aparência firme de Lillian a vulnerabilidade e o coração apaixonado que ela tentava tanto esconder.

– Eu era uma peste – disse Lillian francamente –, e Rafe também. Nossos outros irmãos, Ransom e Rhys, sempre foram um pouco mais bem-comportados, embora isso não fosse um grande mérito. E Daisy acabava se metendo nas minhas confusões, mas, na maioria das vezes, ela sonhava acordada e vivia no mundo dos livros.

– Lillian – disse Annabelle, enrolando cuidadosamente uma fita –, por que seu irmão concordou em se encontrar com lady Natalie e os Blandfords? Está mesmo pronto para se casar? Ele precisa do dinheiro ou quer agradar seu pai?

– Não tenho certeza – respondeu Lillian. – Não acho que seja por dinheiro. Rafe fez fortuna com especulações em Wall Street, algumas ligeiramente inescrupulosas. Suspeito que ele possa enfim ter se cansado de entrar em desavença com papai. Ou talvez... – Ela hesitou, e sua expressão se tornou um pouco sombria.

– Talvez...? – indagou Evie calmamente.

– Bem, Rafe exibe uma fachada muito tranquila e despreocupada, mas nunca foi muito feliz. Mamãe e papai foram terríveis com ele. Com todos nós, na verdade. Nunca nos deixavam brincar com quem consideravam inferior a nós. E eles consideravam *todo mundo* inferior a nós. Os gêmeos tinham um ao outro, e é claro que Daisy e eu estávamos sempre juntas. Mas Rafe vivia sozinho. Papai queria que ele fosse um garoto sério e por isso o mantinha isolado das outras crianças. Ele nunca podia brincar ou fazer qualquer coisa que papai considerasse frívola.

– Então ele acabou se rebelando – disse Annabelle.

Lillian deu um breve sorriso.

– Ah, sim. – Seu semblante se fechou. – Mas agora eu me pergunto... O que acontece quando um jovem está cansado de ser sério, e também cansado de se rebelar? Que opções ele tem depois disso?

– Parece que vamos descobrir.

– Quero que ele seja feliz – disse Lillian. – Que encontre alguém com quem se importe.

Evie observou-as pensativamente.

– Alguém já conheceu lady Natalie? Sabemos alguma coisa sobre seu caráter?

– Eu não a conheço – admitiu Lillian –, mas ela tem uma reputação maravilhosa. É uma menina superprotegida que foi apresentada à sociedade no ano passado e despertou muito interesse. Ouvi dizer que é adorável e extremamente bem-educada. – Então fez uma pausa e uma expressão estranha. – Rafe vai apavorá-la. Sabe lá Deus por que os Blandfords estão interessados no casamento. Deve ser porque precisam do dinheiro. Papai pagaria qualquer coisa para trazer mais sangue azul para a família.

– Gostaria que pudéssemos falar com a-alguém que a c-conheça – sussurrou Evie. – Alguém que pudesse aconselhar seu irmão, dar-lhe dicas sobre o que ela gosta, suas f-flores favoritas, esse tipo de coisa.

– Ela tem uma acompanhante – sugeriu Lillian. – Uma prima pobre chamada Hannah alguma coisa. Quem sabe poderíamos convidá-la para tomar um chá antes de Rafe conhecer lady Natalie?

– Acho que é uma ideia esplêndida! – exclamou Annabelle. – Ainda que ela fale pouco sobre lady Natalie, já poderia ser de grande ajuda para Rafe.

~

– Sim, você deve ir – disse, enfático, lorde Blandford.

Hannah estava diante dele na sala de visitas dos Blandfords, em Mayfair. Era uma das menores e mais antigas casas do elegante bairro residencial, em um pequeno terreno perto do Hyde Park, a oeste.

Composta de belas praças e vias bem amplas, Mayfair era o lar de muitas famílias nobres. Mas na última década surgiram novas construções, mansões grandes demais e imponentes casas em estilo gótico que se ergueram no norte, onde os novos-ricos se instalaram.

– Faça tudo que puder para facilitar uma ligação entre minha filha e o Sr. Bowman – prosseguiu Blandford.

Hannah olhou para ele incrédula. Lorde Blandford sempre fora um homem de discernimento e distinção. Mal podia acreditar que ele fosse querer que Natalie, sua única filha, se casasse com o filho de um rústico industrial americano. Era uma moça linda, educada e bastante madura para seus 20 anos. Poderia ter qualquer homem que escolhesse.

– Tio – disse Hannah com cuidado –, eu jamais ousaria questionar seu julgamento, mas...

– Mas você quer saber se eu perdi o juízo? – perguntou ele, que riu quando ela disse que sim. Então ele indicou a poltrona estofada do outro lado da lareira. – Sente-se, querida.

Eles não costumavam ter oportunidade de conversar a

sós. Mas lady Blandford e Natalie estavam visitando um primo que adoecera, e ficara decidido que Hannah permaneceria em Londres para preparar as roupas e os itens pessoais de Natalie para o feriado que se aproximava, em Hampshire.

Olhando fixamente para o rosto sábio e amável do homem que tinha sido tão generoso com ela, Hannah lhe perguntou:

– Posso falar francamente, tio?

Os olhos dele brilharam.

– Achei que você fosse sempre franca, Hannah.

– Sim, bem... Foi por educação que lhe mostrei o convite de lady Westcliff para o chá, mas eu não tinha a intenção de aceitá-lo.

– Por que não?

– Porque só há um motivo para elas terem me convidado: conseguir informações sobre Natalie, e também para me impressionarem com todas as supostas virtudes do Sr. Bowman. E, tio, é claro que o irmão de lady Westcliff não é nem de longe bom o suficiente para Natalie!

– Parece que ele já foi julgado e condenado – disse lorde Blandford com suavidade. – Você é sempre tão severa com os americanos, Hannah?

– Não é por ele ser americano – protestou Hannah. – Ao menos isso não é culpa dele. Mas sua cultura, seus valores, seus anseios são completamente estranhos para alguém como Natalie. Ela nunca poderia ser feliz com ele.

– Anseios? – perguntou Blandford, erguendo as sobrancelhas.

– Sim, por dinheiro e poder. E, embora ele seja uma pessoa importante em Nova York, não tem posição aqui. Natalie não está acostumada a isso. É uma união estranha.

– Você está certa, é claro – disse Blandford, surpreendendo-a.

Ele se recostou em sua cadeira, entrelaçando os dedos magros. Blandford era um homem agradável, de rosto tranquilo. Sua cabeça era grande e bem-proporcionada – a pele careca, bem firme em volta de seu crânio, despencava em pregas mais frouxas em torno dos olhos, bochechas e papada. Seu corpo tinha uma constituição magra e ossuda, como se a natureza tivesse se esquecido de entremeá-lo com a quantidade necessária de músculos para sustentar seu esqueleto.

– É uma união estranha em alguns aspectos – continuou Blandford. – Mas pode ser a salvação de futuras gerações da família. Minha querida, você é praticamente uma filha para mim, então falarei sem rodeios. Não há nenhum filho para herdar o título depois de mim, e não vou deixar Natalie e lady Blandford sujeitas à questionável generosidade do próximo lorde Blandford. Preciso cuidar delas. Para meu profundo pesar, não terei como deixar uma renda satisfatória para as duas, já que a maior parte do dinheiro e das terras dos Blandfords é inalienável.

– Mas há ingleses ricos que adorariam se casar com Natalie. Lorde Travers, por exemplo. Ele e Natalie têm grande afinidade, e ele tem recursos abundantes a seu dispor...

– Recursos *aceitáveis* – corrigiu Blandford calmamente. – Não abundantes. E nada parecido com o que Bowman tem agora, isso sem mencionar sua futura herança.

Hannah estava perplexa. Ao longo de todos os anos de convivência com lorde Blandford, ele nunca externara uma preocupação sequer com a riqueza. Não era algo comum entre os homens de sua posição, que desdenhavam conversas sobre finanças por considerá-las burguesas e deselegantes. O que provocara essa preocupação com o dinheiro?

CONHEÇA OS LIVROS DE LISA KLEYPAS

De repente uma noite de paixão

OS HATHAWAYS

Desejo à meia-noite
Sedução ao amanhecer
Tentação ao pôr do sol
Manhã de núpcias
Paixão ao entardecer
Casamento Hathaway (e-book)

AS QUATRO ESTAÇÕES DO AMOR

Segredos de uma noite de verão
Era uma vez no outono
Pecados no inverno
Escândalos na primavera
Uma noite inesquecível

OS RAVENELS

Um sedutor sem coração
Uma noiva para Winterborne
Um acordo pecaminoso
Um estranho irresistível
Uma herdeira apaixonada
Pelo amor de Cassandra

OS MISTÉRIOS DE BOW STREET

Cortesã por uma noite

CONHEÇA OS TÍTULOS DA COLEÇÃO POP CHIC

Origem, de Dan Brown
O símbolo perdido, de Dan Brown
O Dossiê Pelicano, de John Grisham
O melhor de mim, de Nicholas Sparks
O príncipe dos canalhas, de Loretta Chase
Uma longa jornada, de Nicholas Sparks
Amigas para sempre, de Kristin Hannah
O Rouxinol, de Kristin Hannah
As espiãs do dia D, de Ken Follett
Não conte a ninguém, de Harlan Coben
O código Da Vinci, de Dan Brown

SÉRIE AS QUATRO ESTAÇÕES DO AMOR, DE LISA KLEYPAS
Segredos de uma noite de verão
Era uma vez no outono
Pecados no inverno
Escândalos na primavera

POP *(s.m.)*

popular, relativo ao público geral, conveniente à maioria das pessoas, aceito ou aprovado pela maioria.

CHIC *(adj.)*

elegante, gracioso, que se destaca pelo bom gosto e pela ausência de afetação, preparado com cuidado e com esmero.

A coleção Pop Chic é nossa maneira de reafirmar a crença de que milhões de brasileiros desejam e poderão ler mais se oferecermos nossas melhores histórias em livros leves e fáceis de carregar, impressos em papel de qualidade, com texto em tamanho agradável aos olhos e preços acessíveis.

Para saber mais sobre os títulos e autores da Editora Arqueiro, visite o nosso site e siga as nossas redes sociais. Além de informações sobre os próximos lançamentos, você terá acesso a conteúdos exclusivos e poderá participar de promoções e sorteios.

editoraarqueiro.com.br